周艳丽◎著

印象安阳

YINXIANG ANYANG

河南人民出版社
·郑州·

图书在版编目(CIP)数据

印象安阳 / 周艳丽著． — 郑州：河南人民出版社，2024.6
ISBN 978-7-215-13162-0

Ⅰ．①印… Ⅱ．①周… Ⅲ．①散文集-中国-当代 Ⅳ．①I267

中国国家版本馆 CIP 数据核字(2023)第 069375 号

河南人民出版社 出版发行

(地址：郑州市郑东新区祥盛街 27 号 邮政编码：450016 电话：0371-65788053)
新华书店经销　　　　　　　郑州市毛庄印刷有限公司印刷
开本　710 mm×1000 mm　　　1/16　　　印张　22.25
字数　305 千
2024 年 6 月第 1 版　　　　　　2024 年 6 月第 1 次印刷

定价：58.00 元

序

王希社

认真翻阅《印象安阳》书稿，我对作者周艳丽女士的感佩之心便油然而生。真实感人的故事，朴实生动的语言，勾勒出一幅幅精美的画卷，洋溢着一串串富有哲理的感悟，用心地彰显着古老而大美的安阳。

安阳历史悠久，文化灿烂，是国家级历史文化名城，是甲骨文的故乡、《周易》的发祥地、红旗渠精神的诞生地，是世界文化遗产殷墟及中国文字博物馆的所在地，是中华文化、中华文明的重要源头之一。安阳人杰地灵，山川秀美，雄奇灵秀的太行大峡谷，可谓天开图画，美不胜收；还有众多的古迹、神奇传说，令人感叹不已。这些都为周艳丽女士提供了丰厚的创作土壤和灵感源泉。

生活在这片热土，深爱着这片热土和这座城市，是周艳丽女士在《印象安阳》中的基本表达。从书中不难看出，周艳丽女士对安阳倾注了无限的心血和热爱，正如她在自序（2012年版）中所说，"在走走停停中，感觉到安阳历史的厚重，安阳文化的精深，安阳的历史不在讲堂上，也不在书本里，就在这山重水复、方圆一百多公里的大地上"。这样的感受，只有对安阳怀有深深眷恋的人，才能体会出来。

在与周艳丽女士交谈时得知，为成就本书，才女作者历尽了千辛万苦。每去一个地方，她都要事先精心规划，查找相关资料，做足功课，然后再带上录音笔、照相机等设备，进行实地考察和采访。山间老农、路边村姑都是她采访的对象。她白天采访，夜里整理资料进行创作，历时两年有余，用心血和汗水编织着一个新梦。

讴歌安阳，感悟人生，弘扬真善美，是《印象安阳》的创作宗旨所在。本书以文学的形式描绘安阳，放歌安阳。作者既写著名的安阳景观，也写鲜为人知的逸闻趣事；既注重传承历史文明、历史文化，又注重体现时代精神。这是非常难能可贵的。周艳丽女士在转述故事的基础上，还独辟蹊径，精雕细琢地将故事赋予更多新的意义和见解。不管故事的新旧，不管你过去有没有听过，从《印象安阳》里你再去读，就有了别样的新意。比如在写著名景点羑里城时，周艳丽女士就没有采取一般的叙事手法，而是在与文王的对话中，让一个历史上睿智、大气的周文王形象跃然纸上。

触景生情，情景交融，小中见大，是周艳丽女士在《印象安阳》中突出的创作特点。游记类散文的魅力在于寓情于景，情景交融。作者妙笔生花，抒情奔放，在多幅篇章中，往往从小处着手，从大处着眼，使读者如临其境，感同身受。在许多篇什中都不乏一些极富生活哲理的思想内涵，作为点睛之笔让读者在了解景观的同时，总能有所感，有所悟，印象深刻而难忘。

一部用深爱安阳之心放歌安阳的佳作，使我受益匪浅，感慨良多。

是为序。

2024 年 4 月

自 序

《印象安阳》始创于2009年,要说原因,那真真是有一大箩筐。过后,特别是时至今日,认真总结,最主要还是:

2009年对于安阳来说应该算是一个比较特殊的年份,那一年,市委、市政府提出了"历史安阳、文化安阳、山水安阳"所谓"三阳开泰"的口号。无论走在大街上,还是坐在公交车里,哪儿哪儿都是这方面的标语,听听广播看看电视读读报纸也全是这方面的新闻。作为一个安阳市民,我也被那股子热情撩动了。记得很清,应该是某个晚上,看完《安阳新闻》后,我对自己说,作为安阳的一员,也应该为安阳做点什么。于是,我开始走笔安阳。

对一个像我这样的弱女子、一个无职无权的大学普通教师来说,拿起笔容易,而真正要迈开腿却难。正如我在《印象安阳》第一版自序中所说:"要说安阳所辖的地方,有山有水有平原,地貌算是复杂,却很少有人迹罕至的地方。我说的难,不是一般意义上的困难,应该是无所依傍的孤单。因为,我不是文化名人余秋雨,有人约稿,有人发讲学的邀请函。对像我这样的一个普通人来说,行路的艰难不仅仅是没有'李白的轻舟''陆游的毛驴',关键是我手里没有'敲山震虎'的棍棒。如何能顺利完成行走安阳之事,成了迈不过去的'火焰山'。"

万事开头难,不管怎样,我借助朋友的帮忙总算是迈出了第一步,写出了第一篇。那时,我心里一点底儿都没有,不知道接下来的安阳该怎样走,也不知道我的笔该如何写,写出的文章是要给谁看。当时,书写安阳的书已经有很多,我就拿过来一本一本地看,一篇一篇地琢磨,琢磨来琢磨去也琢磨不出个所以然来。我就又往外围扩展，看文化名人余秋雨的《文化苦旅》，一页一页地看，一篇一篇地翻，字斟句酌，有些篇章不是看一遍两遍，而是看十遍八遍，希望能从余先生文章的旮旯儿缝眼儿里找出我想要的灵感。也就是在那时，一次偶然，我带朋友去参观中国文字博物馆，导游给我们讲甲骨文的发现。那时，中国文字博物馆才刚开馆不久，导游脑子里储存的知识很有限，讲解起来免不了有点疙疙瘩瘩，令我这个性急脾气暴的人心里不痛快，就自己给朋友当起了讲解员。

讲着讲着，我脑子里灵光闪现。每次出门旅游，总嫌导游讲得不够尽兴，你想了解的他不说，你不想听的他说个没完，究其因，照本宣科使然。如果我能站在游客的角度，写一本旅游者需要的书，那不就解了旅游者的难了吗？

就是从那一刻起，《印象安阳》在我心里萌生了。在随后的大约3年时光里，我像一个拾柴火的小女孩，在安阳这7000多平方公里的土地上，来来回回地走，把能够点燃游人欲望的火种，一点一点全都捡拾起来。原本，按我个人的意愿，是想把这本书叫"走遍安阳"的，自我感觉我也已经将安阳走遍、写遍。后来，反复想，觉得文字这东西是有记忆的，而且记忆很长很长，甚至长过人的生命。若真有没走到的或没写全的，白纸黑字放在那儿，岂不是授人以柄？为谦虚起见，还是将"走遍安阳"改成"印象安阳"吧。

"印象安阳"这个名字好！好就好在它只是一种印象，是一个文人对安阳文化的印象。既然叫印象，那就只是个人的主观感受。写到没写到的，写全没写全的，对与不对，周与不周，您也就没必要去较真儿了，只莞尔一笑吧。

《印象安阳》于2012年首次出版，那一年，我在南开访学，经我的导师乔以钢先生推荐，我把《印象安阳》的初稿送给百花文艺出版社的杨进刚编辑看。当时，我心里特别忐忑，比第一次见公婆还不安。没想到杨编辑看后能给出那么高的评价，决定初次印刷6000册。一个无名的小作者，一个名气不大的小地方，一些不知名的小景点，一些感悟式的小散文，一下子印那么多，不怕滞销吗？要知道那时的出版社早就已经是自负盈亏了。我不敢多言，生怕他们改变主意，只自己悄悄地捂着嘴巴偷笑。

永远忘不了的是，2012年，安阳师范学院、中共安阳市委宣传部和安阳市文联为《印象安阳》召开作品研讨会。这对我来说是平生第一次。请王剑冰老师之前，我只听说过他的名字。王剑冰老师是散文大家，是一位和余秋雨、贾平凹齐名，中原第一的散文大家。我一个无名小辈，能请动这样的大家已是难得，真没想到，王剑冰老师在《印象安阳》作品研讨会上还能说出那样的一番话："《印象安阳》这本书是值得我们放在书架上的。我曾经写过一篇小文章，说有些我们喜欢的东西是要放在洗手间里或带在旅途中的。我们进洗手间的时候或出门旅行的时候，绝对不是随意地抽取一本书，而是选择我们最喜欢看的书，只有自己最喜欢，读的时候才最有感觉，我认为这本书也会享有如此待遇的。"

听完王老师的话，我当场就泪奔了。艳丽何德何能，能够得到散文大家如此的肯定！直到那一刻，我才觉得，3年的时光没有白费，个中辛苦辛酸一扫而光。这一辈子我能有这么一本书，值，真值！

在随后的日子里，《印象安阳》开始发酵，先是文学圈，后是普通读者再到大中小学生群体……正是因为大家的喜爱，才把《印象安阳》捧了出来！2013年获第六届河南省社会科学普及优秀作品特等奖；2014年获全国优秀社会科学普及作品奖；2015年《印象安阳》和我国著名作家阎连科、刘震云等的作品一起，被读者推荐为读懂河南的十本书之一。我自己也沾了《印象安阳》的光，获得了安阳市"红旗渠精神奖"、"感动安阳"提名奖等，直至成为中国好人榜（爱岗敬业）候选人、安阳市优秀青年社科专家、安阳市市管专家等。

2009年开始创作《印象安阳》时，我到了由副教授申报教授的关键时刻，放弃申报教授的机会，去搞"旁门左道"的文学创作，许多人是不能理解的，而我自己也很彷徨。所以，在《印象安阳》创作的3年中，我始终处于矛盾和斗争的漩涡里。尽管在如今大学职称评定的规定中，文学创作不能算作评审教授的科研成果，但实事求是地说，《印象安阳》还是为我后来评教授锦上添花了。同时，正是因为《印象安阳》，使我一举加入了中国作家协会，多年的作家梦算是实现了！

这么说吧，《印象安阳》就是我人生道路上的福星，在它的照耀下，我人生的道路才有了亮色。在此，我要恭恭敬敬双手合十地对《印象安阳》说："谢谢！"

为什么要再版呢？说来话长。

2012年《印象安阳》初印6000册，2015年已经售罄，之后，天津百花文艺出版社第二次印刷。因为是第二次印刷，原则上是不允许大动的，《印象安阳》没怎么修改就出版了。

2021年夏季，安阳遭遇千年不遇的大雨，我所有的作品被浸泡在水中，《印象安阳》全部付之一"水"。为此，我难过了很长一段时间。后来，痛定思痛，我决计将《印象安阳》整部书搬上网络，这样就再也不害怕被水淹了。

《印象安阳》在我的微信公众号上连载不久，便被河南人民出版社的蔡瑛副总编发现。是蔡总慧眼识珠，《印象安阳》才有幸再版的。

因为是再版，不同于第二次印刷，允许我给《印象安阳》换换妆容。于是，我安安静静地坐下来，将写于10多年前的文章重新拿出来，修修补补，裁裁剪剪，希望能做出一件比之前更漂亮的新装。

历经10多年岁月的洗礼，有些景点已经变得更成熟了，有些景点的规模进一步扩大了，有些数字也发生了变化。对此，我做了修改补充。另外，还增加了一些旧版所没有的内容。

令读者满意是我最大的心愿，但鉴于水平鉴于知识鉴于精力鉴于种种，"读者是否满意"这句话，我就不问了，一切都交给时间吧。而我要说的只有一句，那就是：我尽力了！

是为自序。

2024年4月

目 录
CONTENTS

印象安阳
- 印象安阳 / 2
- 四季八景说安阳 / 6

邺水朱华
- 殷墟的王气与霸气 / 15
- 甲骨文背后的那些事 / 22
- 妇好，我想对您说 / 28
- 安阳，给中国文字一个家 / 32
- 从"文峰耸秀"说起 / 37
- 韩琦与"昼锦三绝" / 40
- 寻觅曾经的洹上村 / 43
- 尴尴尬尬说袁君 / 47
- 曹氏家族的身后事 / 52
- 是是非非曹操墓 / 56
- 坦坦荡荡马丕瑶 / 59
- 青霞啊，青霞！ / 63
- 那记忆中的珍珠泉 / 67
- 韩陵，那人杰地灵的好地方 / 71
- 千年古韵说"华塔" / 75
- 宝山之宝 / 81
- 河朔第一古刹灵泉寺 / 85
- 练鞭石的传说 / 88

- ◇ 小南海，那文化蕴积深厚的地方 / 90
- ◇ 灵山圣水长春观 / 95
- ◇ 六千年中华文明不断代的渔洋 / 99
- ◇ 那鸟那趣那园 / 102
- ◇ 春到蜡梅园 / 105
- ◇ 龙泉深处有农家 / 108

洹畔撷零

- ◇ 安阳人 / 114
- ◇ 情有独钟《安阳说》/ 118
- ◇ 飘香诱人扁粉菜 / 120
- ◇ 那酸酸的粉浆饭哟 / 124
- ◇ 安阳人的皮渣情缘 / 127
- ◇ "血糕！"那消失在小巷中的叫卖声 / 131
- ◇ 挨挨挤挤赶庙会 / 134
- ◇ 夏趣儿 / 137
- ◇ 小城之恋：我拿安阳比聊城 / 139

内黄寻踪

- ◇ 颛顼、帝喾的传说 / 147
- ◇ 护佑子孙的龙凤柏 / 151
- ◇ 我与客家人同祭祖 / 154
- ◇ 根在中原，姓源内黄
  ——记骆氏与新内黄 / 159
- ◇ 三杨庄汉代遗址：中国的庞贝古城 / 163
- ◇ 断想，商中宗陵 / 167
- ◇ 无梁殿的孤单 / 171
- ◇ 裴村塔的忧思 / 175
- ◇ 楚旺觅古 / 178

- ◇ 麒麟村的传说 / 181
- ◇ 外焦里嫩说状馍 / 184
- ◇ 内黄灌肠 / 186

汤阴觅古

- ◇ 武穆遗迹觅踪 / 191
- ◇ 一门忠烈说岳飞 / 198
- ◇ 施全像的来历 / 200
- ◇ 跪碑不跪飞的传说 / 203
- ◇ 站在岳飞庙前的遐想 / 206
- ◇ 结缘岳飞后人 / 209
- ◇《满江红》里的无奈与焦灼 / 212
- ◇ 文王，文王 / 216
- ◇ 羑里城中算一卦 / 220
- ◇ 奇医秦越人 / 222
- ◇ 神奇扁鹊墓 / 225

滑县拾萃

- ◇ 从历史深处走来的滑县 / 230
- ◇ 商贾云集道口镇 / 235
- ◇ 顺河街，道口那曾经繁华的印记 / 239
- ◇ 坐东朝西大王庙 / 243
- ◇ 金戈铁马瓦岗寨 / 246
- ◇ 瓦岗传奇 / 251
- ◇ 明福寺的传说 / 256
- ◇ 仿佛是童年
    ——滑县民俗博物馆走访记 / 262
- ◇ "画舫斋"里的聆听 / 266
- ◇ 独领风骚论年画 / 269
- ◇ 细嚼慢咽品烧鸡 / 273

林州探幽

- 红旗渠，一座永远的丰碑 / 279
- 请让我来帮助你　飞翔
  　　　——记林虑山国际滑翔基地 / 285
- "太行之魂"王相岩 / 290
- 夜宿石板岩 / 293
- 三九严寒桃花开 / 296
- 神奇冰冰背 / 300
- 冰火两重游太极冰山 / 304
- 我和天平山有个约定 / 307
- 遥远的金灯寺 / 312
- 看了络丝潭，何须到江南？ / 315
- 大山深处漏子头 / 318
- "野人沟" / 321
- 那山那水那人家
  　　　——小驻石板沟 / 324
- 大山深处的"枪声" / 327
- 石板沟的庙 / 330
- 路过慈源寺 / 333
- 香喷喷的小米饭 / 336

跋 / 339

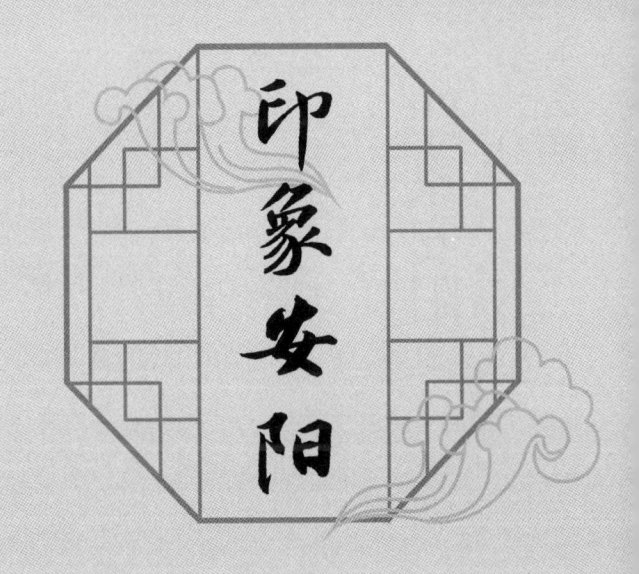

印象安阳

印象安阳

书中出现的巢儿是我的网名,我真名叫周艳丽,是名大学老师。若认真论起来,我还不能算是一个地道的安阳人,查我家八代祖宗似乎都与安阳无关。只是在安阳生活的时间长了,喝着洹河水,吃着安阳饭,慢慢地,我的骨髓里也渗进了安阳的血液。是啊,一方水土养一方人,日积月累,安阳的扁粉菜和粉浆饭也成了我的最爱。不仅如此,若有外乡好友来访,我也定会以主人的身份向他们推荐。渐渐地,我的安阳味越来越浓了,浓得化都化不开。这时,谁还能说、谁还敢说我不是安阳的一员!

作为安阳的一员,巢儿一直有个心愿:遍走安阳的山山水水,用巢儿的眼,将安阳看它个清清楚楚明明白白,不枉巢儿做了回安阳人。

2009年春寒料峭的安阳,却正是"历史安阳、文化安阳、山水安阳""闹"得最火的时候。巢儿想,作为安阳的一员,别再待着了,也应该为安阳做点什么了。于是,开始了走笔安阳。

从最东的内黄到最西的林州,从最南的滑县到最北的安阳县,巢儿用手中的笔,开始一寸一寸地丈量安阳这块土地。"只要是故乡的土地,每一寸都埋有黄金。"且不论这话是谁说过的,巢儿就是怀着这样的热情去发现安阳的。

从春到冬，从东到西，在走走停停、停停走走的喘息中，巢儿寻找着安阳那熠熠耀眼的光辉。

安阳，这座位于河南省最北部的城市，地处南北交通要冲，东接齐鲁，西倚太行，北濒幽燕，南挽中原，再加上源远流长的洹河滋润，自然环境优越，物产丰富，历史文化积淀深厚。这里是红旗渠精神和"精忠报国"岳飞的诞生地，同时还被誉为文字之根、文化之根和人祖之根。安阳这些瑰宝如璀璨的明珠，照耀着中华大地。

要说，作为国家级历史文化名城，安阳不能算大，人也不算多。安阳所辖的林州市、安阳县、内黄县、汤阴县、滑县和北关区、文峰区、殷都区、龙安区，一市四县四区只有7000多平方公里，人口也就500多万。城市是个普通的城市，却有着深厚的历史和文化底蕴，整个中华上下5000多年的文明史，安阳就经历了3300多年。作为我国八大古都之一、易经文化的发祥地和甲骨文的故乡，安阳是中华文明的重要发源地之一，是祖先留下的浓墨重彩的一笔。

早在2.5万年前，人类就在这里留下了活动的痕迹，创造了著名的"小南海文化"。原始社会后期，传说中的颛顼、帝喾也曾经在此居住，至今内黄仍有颛顼帝喾陵，被人们称为"二帝陵"。约公元前1300年，商王盘庚率领部族迁徙至殷，历8代12王，共255年。这一时期的商王朝疆域辽阔，国力空前强盛，开创了中国上古史的新纪元。此后，相继有三国时期的曹魏，十六国时期的后赵、冉魏、前燕，北朝时期的东魏、北齐等在此建都。殷都废而邺都起，邺都衰而相州继，相州改而为彰德府，古都文明的薪火，在安阳这片古老的土地上绵延、传承，因而安阳拥有"七朝古都"之美誉。

殷墟、羑里城、二帝陵、三杨庄汉代遗址、妇好墓、曹操墓、岳飞庙等，这些灿若繁星的古迹，是历史的积淀，也是中华民族的瑰宝；是安阳的深度和厚度，也是滋养安阳历史文化的沃土。千万别小看了殷墟，表面看它只是商王朝遗留下来的一个都城遗址，而实际上正是殷墟出土的甲骨文才将中华民族的文明史向前推进了近千年！羑里城曾经是周文王被囚之地，正是因为"文王拘而演《周易》"才使得象征中华民族文化之根的易经文化得以发扬光大。而颛顼、帝喾则是中华民族的始祖。因此，安阳被誉为中华民族的文字之根、文化之根和人祖之根。

天平山、黄华山、洪谷山、柏尖山……林虑山群峰伟岸，峭拔壁险，林木葱郁，飞瀑流泉。山雄，石奇，木秀，水灵。这些旖旎秀美的自然景色，使古老的安阳焕发了朝气和青春，充满着勃勃生机。

"洹水安阳名不虚，三千年前是帝都。"安阳，历史悠久，物华天宝，人杰地灵，无愧于"帝都"称号。这里有2.5万年前的原始人洞穴，有后冈的仰韶、龙山、小屯三层文化叠压的遗址，有"三皇五帝"中二帝的陵墓，有目前发现的中国最早的文字甲骨文，有青铜文明的代表、世界第一大鼎后母戊鼎，有易经文化的发祥地羑里城，有中国的庞贝古城三杨庄汉代遗址，有号称"河朔第一古刹"的灵泉寺和号称"中国第一华塔"的修定寺塔。不仅如此，这里还有中国最早的女将军的墓妇好墓，有最后一个"皇帝"袁世凯的墓袁林，以及破解了千年难破之谜的曹操墓。此外，林虑山国际滑翔基地为"亚洲第一，世界一流"，人工天河红旗渠被誉为中国人创造的"世界第八大奇迹"。

历经数千年历史蕴积的安阳，不仅地杰而且人灵。自古至今，安阳民风淳朴，"士喜读书，雅尚气节。凡民亦鲜浮夸，商贾耻为不义"。这里有忠贞不贰的诤臣魏徵，有大胆改革的商鞅，有惩巫治邺的西门豹，有贤相韩琦和郭朴，有精忠报国的岳飞和揭竿而起的瓦岗军，还有文学家欧阳修和沈佺期……文治武功、彪炳史册的名臣贤士不胜枚举。这就是集历史、文化和自然于一体，大气磅礴的安阳。

任何一座现代化的城市都会有现代化的喧嚣与繁华，有高楼大厦、霓虹灯、高架桥等，但这些并不是一座城市的个性。一座城市要想拥有其他城市无法拷贝的个性，就在于它的历史，在于它历史的涵养和底蕴。

殿，举目览胜：远眺，缓缓流淌的洹水旁，波碧草绿，田野阡陌交错；近观，芳草萋萋，苍松翠柏，鹿儿成群，梅花点点，"荼褐园林新柳色，鹿胎田地落梅香"。再加上缭绕的香火、络绎不绝的文人骚客和游方僧侣，真是"惟春晖朝曦，春林夕照，则波澄草绿，麦翠花红，尤觉太和元气……悉荟萃于此楼也"（清乾隆《彰德府志》）。"鹿苑春晖"由此便得名了。

鲸背观澜

"鲸背观澜"是发生在安阳的母亲河洹河上的传说。相传安阳桥是明朝开国皇帝朱元璋所建。在打天下时，有一次朱元璋被敌人追得溃不成军，一路逃至洹河北岸。前面是汹涌的河水，后面是疯狂的追兵，正在进退两难时，河水突然掀起一阵狂浪，一条巨大的鲸鱼从河里一跃而起，横跨在洹河两岸，让朱元璋顺利通过，躲过一劫。做皇帝后的朱元璋对此念念不忘，命人修建鲸背状石桥以示纪念。

而据史书记载，鲸背状的安阳桥是1336年安阳的父母官许有壬为方便洹河两岸通行而建的。桥长40米，宽可并行四辆马车。石桥两翼的柱子上雕刻有形态各异的石狮，有的在嬉戏，有的在沉思，个个生动逼真，活灵活现。走近石桥，游人不仅可观石雕之精致，也可赏水色之秀美。人站在桥上，面对滔滔洹水的浪涛起伏，波澜壮阔，大有"逝者如斯"之感："洹水绕城东北，上架石梁，若鲸之背……当夫春水秋涛，浪白波青，萦回于虹影之下。于斯时也，或感济川而念切，或瞻鸥返而情遥。功施利济盖不独逝者如斯。"（清乾隆《彰德府志》）"鲸背观澜"由此得名。

韩陵秋霁

"韩陵秋霁"是位于安阳老城东北韩陵山上的一处美景。韩陵山因韩信将其义母埋葬于此而得名。每当秋阳高悬之时，登山远眺，满山秋叶红遍，偶有霜打过的黄叶点点，微风送爽，红黄辉映。山间小溪潺潺，山中鸟儿啁啾，身处此山，不物我两忘，很难！清乾隆《彰德府志》说："当秋日悬晖……眺望林泉……几忘古昔之喧嚣。"这就是"韩陵秋霁"的由来。

漳河晚渡

漳河是流经安阳的主要河流，它发源于太行山麓，由西向东，蜿蜒曲折，滚滚东流。若论秉性，漳河算是乖张跋扈、放荡不羁的。水涨时，河水汹涌澎湃，波涛巨浪，犹蛟龙戏水、群龙闹海，如脱缰之马，迅猛异常，吼声如雷，令人生畏；水落时，乖巧如婴孩，温柔如处子，流势平稳，波光粼粼，状似彩虹。特别是落日黄昏，晚霞映照在河面上，天光水色，云气缭绕，相映成趣。再加上轮渡舟船上的星光点点，闪闪烁烁，不失为一幅晚霞辉映下的"水逝人归"图。此时，若驾舟乘船，更令人心旷神怡、兴趣盎然，驻足忘返。对于静若处子、动若脱兔的漳河，安阳老百姓这样说："漳河柏岸两奇殊，混时多来清时疏。漳河浪荡无牵羁，唯有一景堪人睹。"这一景便是"漳河晚渡"。

清乾隆《彰德府志》对于"漳河晚渡"的美景这样记载："若夫夕阳在山，人影历乱，反照入波，觉水逝云归，神怡心旷，斯一郡之大观也。"明朝时，赵康王朱厚煜由南京赴北京路经漳河，恰在月下时分摆渡，就曾写了一首题为《安阳八景·漳河晚月》的诗："斗落参横夜向晨，钟声隐隐月西沦。余光尚怯东升日，残魂犹辉北渡人。影堕风头天寂寂，形沉波底水粼粼。乘槎便欲登银汉，还待嫦娥一问津。"

漫水长虹

"漫水长虹"说的是水冶的一处景致。水冶是殷都区辖下的一个镇，坐落在安阳西，距安阳大约有20公里。水冶位于洹河中游，明清时期，水冶是晋、冀、鲁、豫四省重要的商品集散地。由于经济的繁荣，仅靠船只穿梭已经不能满足水冶的发展。于是，由当地富裕的财主和安阳郡守陈万言等人出资，由匠人周顺具体负责，在紧临水冶的洹河上修建了一座长六丈多、宽约一丈的弓桥。据传，周顺修建此桥还颇费了一番周折。到了夏秋雨季，山洪暴发，暴怒的洪水像一条巨龙，将小桥吞食了，桥上庞大的石块也被洪水冲得七零八落。哀伤的周顺，看着自己多年的辛苦劳作竟毁于一旦，不由泪流满面，哭着说："洪水真不仁德啊，冲毁了我多年的心血！我怎么向父老乡亲交代呀！"后来，他再次召集能工巧匠，从水中捞出被冲下的基石，因地制宜，又在原来高桥桥址的南面修建了一座"大水可漫，小水可纳"的低桥。夏秋时节，洹水上涨，水漫桥面，石桥只剩下一条弓，水小时即从桥下流出，人们称它"漫水桥"。桥对岸起伏的丘陵上有一座寺庙，人站在庙堂高处观石桥，长桥宛如卧虹。桥面石碣平铺，桥孔泄水迂缓，水至桥孔，壅激有声。

清光绪年间，河南制军李秉衡来此游玩，站在桥头，远望是滔滔洹水，俯瞰是倒映于水中的两岸长虹般的峭壁和连云似的厅堂楼阁。丛林碧水融会，河桥寺庙映辉。古寺、小丘、浮云、倒影令他诗兴大发，遂题了"漫水长虹"四字。"漫水长虹"一景便由此得名。

柏门珠沼

"柏门珠沼"是水冶又一美景。水冶有一泉眼，泉水自水底细沙中汨汨涌出，明若珠玑，串串簇簇，忽聚忽散，或似鲤鱼翻花，或如扇贝吐珠，晶莹剔透，波光粼粼。尤其是夜幕降临，华灯初上，云影星光与碧波交相辉映，煞是好看。因泉水状如珍珠串串，故称"珍珠泉"。

珍珠泉上有一小岛，岛上有两棵相距一米的柏树，长至两米高时，合而为一，下自成门。

"泉上有亭，古柏森绕，虬絮异状，各表其奇。当亭一柏，独干双根。人穿行其中，谓之柏门。上干挺直于霄，门左右二枝平对，曲拳如臂。前后古柏，俨如护卫。灵泉之上有此灵木。"（清乾隆《彰德府志》）故称"柏门珠沼"。

龙山积雪

"龙山积雪"说的是位于安阳西南20余公里的九龙山上的美景。阳春三月时，山间已是鲜花遍地，而山顶却仍是白雪皑皑。晴日，金灿灿的阳光洒在山上，映照着山腰的绚烂和山尖的白雪。万丈光芒下，花红，雪白，松翠。"青山白雪相辉映，遥指景美在龙山"是这一景致最真实的写照。

善应松涛

"善应松涛"说的是位于安阳西南、距市区25公里的善应附近曾经有过的景致。善应位于小南海水库和彰武水库相连的水域之旁，牛头山脚下，是个背靠群山，前依河水，有山有水，山水相依的美丽村庄。由于地理位置的得天独厚，唐宋时，善应是交通繁忙的要塞。牛头山上长满了苍松翠柏，极目望去，葱绿一片。半山腰处寺庙的红墙绿瓦、金碧辉煌，掩映在一派葱翠之中，便有了"满山松柏丛林翠，南海波涛映倒影"的佳话。

人站在庙宇之上，耳畔仿佛有鸾凤之音，又若秋之风携带着夏之雨，急速驶来。连绵起伏的松涛中不时传来天籁之音,"如谱琴瑟,如吹笙竽,如咽寒泉,如喧飞瀑,令人仰听"(清乾隆《彰德府志》),恍惚间,感觉不是身在林壑,而是进入了音乐的圣殿。凭栏远眺,远山近水,尽收眼底。有风从山中掠过,掀起松涛阵阵。身在此间,如在画中,令人目不暇接。观松柏层林,听涛声天籁,是"善应松涛"的极致。

因为是自然景观,不同的人观景的角度不同,对于景致的理解也不尽相同。一说,小南海旁边的牛头山上松柏茂密,夜深人静之时,风吹树摇,其声如涛,因此叫"善应松涛"。另一说,小南海巨潭深不见底,却清澈无比,潭中水草透迤,随水漂流,摇头摆尾之状,犹似松涛。

如果说"鲸背观澜""漫水长虹""漳河晚渡""柏门珠沼"说的是古安阳水的波澜,那么"韩陵秋霁""龙山积雪""善应松涛"则是描写山的壮观。唯"鹿苑春晖"算人文景观。听听安阳老辈人说安阳,你会觉得古安阳的八景,似乎景景都关乎自然。只可惜,史书中各领风骚的"安阳八景",除"柏门珠沼"外,大部分已经不存在了,仅剩下传说。只是,我不明白,昔日八景大部分消失,到底是大自然愚弄了人,还是人愚弄了大自然?无论如何,从数千年之遥走过来的安阳,曾经拥有的美丽,已成了人们抹也抹不去的记忆,永远存留在了人们的脑海。

水是城市的血液,山是城市的骨骼,对于安阳目前的山山水水,我们每一个生活在安阳这块土地上的人,都有责任和义务去保护它、爱戴它。爱它,就要让它再活五千年、五万年,生生世世造福我们的子孙后代。

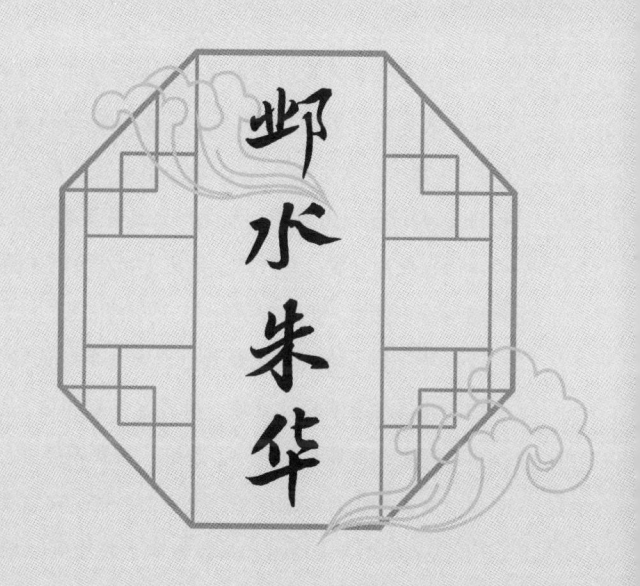

邺水朱华

殷墟是商朝后期的都城遗址，位于河南省安阳市西北小屯村附近的洹河两岸。商后期叫北蒙，又称殷，距今已有3300多年的历史。商汤的第9代孙、第20位国王盘庚于公元前1300年前后将国都自奄（今山东曲阜）迁至殷（今河南安阳小屯）。自盘庚迁殷至纣王自焚商朝灭亡，历8代12王，前后约255年。周灭殷后，曾分封纣之子武庚于此，后因武庚叛乱被杀，殷民被迁走，此地逐渐沦为废墟，史称殷墟。

殷墟是首个有文献记载且为考古发掘所证实的都城遗址，占地面积约30平方公里，主要由洹北商城、殷墟宫殿宗庙区、殷墟王陵区、手工业作坊区、众多不同家族的族邑及墓地、道路、水系等组成，出土有大量珍贵的遗物，其中甲骨文和青铜器驰名中外，把中国的信史向前推进了近千年。

1987年在古老的洹水岸边修建了殷墟博物苑（现为殷墟景区的一部分），占地400多亩。景区内主要复原展示了宫殿基址、祭祀坑、甲骨坑、妇好墓等重要遗存，另有地下博物馆、殷商史展厅、车马坑展厅、甲骨长廊等。

2024年，安阳殷墟博物馆新馆开馆。该馆占地262.5亩，建筑面积约为5.1万平方米，展厅面积约为2.2万平方米。内部聚焦于商文明主题，展示了近4000件套青铜器、陶器、玉器、甲骨等文物。

1961年，国务院公布殷墟为首批全国重点文物保护单位之一；2006年7月13日，殷墟被列入世界遗产名录；2010年10月，国家文物局公布殷墟为首批国家考古遗址公园之一；2011年3月，殷墟被评为国家AAAAA级旅游景区。

殷墟的王气与霸气

曾经有不太了解殷墟的外地朋友当面问过我,既然是商朝的都城,为什么不把曾经红火的都城称为"殷都",而叫"殷墟"呢?

有关"墟",我也很认真地查过字典。"墟"是指原来很多人居住过而后来已经荒废了的地方。这就对了,作为商朝的都城,殷(在今安阳市西北部小屯村一带)这个地方的确曾经十分繁华昌盛过。后来,随着商王朝的灭亡,已经荒废了,可不就该叫"墟"。留在殷地的墟,可不就该叫"殷墟"。

既然已经成为"墟"了,为何还要申遗呢?为何还申遗成功了呢?

在国际上被承认、没有任何争议的中国最早的文明时代就是商代。殷墟不是一座简单的建筑物,它是一座都城。都城意味着什么呢?意味着一个国家的政治、经济、军事、文化和礼仪中心!它是一个王国的缩影!

从1928年考古发掘开始,在殷墟先后发现了110多座商代宫殿宗庙建筑基址、12座王陵大墓、洹北商城遗址、2500多座祭祀坑和众多的族邑聚落遗址、家族墓地群、手工业作坊遗址、甲骨窖穴等，出土了数量惊人的甲骨文、青铜器、玉器、陶器、骨器等精美文物，全面、系统地展现出3300年前中国商代都城的风貌。

以上这段文字，是我从相关资料中找到的，它是殷墟在中国历史上地位的佐证，而要想真正感受殷墟的王气和霸气，还得从头说起。

殷墟到底意味着什么呢？若不是专门考古的专家，还真不一定能全面理解它。和大多数普通人一样，我自始至终对殷墟是一知半解，曾经很自豪地对外地朋友夸耀过，曾经很认真地查找过资料，但毕竟是个外行，对殷墟我还不能算全面了解。去过殷墟无数次，听过介绍无数遍，仍然很难走进殷墟的内里。殷墟，这个曾经的都城，一个早已荒废了的遗址，为何仍能得到世界的钟情呢？

一片甲骨惊天下

19世纪末的剃头匠李成，无论如何也不会想到，他无意识的一个举动，竟然将中国的历史"改写"了。

家住安阳小屯村附近的李成是个剃头匠，剃头难免会划破手指，指头破了，就随手拾起地上的一块骨头，碾碎了敷到伤口处，居然止住了血。从此，地上的那些骨头被当成龙骨走进了中药。于是，那些曾经刻着符号的骨头被大量地送到药店。怕有符号被药店拒收，许多村民便把骨片上的符号硬生生地刮掉。就这样，不知有多少病人把中国最古老的文字生生吞进肚子里消化了。幸好还有一些带符号的骨片被懂行的王懿荣（1845—1900）发现，于是，人们今天才得以见到甲骨文。

甲骨文对于历史，到底意味着什么呢？

如果说钻木取火标志着人类告别了茹毛饮血的野蛮岁月，那么文字的出现就意味着人类走出了结绳记事的洪荒年代。甲骨文，是照亮中华文明的一盏启明灯！

有专家说，甲骨文不仅仅是一个文明的符号、文化的标志，它还印证了包括《史记》在内的一系列文献的真实性，把有记载的中华文明史向前推进了近千年。

3000多年了，甲骨文虽然经历了金文、篆书、隶书、楷书等不同书写形式的转变，但是以形、音、义为特征的文字和基本语法至今也没有变，成为今天世界上五分之一人口仍在使用的方块字。千万不能小看这小小的方块字啊！它对中国人的思维方式、审美观念等都产生着重要的影响。走遍华人世界，即使方言难以交流，方块字写在纸上，便一目了然，亲不亲，文字根！在世界四大古文字体系中，唯有以甲骨文为代表的中国古汉字体系历经数千年的演变而承续至今。书写博大精深中华文明的就是甲骨文，这就是甲骨文的魅力！

世界上独一无二的后母戊鼎

当世界上多数民族还停留在石器时代时，生活在商朝的人们，已经进入青铜器时代了。这不是一般意义上的跨越，而是一个划时代的进步！你也许不了解安阳，没目睹过后母戊鼎的真容，但对于这个世界上最大的方鼎、世界青铜器的代表，你是不会陌生的，因为，它早就被写进了中国历史教科书，历史已经肯定了它在中国乃至世界的价值和地位。

高1.33米、长1.1米、宽0.78米、重达832.84公斤的后母戊鼎，到底意味着什么呢？

意味着3000多年前，在那个世界上大多数国家工业还没有形成的年代，中国已经能够铸造如此大的一件重器了。浇铸这样一件重器，不要说在古代，即使在现代也不是件容易的事。这需要特别明确的分工和协作，从炼铜的浇铸、制模到拆范等一系列工序，需要130多人同时进行。不仅如此，有人曾经做过比较，后母戊鼎中铜、锡、铅的比例，与现代所铸青铜中铜、锡、铅的比例基本相同。要知道，那可是个没有任

后母戊鼎

何精密仪器的时代。由此可以猜想，当时冶炼技术是何等高超！

鼎，原本只是煮东西用的锅，到后来，它逐渐演变成权力的象征。何止是权力呢，在历史中，它还是工业发达和进步的象征。据专家考证，后母戊鼎并不是商代最大的鼎，只是目前出土的最大的鼎。2003年，考古工作者在安阳钢铁公司附近进行考古发掘时，发掘出一个铸造青铜器的工场，工场里有一个铸造青铜器的内范，这个圆形内范口径达到1.6米，比后母戊鼎要大得多。由此推断，如果它是一个圆形的鼎，比后母戊鼎不知要大多少倍。

其实，能证明商代文明的远不止一两个大鼎，殷墟出土的玉器琳琅满目，种类繁多，每件器物都雕刻细致，做工精美，体现了商代高超的工艺水平和艺术想象力。据专家认定，殷墟出土的玉器，其原料大多是新疆和田玉、辽宁岫玉。那么，是不是可以这样设想：早在3000多年前的商代，就已经有通往西北和东北的"金石之路"了。这可要比始于公元前2世纪的"丝绸之路"早1200多年！

无与伦比的古都城遗址

公元前 1300 年，商朝第 20 位国王盘庚把都城由奄（今山东曲阜）迁到殷（今河南安阳小屯），并在此建立都城，历 8 代 12 王，共 255 年。殷曾经是商王朝政治、文化、经济的中心。

殷墟，东起郭家湾，西至北辛庄，南起刘家庄，北至后营，东北至三家庄，长约 6 公里，宽约 5 公里，占地面积约 30 平方公里。主要由洹北商城、殷墟宫殿宗庙区、殷墟王陵区、手工业作坊区、众多不同家族的族邑及墓地、道路、水系等组成，出土有大量珍贵的遗物。其城市规模、面积之大，宫殿之宏伟，出土文物质量之精、美、奇，数量之巨，均可证明，它不仅是当时中国，而且是整个东方的政治、经济和文化中心。

在如今的殷墟博物苑里，能够体现商代气魄与尊贵的建筑有两处。一处是殷墟博物苑的大门，这座门是由北京著名古建筑学专家杨鸿勋教授设计的，造形仿的是甲骨文"门"字的写法。看似简简单单的一个门，却代表着中国最原始的大门，可称其为中国门的鼻祖，"中华第一门"。门框上雕刻着凤、虎、饕餮和蝉等花纹，门额苑名由著名历史学家周谷城先生题写。整个苑门庄严大方，朱墨雕彩，古风古韵，古香古色。门两侧雕刻殷代龙形玉玦，昭示着我们整个中华民族都是龙的传人，体现着一种向心力和感召力。另一处是在商朝都城宫殿遗址上复原的仿殷大殿。整个建筑，茅草盖顶、夯土台阶、四面斜坡、双重屋檐，是典型的"茅茨土阶，四阿重屋"的建筑格局，使整个大殿显得格外宏伟庄严。它是商朝的心脏，是商王议事朝拜的场所，游人每每走到这里，仿佛已经感受到了商王朝的繁华和万人朝拜的尊贵与喧嚣。

殷墟，是闻名中外的中国商代晚期都城遗址，是中国历史上有文献可考，并为甲骨文和考古发掘所证实的中国最早的古代都城遗址。中国国家文物局专家童明康曾说：殷墟作为中国最重要的、最早的都城遗址，

殷墟博物馆新馆

对中国历史的影响一直延续至今。殷商时期的文字已相当成熟，所确立的古代都城制度、礼制、丧葬制度等也都直接影响着后世几千年。

尽管殷墟的历史和现实意义都是毋庸置疑的，但申遗的道路并不是一帆风顺的，原因在于它不像寺庙、建筑、石窟等为可视遗产，是大家看得见摸得着的，殷墟是埋藏于地下的中华瑰宝。殷墟申遗的成功，为中国类似文物的展示和保护树立了典范。谁能说这不是另一种意义上的第一呢？何止于此，殷墟还是由中国国家学术机构第一次全面负责、中国学者独立主持考古发掘的古代遗址。自 1928 年发掘至今，殷墟的发掘培养了一批批的考古学者，殷墟的发掘方法和技术被不断完善，在创新中形成了中国现代考古学的理论基础，殷墟也成了名副其实的中国现代考古学的摇篮。

作为一名普通人，如果不是对殷墟有意做细心的收集和梳理，谁又能如此全面如此细致地去了解殷墟的价值呢？的确，殷墟的工气和霸气地位是不容动摇的。

到底该如何评价殷墟呢？以局外人或局内人的身份都不够恰当，那就让我作为一名普通游客，借用文化名人余秋雨的《莫高窟》来感悟殷墟吧：

> 比之于埃及的金字塔，印度的山奇大塔，古罗马的斗兽场遗迹，中国的许多文化遗迹常常带有历史的层累性。别国的遗迹一般修建于一时，兴盛于一时，以后就以纯粹遗迹方式保存着，让人瞻仰。中国的长城就不是如此，总是代代修建、代代拓伸。长城，作为一种空间的蜿蜒，竟与时间的蜿蜒紧紧对应。中国历史太长、战乱太多、苦难太深，没有哪一种纯粹的遗迹能够长久地保存，除非躲在地下，躲进坟里，躲在不为常人注意的秘处。

可否这样理解：殷墟就是"躲在不为常人注意的秘处"的一件瑰宝。殷墟可以傲视异邦古迹的地方到底在哪里呢？就在于它有3300多年的层层累聚。看殷墟，不是看死了3300多年的标本，而是要看活了3300多年的生命。3300多年，始终活着，血脉相通，呼吸匀停，这是一种何等壮阔的生命！

观别处的风景，你可以浏览到一座山、一处水或是一个古代的建筑，而看殷墟，你必须亲自俯下身来，抓一把细细的泥土闻一闻，走一走平直的基址或方方正正的墓坑，再不然，抓起一把细碎的石子，在手里玩一玩，闻一闻远古时代的那种味道，品一品商王朝的硝烟。这样，也只有这样，你才能品出殷墟的王气和霸气来。

甲骨文背后的那些事

要怪也只能怪自己太粗心，只一味地盯着殷墟和甲骨文，却从未认真地思考过甲骨文背后的那些事。也看过记录殷墟及甲骨文的文字，也知道发现甲骨文的功臣是王懿荣等人。但思绪却从未在此打过停、绾过结，更没有想过要寻一寻甲骨文背后的那些事。细想想，像甲骨文如此惊世骇俗的一个发现背后怎么会没故事？怎么可能没有故事！不妨，我们就说说甲骨文背后的那些事，如何？

王懿荣的故事

王懿荣（1845—1900）的故事是个非常壮烈而悲催的故事。

生活于清朝末年的王懿荣不仅是个政府官员，更是位金石大家。王懿荣是好样的！作为金石家，他自有金石家的细致和周密；作为官员，他也有为官之人的忠心耿直、矢志不渝。若认真论起来，王懿荣应该算是一个气节十分高尚的人。余秋雨先生称其为"真正的大丈夫，在国难当头的关口上成了民族英雄"。然而，历史真正记住王懿荣还是因为甲骨文。因为，与其他相比，甲骨文的发现在中国的历史上显得意义更加重大。

为什么要说王懿荣是个细心的金石家呢？因为，假若不细心，王懿荣怎么可能从已经打磨过的中药中发现那些个"龙骨"上的符号呢？若王懿荣也像大多数病人一样，将中药一饮而尽，也许至今我们都无法确定商朝那段历史。

那些刻在龟甲和兽骨上的文字对于中国到底意味着什么呢？王懿荣是做过认真研究的，他对那些"龙骨"进行反复拼合、推敲。深厚的金石功底让他很快认定这些符号是用刀刻在"龙骨"上的，裂纹则是高温灼烧所致。"细为考订，始知为商代卜骨，至其文字，则确在篆籀之前。"

于是，王懿荣开始花重金收购这些带符号的"龙骨"。据说，王懿荣一生中曾经有三次大批量的收购，共收购"龙骨"1500多片。第一次，己亥年秋，山东潍县古董商人范维清一干人等，携带发现的"龙骨"至京师，遂被药肆掌柜引荐到王府。王懿荣视为珍宝，以每板二两白银的价格如数收购，并让范氏等人铺纸研墨，为他们每人写了对联或条幅以示感谢。第二次，范维清又带来了800余片"龙骨"，其中有一片刻有52个符号，王懿荣照例全数购下。第三次则是潍县的另一名古董商赵执斋拿了上百片带符号的龙骨来找王懿荣。在王懿荣不惜花重金的收购中，原本只是一味普通中药的"龙骨"，摇身一变成了古董，且身价倍增，行情一路看涨。

按理，像王懿荣这样的金石大家是不该轻言放弃的，得到如此多的甲骨后，该潜心钻研，弄个水落石出。只可惜他当时还是个为官之人，身上担着责任和道义。光绪二十六年（1900），即王懿荣发现甲骨文不到一年，八国联军入侵北京。慈禧太后等仓皇逃离京城，文武大臣人心惶惶。慌乱中，一介书生王懿荣被任命为京师团练大臣。临危受命，他不得不放下正在研究的甲骨文，仰天长叹："此天与我以死所也！"

1900年8月14日，八国联军攻开了东便门，北京已是一片混乱，王懿荣在团练局指挥部分团勇作最后的抵抗。下午城破时，他又组织团勇"以巷为战，拒不投降"，无丝毫惧色。见实在抵抗不住强大的攻势，书生性情的王懿荣也只剩下一种选择了——以身殉国。"主忧臣辱，主辱臣死。于止知其所止，此为近之。"

说到王懿荣的死，那更是惊天地泣鬼神的决绝。他先是吞金，吞金不成再喝毒药，喝毒药还不成，只能投井，直到将自己的鲜活生命殉国。就从王懿荣的决绝，明眼人都可以看出，他是个何等坚定之人！难怪余先生称其为"中国文化中铿锵的金石""中华民族真正的'龙骨'"（余秋雨《问卜殷墟》）。

刘鹗的故事

王懿荣死了，而且死得壮烈和决绝。而他才刚刚掀开一角的甲骨文神秘面纱怎么办呢？接过这副重担的是刘鹗（1857—1909）。

刘鹗原本也是一位资深的金石学家，他学识博杂，精于考古，并在算学、医道、治河等方面亦有出类拔萃的成就，集小说家、诗人、哲学家、音乐家、医生、企业家、数学家、藏书家、古董收藏家、水利专家、慈善家诸多身份于一身。光绪二十五年（1899）的时候，他在北京，就住在朋友王懿荣家中。

王懿荣死后，家人为了还债，将王懿荣收藏的甲骨卜辞，大部分转给刘鹗了。再加上刘鹗自己收藏的，在刘鹗手里，这种刻着符号的龟甲和兽骨已经有近5000片了。1903年，在刘鹗出版《老残游记》的那一年，还出版了我国第一部甲骨文书籍——《铁云藏龟》，使甲骨文第一次从私家秘藏变成了向民众公开的文物资料。

王懿荣死了，刘鹗来了，不管怎样，甲骨文研究总算是后继有人了。谁料，世事弄人，偏偏刘鹗又遭遇不测。在他的《铁云藏龟》出版后的第5年，他先是突然被莫名其妙地罗织了罪名，然后流放新疆，最后在新疆离世。甲骨文的研究，又开始后继无人了。

罗振玉的故事

幸亏刘鹗的儿女亲家罗振玉（1866—1940）也是一位金石大家。毫无疑问，罗振玉也是一位大师级的人物，他集农学家、教育家、考古学家、金石学家、敦煌学家、目录学家、校勘学家、古文字学家诸多身份于一身，也是当时名震朝野的人物。刘鹗家里的甲骨文拓本被他看到了，他断言，这种古文字是自汉代以来所有的古文字学家都没有见过的。他说："今山川效灵，三千年而一泄其密，且适我之生，所以谋流传而悠远之，我之责也。"铁肩担道义，罗振玉以深厚的学养，又担起了研究"龙骨"这个重任。

只是在罗振玉之前，无论是王懿荣还是刘鹗，都不知道那些刻有符号的"龙骨"出土地在哪里。因为贪心的古董商怕研究甲骨文的专家知道了发掘地，不再从他们手里高价收购甲骨，所以对于"龙骨"的发掘地他们是严格保密的。那些"龙骨"到底是从哪里弄来的呢？这成了罗振玉脑海里挥之不去的问题。要想研究透彻"龙骨"上的符号，就必须追根寻源，找到它的发掘地。是一个古董商酒后失言，罗振玉才知道这些刻有符号的龟甲和兽骨来自河南安阳的小屯村附近。

于是，1915年3月的一天，罗振玉第一次来到了小屯村，他当时就被眼前的情景惊呆了。整个小屯村，都在争着抢着挖"龙骨"。一家之中兄弟姐妹齐上阵，就连小孩子也在大人已经挖过的地方捡拾着并不完整的"龙骨"。只要古董商来了，全村老少担着大筐小箩的"龙骨"从自己家里鱼贯而出，场面十分壮观。

自此，"小屯村的尘土杂草间踏出了一条路，在古代金石学的基础上，田野考察、现场勘探、废墟释疑、实证立言的时代开始了"（余秋雨《问卜殷墟》）。

王国维的故事

说完罗振玉，下一位要说的自然是王国维（1877—1927）。王国维也是一位大家，是位集史学家、文学家、美学家、考古学家、词学家、金石学家和翻译理论家诸多身份于一身的学者，被称为学术巨子，被誉为"中国近三百年来学术的结束人，最近八十年来学术的开创者"。生平著述62种，批校的古籍逾200种。梁启超赞其"不独为中国所有而为全世界之所有之学人"，而郭沫若则评价他"留给我们的是他知识的产物，那好像一座崔嵬的楼阁，在几千年的旧学城垒上，灿然放出了一段异样的光辉"。

不知是机缘还是偶合，王国维走向研究甲骨文的道路，也是缘于他的儿女亲家罗振玉。他比罗振玉小11岁，青年时代就得到了罗振玉的帮助，两人关系甚密。后来，两人关系曾经出现裂痕。至于罗振玉与王国维之间的恩怨是非，在此就不去说了。就甲骨文研究而言，罗、王是各有侧重的。如果说罗振玉对甲骨文的研究偏重的是对文字的释读，那么王国维则是以甲骨文为工具来研究殷商的历史。1917年，王国维发表了《殷卜辞中所见先公先王考》，第一次证实了从来没有被证实过的《史记·殷本纪》所记的殷代世系，同时又指出了其中一些错讹。此外，他还根据甲骨文研究了殷代的典章制度。

而万万没有想到的是，1927年，王国维与研究甲骨文的前辈王懿荣一样也走上了自杀的道路，只是他的死因更复杂一些。关于王国维的死因，大体说法有二：一说为国殉情，一说与罗振玉有隙。这些全是后人的揣测，而王国维只留下写有"五十之年，只欠一死。经此世变，义无再辱"等的遗书，便撒手人寰了。

许是感于王国维的夙愿未能实现的遗憾，王国维死后的第二年即1928年，他的学生董作宾前往殷墟考察，发现那里仍有大量的文物古迹需要保护。在他的呼吁下，殷墟出现了中国第一个以国家的名义进行发掘的考古队伍。从此，大规模的科学发掘工作在殷墟展开了。董作宾、李济以及后来的若干专家学者借助甲骨文，开始大规模地对中国有文字记载以来最早的商代历史进行全面系统的研究。

印象安阳

妇好，我想对您说

到底是为什么呢，我竟如此地钟情于您——妇好！

中国历史上第一位女英雄、女豪杰？绝无仅有的、了不起的女性？或是，您曾经生活战斗的这块沃土也是我生活工作的地方？抑或是，我本人是研究女性文学的？

表面看，可能是这些原因。其实，我心里再明白不过，内心深处我藏有一种情结，一种有关妇好的情结：一个女人对另一个女人的情结，一个小女人对顶天立地、统领千军万马、驰骋疆场的大女人的情结，一个现代女人对古代女人的情结。

正是因为怀揣着这些情结，每每我游历殷墟，总有一种异样的感觉，一种想接近、走近、了解您的冲动。作为一个女人，我真真切切地想走近您、想探究您。我曾经试着以当代小女人的胸怀，去诠释您这位古代大女人，其结果怎样呢？

无数次游历殷墟，无数次拜谒您，站在您的塑像前，我肃然起敬，端详您的容颜，您的仪态是那样贤淑安详，丝毫没有杀气，更没有一丝一毫征战的痕迹。若不是看到您手中的重达8.5公斤的青铜钺，还有您身披的战袍，谁能想到您是一位将军？而您又何止是位将军呢？不管这座雕像将您的形象塑得如何，它都不能代表一个真实的您，那只是现代人对古代人的一种诠释，或者说是现代男人对古代女人的一种合理想象而已。而真实的您又是怎样的呢？作为一个远古时代的女将军，您永远都是现代人解不开的一个谜。

其实，您俊也好，丑也罢，这都没什么。您既不是西施也不是貂蝉，现代人记住您的是身为王妻的高贵和驰骋疆场的英姿。您率领军队征讨作战，前后击败了北土方、南夷国、南巴方以及鬼方等20多个小国，为商王朝开疆拓土立下了不朽战功。带兵上万人，手持重达8公斤多的重器，战无不胜，攻无不克，这是许多男人都无可匹敌的。作为女人，拥有这些就足够了，而更难能可贵的是您不仅是个带兵打仗的好首领，还是个神圣不可侵犯的祭官。"国之大事，在祀与戎"，在崇尚祭祀，事事都要占卜的商朝，能把祭祀的重任交给您这么一位女性，说明武丁王对您有多信任！不仅如此，您死后，每遇战事，武丁仍向您占卜，取得您的支持，由此可见您在武丁心目中的地位。

您是个尊贵的女人，也是个幸福的女人。尽管您的丈夫拥有60多位妻妾，而他最钟情的还是您。据说，每当您单独出征，凯旋的时候，武丁总是抑制不住喜悦出城相迎，有一次一直迎出100多公里。当你们夫妻带领着各自的部属，终于在郊外相遇的刹那，久别重逢的激动使你们忘记了国王和王后的尊贵，将部下甩在后面，两人一起并肩驱策，在旷野中追逐驰骋，那是怎样一个场面，怎样激动人心！按照国家制度，武丁在您去世后又册立了新的王后。因为对您念念不忘，武丁对新王后视若无睹。在武丁心里，仍然只装着妇好您一人。

您死后，武丁不仅将您封为"辛"，还将大量的金银玉器放于您的墓穴之中：青铜器440多件，玉器590多件，骨器560多件。此外还有石器、象牙制品、陶器以及6000多枚贝壳。这哪里是普通的殉葬品，分明是武丁王对您的一份浓浓的情意。怕您寂寞，将您葬在自己处理军政大事的宫殿旁边，以便能随时陪伴、日夜守护您。这还不算，武丁王还多次为您举行冥婚，将您先后许配给三位先王——武丁的六世祖祖乙、十一世祖大甲、十三世祖成汤。只有许配给成汤后，武丁才算满意，终于放下心。在武丁心里，有多达三位伟大的先人共同呵护，爱妻在阴间才能够安稳。这是怎样一种爱！这是一个男人对女人何等的胸怀！可以说对您的爱与呵护，武丁为您做到了极致，这是世界上许多男人都难以做到的。作为一个女人，您应该感到幸福了，不是吗？

妇好，您不仅是个幸福的女人，还是个幸运的女人。殷作为商朝曾经的都城，也繁华过、喧嚣过，但随着历史的推移，终于归于沉寂。其实，沉寂原本没什么可怕的，关键是不能无，也不能虚，而商朝恰恰在殷这里，一切皆无，成为如今的殷墟。而一切皆无时，偏偏您却是有的。自20世纪20年代起，殷墟被陆续发掘，然而11个商王墓仅剩下11座空穴了，在3300多年的历史行进中早已被盗得空空如也。谁也没有想到，保存完好如初的却只有您的墓，谁敢说这不是您的幸运、您的福气。假若真有上苍，假若上苍总是偏爱一部分人，难道您不认为，您就是上苍的那个宠儿吗？

是的，是的。生时，您驰骋疆场，呼风唤雨。死后，您穿金戴银，极尽风光。关键是不论生死，武丁王对您的爱都至死不渝。作为女人，您是如此幸福。只有一事，我想悄悄地问：您是如何将幸福牢牢地抓在手里的？

中国文字博物馆位于河南省安阳市人民大道东段，是一座经国务院批准的集文物保护、陈列展示和科学研究功能为一体的国家级专题博物馆，也是中国首座以文字为主题的博物馆。

中国文字博物馆由主体馆、字坊、广场、文字文化研究交流中心和文字文化演绎体验中心等建筑组成，总占地约256亩，是一组具有现代建筑风格和殷商宫廷风韵的后现代派建筑群。

中国文字博物馆馆藏文物涉及世界文字、甲骨文、金文、简牍和帛书、汉字发展史、汉字书法史、少数民族文字等多个方面。

印象安阳

安阳，给中国文字一个家

世界上任何一种东西，包括有生命的和无生命的，都有自己的家。论理，文字也应该有自己的家。中国文字博物馆，算是给了中国文字一个家。

2009年严冬，几千年来从未谋面的文字们，在庄重威严、金碧辉煌的中国文字博物馆里相会了。从此，这些来自不同时代，孤独穿梭在历史长河中的文字再也不会寂寞了。

运用象形、指事、会意、形声等方式造出来的历经几千年岁月磨炼的文字们全来了，篆、隶、行、草、楷，运用不同书写形式来展示着自己、张扬着自己的个性。就连刻在龟甲兽骨、器皿、陶罐、玉石、竹简、古玺和古币上的文字也来了。甲骨文、金文、陶文、玉石文字、简牍文字、帛书、古玺文字、古币文以及藏文、维吾尔文、蒙古文，甚至如今已经消失了的粟特文、龟兹文也来了。这些个在历史的长河中匆忙穿梭了几千年的文字，全在同一时间同一地点，在中华文明的发祥地之一、中国八大古都之一、甲骨文的故乡——河南安阳聚首了。

从此，为传承中华文明辛勤劳作了数千年的中国文字终于有了一个自己的家——中国文字博物馆。

如果说"结绳记事"还是荒蛮的时代，那么有文字记事的时代，则是文明的肇始。试想，假若没有文字，我们的历史该如何延续？我们的思想该如何交流？人们的劳动成果该如何巩固？我们的社会又如何进步？难怪仓颉造字后，历史会对他做出如此评价："天雨粟，鬼夜哭，龙为之潜藏。"可见汉文字的出现，对中国来说是一个多么大的进步。仓颉造字震惊的何止是天地？泣动的何止是鬼神？它大大地推动了世界历史的发展，使其向前迈进了一大步。

仓颉，原本只是个将人们刻在刀柄上的一点图、画在门户上的一些画，人们代代相传的一些符号收集整理出来的上古史官，就是因为他纳集文字的作用和意义过于伟大，人们才把仓颉给神化了。"颉有四目，仰观天象，因俪鸟龟之迹，遂定书字之形。造化不能藏其秘，故天雨粟；灵怪不能遁其形，故鬼夜哭。是时也，书画同体而未分，象制肇创而犹略。无以传其意故有书，无以见其形故有画，天地圣人之意也。"

该如何让人们永远记住这些个曾经推动人类历史进步和发展的文字呢？21世纪，建于河南安阳的中国文字博物馆功不可没。"中国文字博物馆不仅填补了我国语言文字类博物馆建设的空白，也将对我国文字、文化、文明的传承、保护、研究和发扬产生重大而深远的影响。"

占地约256亩、总建筑面积91000平方米的中国文字博物馆是一组大气恢弘的建筑群。主体馆的造型定位采用殷商甲骨文、金文所概括的最富有哲理、最经典、最神圣的建筑形象——象形文字"墉"字进行设计，整体建筑布局充分体现了中国传统建筑的艺术风格。这不仅表现了中国文字的文化内涵，也显示了文字在中国文明发展史中举足轻重的地位。高32.5米的主体馆，蕴含了殷商时期宫殿建筑形象的基本要素，采用殷商时期的饕餮纹、蟠螭纹图案浮雕金顶，气势磅礴，很有殷商宫殿"四阿重屋"的气度；采用红黑图案的雕墙和雕柱，颇具殷商文化辉煌的装饰艺术。

高18.8米，宽10米，取甲骨文、金文中"字"之形的字坊，是文字博物馆一个标志性的建筑，是人们有关文字的第一印象。其实，它何止是文字博物馆的一个建筑呢？分明是一种文化，一种力量，文字的博古和伟大全在这个矗立着的"字"中体现出来了。紧随字坊的是由28片极具代表性的青铜甲骨片组成的碑林，隐含了殷商时期最具代表性的两种元素——甲骨文和青铜器。这批甲骨片，每片高1.4米、宽0.9米，总重量3吨。青铜甲骨片的正面是向天卜问吉凶祸福的东方青龙七宿、北方玄武七宿、西方白虎七宿和南方朱雀七宿共二十八星宿，背面则是这些甲骨卜辞的释文。二十八星宿，象征人与自然密切相连，"天人合一"的中国古典哲学理念。

当夜幕降临，整个中原大地都在沉睡的时候，你若在距此不远的京港澳高速公路上穿行，途经安阳，四周漆黑一片，唯有一处金碧辉煌，闪着熠熠生辉的亮光，那就是中国文字博物馆。

汉字年庚几何？又是如何历经篆、隶、行、草、楷一步一步演变的？谁将中国文字统一的？承载文字的工具都有哪些？金文和甲骨文有何区别？文字在数千年的发展历史中，曾经遭遇过怎样的坎坷？如果你是个细心的参观者，慢慢地在中国文字博物馆里徜徉，肯定都能找到答案。

从发明活字印刷术的毕昇到开发出了汉字激光照排系统的王选，再到发明五笔字型输入法的王永民……这些中国文字印刷和信息处理技术开拓者们的贡献和伟绩，在中国文字博物馆里也同样记载着。

"敬惜字纸"是中国绵延千年的传统。的确，龟甲兽骨、青铜器、简帛等曾经做过文字的载体，而在文字的传承中，付出最多、功劳最大的当属纸张。别小看那薄如蝉翼的纸片，那是蔡伦历经8年的心血发明创造出来的。它不仅是蔡伦送给中国的礼物，同时也是中国送给世界的沉甸甸的礼物。从此汉字有了纸张这个传播载体，在历史的长河中穿梭得更加游刃有余了。

与大多数博物馆古板、肃穆庄严不同的是，中国文字博物馆还融入了更多的现代技术和科技。当声、光、电等现代技术被充分运用，高科技与人性化因素融会一体时，这部有关文字的百科全书就变得妙趣横生了。"一点一横长，口字当大梁"，让你猜猜是什么字。这是有关猜字谜的游戏，字谜不算复杂，却让你驻足片刻，若能猜出来，也会是一份小小的惊喜。仅凭挥手这一简单动作，你就能打开那本厚厚的有关文字发展史的"大书"。触摸这个在手机屏幕上很流行的动作，一旦假借到了博物馆这种呆板的空间里，就显得活泛多了、有趣多了。不由得你挥一下、再挥一下、三挥一下，就在这一挥两挥之中，有关文字发展的历史，有关"甲骨文""金文""小篆"的历史，你也了解得差不多了。还有那些个仿古书桌、木制小坐墩、毛笔、描红等，仿佛一瞬间，你倒退到了2000多年前，坐在孔子的"私塾"中聆听有关"不学礼，无以立""己所不欲，勿施于人""己欲立而立人，己欲达而达人"的解读。运用现代声、光、电技术温习古人的"仁义礼智信"，这是一种历史与现代的交融，在轻松愉悦的游玩中，把枯燥的历史知识全掌握了，中国文字博大精深、深邃神奇的魅力全在这里体现出来了。

作为一座全面反映、专题研究中国各民族文字、文字历史、文字文明的专题博物馆，中国文字博物馆荟萃历代中国文字样本精华，讲解中国文字的构形特征和演化历程，反映中华文明与中国语言文字的研究成果，展示了中华民族灿烂的文化和辉煌的文明。

游完中国文字博物馆，重新回到那个有青铜甲骨文字坊的广场，再回首看那个金碧辉煌的主体馆，作为一名中国人、中华民族的一员，那种自豪感油然而生。数千年来，中国文字始终以其强大的民族凝聚力和绵延不断的历史，印证着中华民族前进的足迹。我们每一个中华儿女都应该成为中国文字起源、发展、演进的领悟者和传播者。这是历史赋予我们的责任，也是我们每一个中华儿女的担当，特别是作为一个安阳市民，这种承担感应该更强烈些。

文峰塔，原名天宁寺塔，位于安阳市老城内大寺前街。建于后周广顺二年（952），距今已有1000多年的历史。宋、元、明、清均对其有修葺，1964年安阳市人民政府又进行了较大的修整。清乾隆年间，知府黄邦宁为塔门楣额上题了"文峰耸秀"四字，故又名文峰塔。

文峰塔塔身高38.65米，周长40米，壁厚2.5米。共分五层，由下而上逐级增大，呈伞状，风格独特，国内外罕见。

2001年，安阳天宁寺塔被国务院公布为第五批全国重点文物保护单位。

从"文峰耸秀"说起

邺水朱华

要说"文峰耸秀",那是有来历的。

建于后周广顺二年(952)的文峰塔,原本只是一座佛塔,因建在天宁寺内,就叫天宁寺塔。到了清康熙六十一年(1722),彰德府的知府黄邦宁决定重新修整天宁寺塔。他觉得修葺一新的天宁寺塔完全可以代表彰德府的文化高峰,便在塔门横额上题了"文峰耸秀"四个大字,从此,该塔就改叫文峰塔了。

文峰塔,在当时普通老百姓的心中,也是一种文化的象征。"层伞高擎窣堵波,洹河塔影胜恒河。更惊雕象多殊妙,不负平生一瞬过。"(赵朴初)文峰塔历经千年岁月的洗礼,不仅仅是古人心中的一座碑,同样也是现代人心目中的一座碑,一座承载了安阳文化传承和历史沧桑的丰碑。建于后周,历经了1000多年岁月滋润的文峰塔,至今仍然是安阳的一个地标性建筑。

文峰塔高38.65米,周长40米,壁厚2.5米,砖木结构,五层八面。文峰塔的独特之处在于它上大下小的结构,这在世界上都很独特。文峰塔的构造为平面八角形,浮屠五级上有平台,下有券门,每层周围有小圆窗。塔身立于一个高达2米的砖砌台基莲花座上。塔身底层较高,有8根盘龙柱;四正面有雕塑精致的圆券门,门顶用砖雕刻有二龙戏珠;八面壁上分别饰有直棂窗。四面砖雕佛教故事，其刻工细致，形象逼真，造型动人，无怪乎历代名人贤士登临后都赞叹有加。塔顶为高10米的塔刹，宽敞的塔顶平台可同时容纳200余人。站在宽敞的平台上，微风徐来，听悬于各个檐角的铜钟齐鸣，叮当悦耳，给人以高远静穆之感。据记载，塔西有湖，湖上有桥，临塔观湖，似见虹卧碧水；当桥望塔，影如梦笔生花。只可惜，如今已是湖存桥亡了。

凡是来到安阳的游客，除了观景，若还想体会一下安阳的市井民情，感受一下安阳的市井繁华，有个地方是一定要去的，那就是安阳的文峰中路。

安阳市中心有一条横亘东西的路，那就是文峰大道。文峰大道到底有多长呢？这么给你说吧，安阳市东西有多长，文峰大道就差不多有多长。文峰大道，就是因为文峰塔坐落于此而得名。

东西贯通的文峰大道，被分为三段：文峰西、文峰中和文峰东。西段是工业区，东段是政治文化的中心，中段是繁华的商业区。把西段和中段分开的明显标志就是文峰塔，自文峰塔向东至东风路西，整个文峰中路是繁华的商业区，它相当于上海的南京路、北京的王府井。

如果真有兴致，从文峰大道的最西端走起，停在文峰立交桥的最高处，极目东眺，古老而独特的文峰塔，仍是佛光普照、紫气东来。文峰塔在喧嚣的闹市中，也算是一处不错的动中取静的风景。如今的文峰塔，与周围的现代建筑相比，并不算高，也不算气派，但它却是文峰大道上的功臣，论资历、论年龄、论辈分它都最老，它是安阳的"大哥大"，是安阳人的骄傲和自豪。文峰塔作为安阳的地标，当之无愧。

因文峰塔是一座上大下小的木塔，这种结构在全国乃至世界都极为罕见，安阳一直精心地呵护着它。长期以来，文峰塔都是只能远观，不可近玩。记得20世纪80年代初，我刚到安阳求学时，曾经找熟人登过一次文峰塔。那时的文峰塔还算是安阳的一个制高点，站在塔顶就可以把整个安阳尽收眼底。而今近40年过去了，随着城市的拆迁改造，文峰塔也从深藏闺阁的少女变成了矗立街头的少妇。而它登高极远的功能，随着城市的发展却逐渐减弱了。

令我百思不得其解的是，为什么文峰塔要向游人开放呢？我不知道对于这个千年古塔来说开放到底意味着什么，但作为一个爱惜安阳的市民，和大多数人一样，我再也不忍心登上塔顶了，生怕现代人的脚步惊落了文峰塔上历史的尘埃，更怕踏碎了文峰塔那已逾千年的古梦。

要想使文峰塔成为古老而文明的安阳永远不落的风景，我们就要好好地保护它、爱惜它，不要轻易去惊扰它。这样，每个朝霞初露的早晨，每个夕阳西下的黄昏，只要抬起头，能看到文峰塔还安然存在，生活在安阳的市民也就安心了。

韩琦与"昼锦三绝"

在如今安阳老城东南营一带有一座昼锦堂，昼锦堂里有一块碑，被人们称为"三绝碑"，"昼锦三绝"便是由此而来的。

要说"昼锦三绝"，我们还得从昼锦堂的主人韩琦说起。

相州人韩琦曾经是宋朝宰相，"相三朝，立二帝"，是"一位流芳千古"的清官。韩琦是北宋名臣韩国华之子，出身官宦，才智超人，20岁即中进士。只可惜，韩琦建功立业之时，正值北宋王朝四面楚歌之际，边关战事不断。金、辽、西夏、大理等全都觊觎北宋的繁华和万里良田。军力不济的北宋王朝在这些战事中被多次击败，以至于不得不割地赔款。为了改变被动局面，1041年，朝廷任命韩琦和范仲淹抵御西夏的进攻。尽管韩琦和范仲淹同为手无缚鸡之力的文人，但他们齐心协力，共守边陲，使得敌人闻风丧胆，"军中有一韩，西贼闻之心胆寒；军中有一范，西贼闻之惊破胆"。

韩琦为相10年，在政治上，经历了两次辅助皇上立储、庆历新政等重大事项；在经济上，实行均田；在军事上，主张"籍民为兵"；在吏治上，大胆改革，力求改变那种只求做官，不修职事的状况。韩琦还非常爱惜人才，使苏洵、欧阳修、苏轼等人才得到重用。

在朝，韩琦运筹帷幄，使"朝廷清明，天下乐业"；在野，他忠于职守，勤政爱民，尽职尽责，得到朝廷上下一致好评。为感念其功德，老百姓为其修生祠；朝廷封他为仪国公、卫国公、魏国公。像这样的清官在历史上并不多见，堪称一绝。

而昼锦堂则是韩琦在任相州知州时，在州署后院修建的一座堂舍。韩琦在《昼锦堂》一诗中关于为何将那处宅院取名"昼锦堂"是这样说的："公余新此堂，夫岂事饮燕？亦非张美名，轻薄诧绅弁。重禄许安闲，顾已常兢战。庶一视题榜，则念报主眷……"由此可以断定，此"昼锦"与西楚霸王项羽"富贵不归故乡，如衣锦夜行"夸富显贵的"衣锦还乡"是完全不同的，此"昼锦"实属韩琦感念圣上让自己"衣锦还乡"的眷顾之情。

在昼锦堂刚刚落成时，大文学家欧阳修专门写了《昼锦堂记》贺喜。当文章写好送给韩琦后，一向字斟句酌的欧阳修突然发现还有修改的余地，于是，又派人快马加鞭将文章追了回来，追回来后只在"仕宦至将相，富贵归故乡"一句话中加了两个"而"字，成了"仕宦而至将相，富贵而归故乡"。由此可见，欧阳修对自己的文字要求是多么严格。像这样"苛刻"出来的文章能不冠绝天下吗？

如此严谨苛刻出的文字，如此功勋卓著的大臣，自然要大的书法家来书写。于是，当时名震朝纲的书法大家蔡襄担当此重任。尽管同为名家，对于书写《昼锦堂记》，蔡襄还是十分谨慎的。为防意外，蔡襄将每一个字都反复练习十多遍，优中选优。那块刻有《昼锦堂记》的石碑就是这样一个字一个字挑选出来的，又被称为"百衲碑"。而那块由欧阳修撰写、大书法家蔡襄书写的记录韩琦功勋的石碑，被后人称为"三绝"碑，"昼锦三绝"便由此得名。

昼锦堂修好后，韩琦并没有在这里居住太久，5个月后，他又回到朝廷。直到13年后，昼锦堂才再次迎来了自己的主人，此时的韩琦已经是满头白发的花甲老人了。急流勇退的韩琦本想在此安享晚年，没想到，仅仅过了3个月，他再次被朝廷任命，前往大名府坐镇救灾。5年之后才第三次回到了昼锦堂。这一次，韩琦没有再离开自己的故乡，直到1075年病逝于相州，享年67岁。消息传出，当地百姓哭之甚恸，朝廷也辍朝三日，宋神宗特命制御碑，上书"两朝顾命，定策元勋"，并谥"忠献"，赠"尚书令"等荣誉称号。韩琦死后，昼锦堂似乎随着它的主人一起离开了喧嚣的尘世，失去昔日的生气和活力。

寻觅曾经的洹上村

洹上村，叫村却不是村。若硬要说成村，方圆300亩的地盘，也仅住有一户村民。它是袁世凯花巨资在安阳洹河畔打造的一个私人官邸，是袁世凯修身养性、韬光养晦的家园。安阳人称之为袁寨或袁宅。

要说与安阳有缘，袁世凯当属第一人。原本丝毫不与安阳沾亲带故的袁世凯，仅1906年秋的一次大演兵，就看中了安阳洹水边上这块风水宝地。"爱其朗敞宏静，前临洹水，右拥（太）行山，土脉华滋，宜耕宜稼。"

其实，袁世凯看中洹上村，是另有隐情的。

其一，洹水是滋润殷商文明的母亲河，数千年的川流不息滋养了一个强盛繁华的殷商民族。它是华夏之根，是中华民族的发祥地之一，因是王土，极聚王气。

其二，安阳曾经是袁世凯的远祖袁绍的发祥地，袁世凯认为，安阳就是袁氏子子孙孙的洪福之地，自然也是他袁世凯的一块吉祥宝地。

其三，安阳位于当时河南与直隶交界处，紧邻京汉铁路，交通方便，离京城也近，是个进可以攻、退可以守的战略要地。

无论是天时、地利还是人和，洹上村都应是袁世凯定居安阳的不二选择。中国人自古就十分注重家园的打造，出行千里，叶落归根，家就是那个根。家是大后方，家是归宿地。生于河南项城，戎马一生的袁世凯，有家却不能回，只得把自己的休养归宿地放在了安阳的洹上村。

洹上村到底在哪儿呢？

据王迎喜教授的《安阳通史》记载，洹上村位于安阳旧城之北、洹河北岸，袁林在其东北二里许。以此推断，洹上村应该在今天的京广铁路以东、洹河以北，今安阳工学院北校区、安阳市苗圃、安阳市龙安区政府一带。洹上村南临洹水；西望，距殷商的都城也就千步之遥；东走，离两宫与光绪帝庚子年间"北狩"回銮之道只有几百步远。袁世凯活住洹上，死葬洹畔，做了回地地道道的安阳人，可见此君与安阳的缘分不浅。

洹上村到底有多大呢？

据载，洹上村占地约300亩，"此宅东西长约320米，南北宽约260米，宽1米的砖砌寨墙，四角均有两层高的炮楼"。袁世凯在此居住时，还有两营的马队驻扎在园外，戒备森严地保护着袁世凯及其家人的安全。

洹上村到底如何呢？

袁世凯将洹上村命名为"养寿园"是有来历的。袁世凯50岁生日时，慈禧太后曾经赐"养寿"二字。为表明无论在朝在野都忠于朝廷、不忘太后的深情，袁世凯才特意将园名定为"养寿园"。

整个养寿园布局合理，既有北京故宫的雍容华贵，也有苏州园林的俊逸秀巧，更有西洋建筑之恢宏大气。不仅如此，整个园林还充满了浓郁的田园乡土气息，开辟了菜园、果园、桑园，养起了猪、羊、鸡、鸭等。风声、水声、人声、鸭声，再加上鱼贯而入的达官显贵和车水马龙，一个生机盎然的豪华庄园便呈现在了洹水北岸。

养寿园坐北朝南，是一座寨堡式的园林建筑。养寿园南端为人工湖，湖水从园外的洹河引来，水清见底，游鱼穿梭，荷花飘香，水流潺潺。养寿园北端为人工山，山石挺拔峻峭，高低错落有致，山上小鸟啁啾，山下小溪潺潺，山水相依，湖山为伴。山湖间空旷处建有养寿堂、谦益堂、五柳草堂、乐静楼、红叶馆等；澄澹榭、蔡心阁、临洹台、洗心亭、垂钓亭、滴翠亭、枕泉亭、接叶亭、待春亭、瑶波亭、泻练亭点缀其间；天秀峰、碧峰洞、椎风洞、散珠崖等相映成趣；再加上汇流池、鉴影池和卧波桥，大小共计27处景致。这27处建筑，错落有致，形成一组既壮观又优雅独特的秀美景观。整个园内，名花遍布，香飘四季，茂林修竹，婆娑滴翠，高山泻泉，瀑散珠玉，朱栏半隐，曲径通幽，不是仙境胜似仙境。

而养寿堂则坐落于养寿园的中央，是养寿园中最具代表性的建筑，周围有宽广的走廊，轩敞为全园之冠。养寿堂楹联为吴江费树蔚集龚自珍诗句："君恩毂向渔樵说，身世无知屠钓宽。"由袁世凯属下绍县人沈祖宪所书。养寿堂前立有两块奇石，一状美人，一如伏虎，均得之于太行山中。养寿堂既是袁世凯的书房，又是袁世凯的客厅，袁世凯在彰德隐居时的主要政治活动，都是在这里策划的。

只可惜，如此规模宏大的养寿园，竟不知在何时灰飞烟灭、消失殆尽，从人间蒸发了。

应该说，在今日安阳的版图上，已经找不到洹上村这个地方了；但在人们心里它并没有泯灭。毕竟，这里是袁世凯倾其一生为自己打造的家园。

村没了，人也不在了，但土地还在，会不会留下点与袁氏及洹上村有关的东西呢？

按图索骥，我想在今日的洹上村追寻那消失得还不算太久远的历史脚步，哪怕是找到洹上村曾经的尺椽片瓦，似乎也应该是对现代人的一种慰藉。而如今的洹上村却什么都没有了，甚至连个地名也不曾留下，代之而起的是高楼、是民居、是现代的安阳。除了滔滔的洹河水在呜咽着昔日袁宅或袁寨的豪华气派，现代人的脚步，再也迈不进洹上村的门槛了。

我问曾经在这里生活了几十年的老大爷，他对当年洹上村的气派似乎还是有些记忆的，除了赞叹规模的宏大，木讷寡言的老人似乎再也说不出更多了。问起洹上村到底去了哪儿，老人说起了冯玉祥占领安阳的时候，日本侵略中国的时候，共产党解放安阳的时候，甚至也说了"文革"的时候。从老人断断续续的言语里，我终于弄明白了那个曾经风光一时的洹上村是如何消失的，而且消失得如此干净利落，没留下一丝一毫的痕迹。

无论如何，洹上村已经成为过眼云烟了，别说是昔日的繁华喧嚣没有留下，连尺椽片瓦也不复存在了，留下的只是一些让人们去想象去传说的袁府故事了。

有形的建筑消失了，但无形的影响却不是百年岁月能磨灭的。袁世凯这个在中国历史上十分有争议的人物和他的洹上村一起，成为一种历史永远也抹不去的记忆。

尴尴尬尬说袁君

邺水朱华

要写袁世凯，我真的有许多尴尬和为难。

由于历史的原因，突然觉得，袁君本是尴尬人，自然也多尴尬事，索性就从他的尴尬说起吧。

据说袁世凯本人很迷信，我猜想，他一定相信是命中注定，他就该是中华民族历史上那个极为尴尬的人。

袁世凯原本出身官宦世家，就该熟读四书五经，做得出惊天地、泣鬼神的大文章；也该先举人再进士然后状元，像那个时候大多数加官晋爵之人一样，亦步亦趋走进官门宦海。而偏偏袁世凯屡试不中，断了加官晋爵之路，不尴不尬，只得从军，成了一名行伍之人。

奔朝鲜，走高丽，施展拳脚，训练新军，终得慈禧信任，却遭载沣猜忌。借袁世凯患有足疾，载沣强令其"回籍养疴"，袁世凯成了不上不下、不尴不尬的官宦人。

深谙官宦之途的袁世凯，名为养疴，实则收心，借此休养之机，韬光养晦，为的是东山再起。将兄长袁世廉接到洹上，谈笑风生，不会作诗之人也附庸风雅："百年心事总悠悠，壮志当时苦未酬。野老胸中负兵甲，钓翁眼底小王侯。思量天下无磐石，叹息神州变缺瓯。

散发天涯从此去，烟蓑雨笠一渔舟。"这首"蓑笠垂钓图"式的诗，表面看，袁世凯寄情山水，似乎忘记了政治，是个安分守己的容庵老人；而实际上，此君一刻也不曾闲着，上蹿下跳，结交达官显贵。总理大臣奕劻，协理大臣那桐、徐世昌等权贵重臣，都是他的座上宾。近处的如直隶、鲁、皖，远处的东北三省、两广等督府，竟都有他的心腹，心甘情愿听命于他。甚至经他亲自操练的北洋新军更是"只知有袁宫保，不知有大清朝"。清廷权贵、北洋将领，就连革命党人和外国使节都把安阳的洹上村作为他们工作的重心，大有"谑者谓袁之隐居，实盛于苏秦之盟诸侯"。袁世凯，人虽在洹上垂钓，而权却倾朝野，是个不折不扣的当权人。

武昌起义，清廷原本任命袁世凯为湖广总督，前往湖北督办剿抚事宜，却被他以"足疾未愈，愈后立即就职"给软拒了：

> 徒以养疴乡里，未能自效驰驱，捧读诏书，弥增感激。值此时艰孔亟，理应恪遵谕旨，迅赴事机。惟臣旧患足疾，迄今尚未大愈。去冬又牵及左臂，时作剧痛。此系数年宿疾，急切难冀痊愈。然气体虽见衰颓，精神尚未昏瞀。近自交秋骤寒，又发痰喘作烧旧症，益以头眩心悸，思虑恍惚。虽非旦夕所能就痊，而究系表证，施治较旧恙为易。现既军事紧迫，何敢遽请赏假，但困顿情形，实难支撑。已延医速加调治，一面筹备布置，一俟稍可支持，即当力疾就道，借答高厚鸿慈于万一。

不仅如此，亲信冯国璋带兵南下路过洹上村，袁世凯还面授机密："慢慢走，等等看。"这一等二看不当紧，就有了清政府的四道上谕，任命袁世凯为钦差大臣，节制水陆各军，开拨白银100万两。就是这100万两"真金白银"为袁世凯日后咸鱼翻身、东山再起做好了物质上的准备。

袁世凯就是这样一位"牛"人，作为清廷的大臣，敢公然不听清廷的命令。内心反感革命党,却与革命党人走得很近;当众说,我不能当革命党,将来我的后代子孙也不能当革命党,暗地里却接二连三给革命党写信,表明心迹。正是用"借革命党要挟清廷、借清廷要挟革命党"的伎俩,最终才坐收渔翁之利。事实上,无论是清政府还是革命党都成了袁某人的手中之物,翻云覆雨,尽在股掌中。

先是当了中华民国临时大总统,继而当了中华民国大总统,最终改元洪宪,准备即皇帝位。只可惜,袁世凯做"皇帝"仅有83天。真是机关算尽太聪明,成了一个笑柄。

生前尴尬人,身后自然多尴尬事。

袁世凯,虽生在官宦之家,却因为庶出,就成了尴尬之人。这还不算,又被过继给了叔父袁保庆,更决定了他在兄弟中的尴尬地位。生母刘氏身死异乡,却无论如何都不让埋入祖坟,尽管当时已任直隶总督、声名显赫的袁世凯跪地哀求,也难动兄长袁世敦之心。末了,袁世凯也只能另作安排,徒唤奈何。

因生母埋葬一事,已与家里闹崩,于情于理都不可能再回到项城。叶落总要归根,索性一不做二不休,在洹上选一个好去处。"在太行山中,邃而高旷,永安之所也。"旁枕太行雄威,静听洹水细语。生不在洹水,死却葬于洹岸,不是家乡,权当家乡。"扶柩回籍,葬我洹上。"

冒天下之大不韪称帝,总共不足百日。自古帝王之墓为陵,圣人之墓为林。袁墓该称"陵"还是"林"?颇令后人尴尬。"项城生前称帝未成,未曾身居大宝,且已取消洪宪年号,如果采取'袁陵'之名,实为不妥。'林'与'陵'谐音,《说文解字》上所载'陵'与'林'二字又可以互相借用,避'陵'之名,仍陵之实。"我猜想,这应该就是袁坟被称作"袁林"的真正原因吧。

不妨,我们就借《绝版袁世凯》的作者张社生的一段话,来为袁君作个总结吧:

袁世凯何人？不过一政客，最多是一伟大的政客。（政客称伟大的大有人在）

政客的专业就是看风使舵，投人所好。如果这手不会就不是专业的政客。

试想，如果20世纪最初几年，"群体"没有立宪的思潮，袁世凯不会贸然去充当那个立宪领袖的。

如果1911年，大半个中国的"群体"都不想试试共和，他也不会说："世凯深愿竭其能力，发扬共和精神，涤荡专制之瑕秽。"

如果1915年秋，群体没有厌倦了共和的吵吵闹闹，想"老主子"了，袁大总统也不会打造那把龙椅，"洪宪"一回。

说得明白点，民初的那点事和任何个人没关系，全在那个社会。

以上这段话不知你服不服，反正我服！

安阳高陵（曹操高陵）位于河南省安阳市西北约15公里处的安丰乡西高穴村，为东汉末年著名政治家、军事家、文学家曹操的陵墓。

该墓葬发现于2005年底。2008年冬，经报请国家文物局批准，河南省文物考古研究所开始对该墓葬的两处墓穴（编号为1号墓和2号墓）进行抢救性考古发掘。

经挖掘发现，2号墓坐西向东，平面呈"甲"字形，是一座带斜坡墓道的双室四角攒尖顶砖券墓。主要由墓道、前后室和四个侧室构成，占地面积740平方米。其中，斜坡墓道长39.5米，上宽下窄。上口宽9.8米，底部宽2.7米；最深处距地表约15米，东西长18米。

墓室内出土各类文物1000余件，主要有铁甲、铁剑、铜带钩、玉珠、画像石等。其中，刻铭石牌59件，上面详细记录了随葬物品的名称和数量。8件圭形石牌上分别刻有"魏武王常所用挌虎大戟""魏武王常所用挌虎大刀""魏武王常所用挌虎短矛"等字样，为研究确定墓主身份提供了直接而重要的依据。

2010年，安阳高陵入选国家文物局"2009年度全国考古十大新发现"；2013年，安阳高陵被国务院公布为第七批全国重点文物保护单位。

印象安阳

曹氏家族的身后事

恰恰是在曹操墓被炒得炙手可热的时候，我读了余秋雨先生专门说曹氏家族的《丛林边的那一家》。借着曹操墓被炒的热乎劲儿，趁着余先生那篇文章的话题，我也想说说曹氏家族的身后事。

要说，曹氏原本只是个平凡的家族。在曹操以前的中国历史上，曹姓并不是特别出名，也不是什么名门望族。就是因为曹操，特别是220年，曹丕称帝后，曹氏在中国历史上立刻就风光了起来，不仅成了名门望族，还成了皇族，很是炫耀了一番。

炫耀自然得有骄人的资本，曹氏炫耀也是有资本的。别的不说，仅一曹门之内出了三位在文学史上赫赫有名的文人，也是件很了不起的事。先是曹操，再是曹丕和曹植。

我是文人，文人看历史与史学家看历史自然不同。让我们姑且戴着文人的眼镜去看曹氏父子吧。为什么要选择这副眼镜呢？主要是因为曹操。一是曹操这个人在历史上争议实在是太多了，争来争去已经争了1000多年，也没争出个是非曲直、对错来。二是将曹操这个人放在历史的长河中，无论怎样，他也是个一门心思想当皇帝，终了也没能实现的人，像这样的人在历史上多了去了，曹操应该不算特殊吧。三是将曹操这个人放在文学史中，他在文学史上的地位却是公认的，没任何争议。正如余先生在《丛林边的那一家》中说的："人人都可以从不同的方面猜测他、议论他、丑化他。他的全部行为和成就都受到了质疑。无可争议的只有一项：他的诗。"

该怎样形容文学史中的曹操呢？余秋雨说："诸葛亮在文学上表达的是君臣之情，曹操在文学上表达的是天地生命。"按我自己的理解，曹操是在传达天地万物和生命的造化，所以，他的表达既没有文人的造作，也没有政治家的附庸风雅。余秋雨称曹操是有文学自觉的人。"他所表述的，都是宏大话语，这很容易流于空洞，但他却融入了强烈的个性特色。这种把话语和个性特色合为一体而酿造浓厚气氛的本事，就来自文学自觉。"（余秋雨《丛林边的那一家》）关于曹操，该说的余先生全说了，我就不在此啰嗦了。

说完曹操，接着该说谁呢？这也颇令我为难。若论在历史上的成就，当然是曹丕的大了，他贵为皇帝，实现了他父亲做梦都想实现的称帝大业。若从文学上论，曹丕似乎比弟弟曹植略显逊色。曹植的一篇《洛神赋》语惊整个中国。而曹丕呢？他在文学上的成就，远没有他逼弟弟做的《七步诗》出名。其实，曹丕一生也是做了许多事的，只是无情的历史只记住了最主要的。一首《七步诗》把曹植的文学才情大大提升了，而把曹丕的心胸狭隘留下了。关于曹丕在文学上的成就，余先生总结得相当到位：若就他自身论，他也是相当出色的，只是"他不幸受到了围堵性对比，上有父亲，下有弟弟。一比，比下去了"（余秋雨《丛林边的那一家》）。细想想，还真是这么个理儿。

我们姑且就不要去计较曹氏父子在历史上和文学史上的地位了吧，只看看他们对待身后事的态度，就可以知道，他们是一脉相承的父子了。

曹操这位叱咤风云的人物，一生干了许多轰轰烈烈的事业，却把身后事看得很特别，临死前他立遗嘱说："殓以时服，无藏金银财宝。"

其实，人死后是身不由己的，自己的许多事是自己做不了主的。死人的事，多数是活人的主张。若曹操与儿子曹丕意见不一，即使曹操想薄葬也不一定能实现。问题的关键是曹丕与他父亲一样，也是主张薄葬的，甚至比他父亲更甚一些。据说，曹丕的遗嘱把薄葬的道理和方式说得非常具体。在他看来，葬就等于藏，藏得越隐秘越好，如果是葬于山林就与山林融为一体，不留丝毫的痕迹，让人看不到，连后代也找不到才好。比如不建寝殿、园邑、神道等，就是为了藏得更好。他知道："自古及今，未有不亡之国，亦无不掘之墓也。"怕后人不听他的，他还赌咒发誓："若违今诏，妄有所变改造施，吾为戮尸地下，戮而重戮，死而重死。"由曹丕对薄葬的信誓旦旦，我敢断定，曹操的藏于无人知晓的地方的夙愿应该是实现了的。这就有了曹操七十二疑冢之说，曹操的墓到底在哪儿也成了一道千年难解的谜题。

关于身后事，曹氏父子与大多数人是不相同的。从古至今，我们大多数中国人有个共同的特点，那就是不仅重视生前，更看重死后。像有些人虔诚信佛、信道、信基督和鬼神等，主要不是为了今生，而是为了死后。今生受苦受累没什么，死后一定得过好日子，中国人是笃信死后有知的。所以，上至皇帝下到平民百姓，没有谁不重视死后那些事的。活着享受什么，死后也一定要享受什么，甚至活着时没有享受到的，死后也一定要补上，用生和死两种样式，来寻求人一生的心理平衡。这样一来，死后比生前要隆重和重要得多。有这种想法的中国人实在是太多了，不是哪一朝哪一代，而是整个中国历朝历代都如此。有钱有权有势的，像贵为皇帝，死后一定是要厚葬的，金银财宝自不必说，自己用过的随从佣人也得随了去，尽管这是很不仁道的，但偏偏历朝历代的皇帝都喜好这一口。穷人请不起真的随从佣人陪同，那就扎个纸的陪伴自己，也过一回有佣人使唤随叫随到的瘾。

偏偏到了曹氏父子这里就不太信这个邪。需要说明的是，曹氏父子不信这个邪并不是思想觉悟提高了，而是对于自己身后事更看重了。他们父子注重的是一个"藏"字。既然要藏，就要藏得安安静静无人知晓，如果有了金银财宝，岂不是要招蜂引蝶吗？所以，这些东西曹氏父子是不要的。至于说随从佣人之类，我猜想还是要了的。因为，据说在曹操墓的墓坑中是有随葬者的尸骨的。

是是非非曹操墓

一个安阳人，一本专门写安阳的书，似乎有个非说不可、非写不成的主题，那便是曹操和他的墓地。

其实，初听说曹操墓在安阳的时候，我和大多数安阳人一样既兴奋又激动，到处给外地的朋友打电话、发短信，上网聊天也忘不了提醒网友关注曹操墓。对于我，一个安阳市民，那是一件值得炫耀的事。而外地的朋友却表现出了极大的平静，往往是我抑制不住兴奋情绪说上半天，他们也只用两个字回应我——"是吗"。

后来，随着曹操墓的进一步发掘，有关曹操墓的是是非非就更多了，质疑声不断。

站在历史的角度，站在客观和公正的立场去看，一个考古的发现，有争论有非议是再自然不过的事情，更何况是像曹操这样一位历史名人，像曹操墓这个千年不解之谜。一件上千年前发生的事情，从无到有，从破到立，如何能众口一词？在我这个不懂考古、对历史研究也不深的人看来，如果毫无争议，反而是一件不正常的事。

争论、甄别、求证，甚至非议，原本是学术上很正常的一件事，若仅是为确定曹操到底埋在哪里，没任何功利驱动，无论如何争论都是正常的。关键是争论者所抱有的争论态度和目的，若加进了一些原本不是考古的东西，问题就复杂了，也让人觉得不正常了。正如《广州日报》曾经报道的：不难窥见，眼下围绕"曹操墓"的所谓学术争论，似乎并非出于揭示真相、捍卫真理和发扬科学精神，不过是出于利益考虑的派阀之争，各怀算盘。学术之争不仅淡化乃至放弃了科学精神，还把算盘打得啪啪响。围绕"曹操墓"，自始至终，里里外外，都透着一股子利益争夺的硝烟味。

"曹操墓"是真是假，至今仍各执一词。抛开其真假不论，单单真假之争背后呈现出的一些"鲜活细节"，就足以让人大开眼界。一座坟墓，就把那种浮躁、唯利是图的世态展现得淋漓尽致。

突然想起刚刚得到此消息时我的激动和兴奋来，假若我不是安阳市民，我也没有生活在安阳这块土地上，听到有关曹操墓在安阳的消息，我还会如此激动和兴奋吗？所以，有些事情想通了、想开了、想豁达了，也就能少了许多的是是非非。有些事情争是争不来的，吵也吵不去的。历史该是怎样就是怎样，曹操若真就是葬在安阳，任你再怀疑什么"魏武王常所用挌虎大戟"的石牌是假的，任你把造假的过程和地点再说得有鼻子有眼儿的，那也掩盖不住历史的真实。若真不是，作假又有何用呢？正如老百姓常说的，隐瞒只能是一时的，却不会是一世的。假的真不了，真的也假不了。我们作为现代人，还是把心态放平吧，静候时间和历史的检验，相信历史和时间会做出最公正的裁决。

突然觉得，对于我，一个普通学文学的人来说，去不去看曹操墓，我这本书里说不说曹操墓，也都无关紧要了。最权威、最官方的中国社会科学院文物考古所的结论都有人质疑，我一门外汉还说个什么劲儿？谁还会在乎我这个搞文学的人如何说！

马氏庄园位于河南省安阳市西部 20 公里的西蒋村，是清代广东巡抚马丕瑶的府第，建于清光绪至民国初期。占地面积 2 万多平方米，其中建筑面积 7000 多平方米，被学者称为"中州大地绝无仅有的封建官僚府第建筑标本""中原第一官宅"。

马氏庄园由厅、堂、楼、廊等组成，分为三区六路，每路分四个庭院，九道大门，俗称"九门相照"。整座庄园布局严谨，错落有致，古朴典雅，雄浑庄重，既有典型的北京四合院宽敞明亮的建筑风格，又有晋商大院深邃富丽的建筑艺术，还有中原地区蓝砖灰瓦五脊六兽挂走廊的建筑特色。

马氏庄园为全国重点文物保护单位、国家 AAAA 级旅游景区、河南省廉政教育基地。2017 年 1 月，马氏庄园被列入《全国红色旅游经典景区名录》。

坦坦荡荡马丕瑶

邺水朱华

看完马氏庄园,我最突出的感受是:写人易,写马丕瑶难;写景易,写马氏庄园难。

难在哪儿呢?

先说写景,安阳市及所辖县区的景点很多,我几乎走遍了,有些景点写起来也十分难,不过总能找到突破口,一蹴而就的也有;但马氏庄园却无论如何都找不到突破口,不知道该从何写起。

那天去马氏庄园,朋友特意为我请了一个高级导游,专门为我一人讲解。我走到哪儿,她就讲到哪儿,随我心意。目的很明确,便于我更好地写作。

在导游的引导下,我畅游了整个马氏庄园。

但还是不知道该如何写。

说建筑布局吗?的确,马氏庄园的建筑很有特色,整个马氏庄园由6组建筑组成,每组又分为若干个庭院,庭院为四合院,每组院落的中轴线上各开九道门,俗称"九门相照"。我不是学建筑的,更不研究建筑,能告诉读者的也只是肉眼看到的,至于说马氏庄园建筑的精髓,我无能示人。

从文化入手吗?马氏庄园的文化底蕴实在是太丰厚、太深了,仅楹联匾额一项就有四五十幅之多。可以说每个门楣、梁柱上均有楹联,个个都蕴藏着玄机,充满了故事。匾额和楹联不仅数量多，内容也很庞杂，有修身正德的，有教人向善的，有为人为官的，还有教育子女的，不一而足，让我如何说得清呢？

想想，还是从马氏庄园的主人马丕瑶写起吧。

的确，马丕瑶无论做官还是做人都做到了极致。为官，不仅清正廉洁而且敢作敢为。马丕瑶从七品知县做起，一直做到两广巡抚。无论官大官小，他对民都亲对友都厚，嫉恶如仇，勤政爱民，百姓称他"马青天"，皇上赞其"鞠躬尽瘁""百官楷模"。更难能可贵的是他不惧上，敢作敢为。马丕瑶到广东任巡抚时，两广总督是李鸿章的兄长李瀚章，此人仗着李鸿章的权势，蛮横恣肆，贪赃枉法，胡作非为，当地官员和老百姓敢怒不敢言。马丕瑶上任后，既不畏李瀚章职位比他高，也不畏李瀚章后台比他硬，立即查清事实，上报朝廷，直至李翰章被革职查办。不仅如此，马丕瑶为子是个孝顺儿子，为父是个称职的父亲，为友也是个敢为朋友两肋插刀的挚友。有他家仪门的楹联为证："天下无不是底父母，世间最难得者兄弟。"他在《约斋铭·处家》中写道："继慈即亲娘，孝须十分真。糟糠妻，莫轻嗔。婢收勿弃，尤戒厌故喜新。儿辈严课读，也要善诱循循。约约家之本在身，不修己，难责人。何以使伦理正,族党化,僮仆驯。雍雍肃肃,和乐一家春。"马丕瑶不仅治家有道，教子更有方。他共有四子三女，多有远见卓识，在中国历史上占有一席之地。长子马吉森，开河南地方民族工业之先河，是一位著名的企业家；次子马吉樟，清末任翰林院编修、河北按察使等职，辛亥革命后任袁世凯总统府内史、北洋政府总统府秘书等职，不但思想新、学问深，而且品德高，书法也好；小女马青霞，一身正气，爱憎分明，满腔热血，早年追随孙中山，参加同盟会，献身革命，矢志不移，无私奉献。

像这样一位近乎完美之人，我该如何下笔？写他什么呢？因为力不从心、因为无从把握，我怕把这么一位难得的好人给亵渎了。所以，提起笔我又为难了，怎么办呢？思来想去，索性还是从他那副官做到哪儿就带到哪里的对联说起吧："不爱钱，不徇情，我这里空空洞洞；凭国法，凭天理，你何须曲曲弯弯。"这是马丕瑶为官的根本，也是我最佩服马丕瑶的地方。

　　一直觉得马丕瑶官做得特别硬气，敢作敢为敢当，无所畏惧，没找到由来，却原来在这里。对马丕瑶来说，他敢作敢为的上方宝剑就是"不爱钱，不徇情""凭国法，凭天理"。其实，许多为官之人，也有标榜自己清正廉洁、光明正大的座右铭或警示录，只是有的为官之人，表面一套，背后一套，仅是说说而已。马丕瑶不仅说而且实实在在、坦坦荡荡地做。因为空空洞洞、坦坦荡荡，所以他不怕曲曲弯弯。权倾朝野的重臣李鸿章的哥哥又怎样，他照样敢查，有问题他照样上报。正是凭着"不爱钱，不徇情""凭国法，凭天理"，关键是凭着一颗对朝廷忠贞不贰的心，他才敢接别人怕烫手的"山芋"。

　　《马关条约》签订后，许多人很气愤，当然也包括许多为官之人，但谁又敢当面去得罪那个手握生杀大权的慈禧呢？马丕瑶敢！因为马丕瑶坦坦荡荡，他自己知道自己没有二心。其实，慈禧也算是对马丕瑶不薄，六十大寿时不仅赐他"福""寿"二字，还有玉如意一柄、蟒袍一件、尺头两匹。不念新情念旧恩，如果马丕瑶识时务，就不该在《马关条约》上与慈禧较真儿："此次电信到粤，粤人无不怒目裂眦，思食李鸿章、倭奴之肉，欲得而甘心焉！想天下之民情，固无不痛心疾首于此议也！"并建议"伏愿我皇上大震天威，首以宗社为重，立将现议各款严行拒绝，并援崇厚之例，将李鸿章发交刑狱"。他坚信，"自古战事，不在于外势之强弱，而判于一心之敬肆，但使我上下中外，共常存忧勤惕励之心，自可收扫荡廓清之效"。

　　要说，马丕瑶可真够不识时务的。连我这个活在当下的人都有点儿替他担心，但马丕瑶自己却一点儿都不担心，为何？因为他心怀坦荡，从从容容。他凭什么呢？凭的就是"不爱钱，不徇情"，凭的就是"空空洞洞"，只怀有一颗爱国、报效朝廷的忠心。他依国法顺天理，自己从不曲曲弯弯，又何必怕弯弯曲曲呢？马丕瑶一生坦坦荡荡，做人从从容容。

从马氏庄园出来，我突发奇想，如今的官员们，是否也应该向马丕瑶学习呢？我们剔除马丕瑶身上那些封建糟粕的东西，余下的像"不爱钱，不徇情""凭国法，凭天理"，是否对我们当代为官之人也有借鉴意义呢？

青霞啊，青霞！

淇水朱华

青霞啊，青霞！只要我去马氏庄园，就忍不住想去看您。青霞啊，青霞！只要来到您的绣楼前，就会驻足肃立良久。青霞啊，青霞！我去马氏庄园，多数时候就是专门为拜谒您。

青霞啊，青霞！您是一位奇女子。一身正气，爱憎分明，满腔热血，无私奉献。有研究您的史学家称您是"清末民初中国政治舞台上有着重要影响的政治人物；是一位少有的、杰出的女性社会活动家，坚强的民主革命志士；是一位在辛亥革命史、中国近代妇女运动史、中国近代教育史、中国报刊史、中国早期现代史上均有着重要影响的人物"（张华腾《天下为公马青霞》序）。您47岁的生命原本不算长，却为历史写下了浓墨重彩的一笔。的确，您的一生，投身革命、向往光明，热心学务、慷慨捐助，为革命竭尽全力、殚精竭虑，将自己的巨额家产全部奉献给了社会。您因为这些义举，得到了人民和仁人志士的尊重。孙中山称您"天下为公"，鲁迅称您"才貌双全"，冯玉祥也十分敬仰您这位女中豪杰……您蜚声中原、名噪京城，与革命活动家秋瑾齐名，有"南秋瑾，北青霞"之称。

为追求进步，您只身一人，远渡重洋，留学日本；资助河南革命军；出巨资在开封创办"大河书社"；在刘家花园内兴办了河南第一所私立女校——华英女校，招收了50名女生，学生们的食宿、笔墨等学习费用全部由您担负；在华英女校的基础上，又设置了师范学校，培养了一大批教育人才。除了自己办学，您还多次资助公办学堂，尉氏县高等小学堂，省城中州女学堂、中州公学，甚至远在北京的京师女子师范学校和北京女子法政学校也得到过您的馈赠，每次捐赠多则数万两，少则三五千两。最后，您索性把所有的家产全部捐出，真正实现了"质本洁来还洁去"。

您视金钱如粪土，您觉得名声重于一切。您说过，"人活的就是名声。再过一百年，什么金银财宝，留得再多也是别人的。人有个好名声，就是没白来到这个世上走一趟。名声好了，一切就都好了"（邓叶君《天下为公马青霞》）。

为了名声，您独自出银4万两，重建了夫君刘氏家族的刘家祠堂。捐地15顷，附设一所义学，规定凡是刘氏子弟均可免费来此上学，所有费用均由自己一力承担。建"师古堂"，专门收养刘氏家族里那些无依无靠的寡妇。而对老人，您还设立了义庄，划拨15顷良田，规定凡是家族内60岁以上的老人每月均可从义庄领取粮食，安享晚年。

青霞啊，青霞！以您的性格，以您的为人，以您的素养和家教，您以上所做的一切，我都可以理解，只是您对待情感的态度，我不明白，也不理解。同为女性，有几句私房话，真的好想问问您。

青霞啊，青霞！当父亲做主把您许配给尉氏县的首富刘耀德为妻时，您18岁少女的心是如何想的？谁家少男不怀春，谁家少女不痴情，知书达理、识文断字的您，会没有自己心目中的白马王子？您心目中的白马王子该不会就是刘耀德吧？若不是刘耀德又会是谁呢？

当父亲征求您的意见时，您为何要对父亲说："只要您愿意，我就愿意。"这句逆来顺受原不是您本意的话，为何就说了呢？您是父亲的小女儿，47岁得来的掌上明珠，如果您向父亲说个"不"字，父亲会不会给您面子呢？您为何不尝试尝试？

当一向不苟言笑的父亲面带笑容地对您说:"是你与人家成亲,不是父亲,你得有态度。""那我嫁给刘耀德,他要不听我的话,我就还回娘家来过。我可看不上刘家的几个钱,更不乐意别人说咱是门当户对。"(邓叶君《天下为公马青霞》)青霞啊,青霞!这就是您真实的态度和想法吗?这应该是您的无奈之举吧。

"这就看你的能耐了,你父亲是个清官,不是个昏官、贪官,明白你的意思。钱财是把双刃剑,能帮人也能害人。人,一生不被钱财所累就是好样的。记住,钱是为人服务的,人却不是为钱服务的。'人为财死,鸟为食亡'这句话要在马家消失。"(邓叶君《天下为公马青霞》)从您一生的经历和作为看,父亲的话在您心里起了很大作用。

青霞啊,青霞!谁都知道,刘耀德不是您心目中的白马王子,也不是您的最爱。但作为一名女子,嫁鸡随鸡,嫁狗随狗,您还是希望自己的丈夫好。您希望夫贵妇荣,希望自己的丈夫是个顶门立户的男子汉。所以,新婚不久,您力劝丈夫戒烟,因为您深深知道吸大烟对人的摧残。青霞啊,青霞!您是好样的,为丈夫戒烟您立下了改马为刘的誓言,丈夫在您的规劝下戒烟成功了。从此,您不再是马青霞,而成了刘青霞。

原本一心向上,满怀踌躇要重振刘家雄威的您,却遭遇丈夫英年早亡。对于年仅25岁的您来说,这是个致命的打击。但您却没有和一般女子一样,以痛哭流涕来求得别人的同情和怜悯,而是化悲痛为力量:"马青霞心里如泉水一样清,此时,自己就是哭死,刘耀德也不会活过来,只能称了刘宪德、刘镇德、刘辉德的心。也只有化悲痛为力量,有泪往肚里流,挺起腰杆,支撑起这个家,才算万全之策。"(邓叶君《天下为公马青霞》)

您破了刘家多年的规矩,为丈夫披麻戴孝,把丈夫的丧事办得风风光光又井然有序,在人前挺起了腰杆。人后呢?您守着万贯的家产,却失去了丈夫,又无子嗣,还有族人的觊觎,您一位弱女子该如何担当?青霞啊,青霞!风三雨四的夜晚,您又是如何伴着青灯孤影度日的呢?

青霞啊，青霞！这又是为何呢？原本您已经摆脱了刘氏家族的纠缠，远在日本，为何就不能接受张钟瑞的爱？同为青年男女，难道您真的就不为情所动吗？当张钟瑞告诉您："我要把你比做花儿，我就笨了，你来了，花就谢了。我要把你比做画儿，我就晕了，你来了，画儿就褪色了。我要把你比做月儿，我就傻了，你来了，月儿就无光了。我要把你比做西施，我就呆了，你来了，西施就跑了。"明眼人一眼就能看穿张钟瑞的心思，您会一点儿也不懂吗？青霞啊，青霞！

从日本归来，多年不见，故友重逢，您能与张钟瑞紧紧地拥抱在一起，为什么就不能再大胆一些，有情人终成眷属呢？假如有爱情的滋润，您还会过早地凋零吗？毕竟您去世时只有40多岁，正是风华正茂之时啊！青霞啊，青霞！

青霞啊，青霞！我不明白，像您这样一位奇女子，能掌控上亿家产，玩转数不清的生意买卖，为何就走不出情感的死穴呢？对于财产金钱您是那样慷慨，为何对于自己的感情却是那样吝啬和苛刻呢？这又是为什么呢？青霞啊，青霞！同为女性，难道您就不能悄悄地告诉我吗？

那记忆中的珍珠泉

■ 邺水朱华

如果要论我对安阳地理环境的熟悉程度，除了我一直上学工作的安阳师专（今安阳师范学院）附近的中山街，另一处比较熟悉的地方应该算是水冶镇的珍珠泉了。

20世纪80年代中后期，我与老公谈恋爱时，安阳远没有现在这么繁华，公园也没现在多。印象中，偌大的安阳，仅有人民和三角湖两个公园，且还收门票。两个年轻人，哪里会有闲钱奢侈地经常去逛公园？

每到星期天或节假日，我和老公或花两毛钱坐车，或骑辆破自行车，到距安阳市20多公里的珍珠泉边约会，顺便去住在水冶的哥哥家混顿饭。印象中，那时的珍珠泉是个开放式的公园，不收门票，可以随时出入。

珍珠泉四周地势较高，泉水自泉底细沙中汩汩上浮，串串簇簇，忽聚忽散，犹如万斛珍珠，故名"珍珠泉"。那时的珍珠泉水很清，但用"清澈见底"形容似有不妥，因为整个潭水是碧绿碧绿的，深不见底。在碧绿的潭水上，这个地方冒出一串泡泡，那个地方蹿出一串珠珠，池底冒出的"珍珠"涌至水面，颗颗撕裂又化作片片涟漪，恰似万花簇放，让人目不暇接。每当暮色降临，云影、夕阳与碧波交相辉映，泉边新柳古槐交织成荫，如梦如幻，如入仙界，令人心旷神怡，流连忘返。

那时，青春年少的我们，或许正处于爱玩的年龄，或许正处在热恋之中，美景相伴，恋人相守，总会乐而忘返，很有点乐不思蜀的味道。有人曾经这样形容当时的珍珠泉："水出平地，汇成碧辉。泉水上涌，明若珠玑，或似鲤鱼翻花，或似喷珠吐玉，貌似珍珠。串串银珠滚滚上翻，水泡错落，竞相吐艳，好像万簇礼花夜空奔放，莹光璀璨。"就是这样，珍珠泉的美景如斧劈刀削般刻进了我的记忆。

恰在那时，我生活在南方的堂哥到北方旅游。那时，在我心目中，"旅游"还是个极奢侈的名词。他提出要看安阳最美的景色，我一下子就想到了珍珠泉。带他看了珍珠泉后，堂哥立马就兴奋起来，赞不绝口。的确，若论山水，南方的山水应该比北方的更秀美、更清新、更入眼入心；但像珍珠泉这样能从碧潭深处蹿出一串串珍珠的景致，在南方也应该不多见。只可惜，带堂哥去珍珠泉时，功课做得不好，不知道"柏门珠沼""拔剑泉"等与珍珠泉有关的历史典故和传说，若再把韩琦拔剑出泉水、李白杜甫游珍珠泉的故事讲给堂哥听，那珍珠泉的神奇和魅力就更加无限了，相信堂哥对珍珠泉会更加留恋。

据记载，珍珠泉最盛时，其水域面积有 1.2 万多平方米，分布在 13.4 万平方米的土地上，是如今珍珠泉公园的好几倍。为保护珍珠泉，历朝历代都对珍珠泉进行了修葺。民国时冯玉祥拨 5000 块现大洋，整修了泉池石栏，于马蹄泉旁边还修建了九间廊房，并在壁间嵌砌了很多散存的刻石，其书法雅趣古朴，诗文意浓盎然。

不仅如此，有关珍珠泉的传说，像珍珠泉水一样，也留下了一簇簇一串串，而最美丽最动人的则是那几个关于泉眼来历的传说。相传西夏国元昊侵犯宋朝边境，宋仁宗派韩琦带兵抵御西夏。兵马路过水冶，时值盛夏酷暑，将士们个个口干舌燥。韩琦派人四处找水，都没找到，韩琦一急，将宝剑猛插地上，拔剑后竟有泉水喷涌而出，解了将士们的燃眉之急，遂起名"拔剑泉"。韩琦的战马见将士们痛饮却轮不到自己，心急如焚，前蹄猛刨竟也泉水四溢，故名"马蹄泉"。韩琦是代皇帝西征，他休息之处也有泉水涌出，故称为"卧龙泉"。

韩琦，宋朝宰相，安阳人，曾经"相三朝，立二帝"，是安阳人的骄傲和自豪，自然人们愿意将家乡的美好都寄托在他身上。按安阳人的想象，珍珠泉就是韩琦给家乡带来的福祉。而若根据历史记载，认真考证起来，珍珠泉的历史应该早于韩琦所在的宋代。《安阳县志》记载："广遂渠修于后魏，渠首即珍珠泉。"

另还有唐代著名诗人李白和杜甫等曾到珍珠泉游历的传说，也说明珍珠泉的历史早于宋代。相传唐玄宗李隆基携大诗人李白出游，来到珍珠泉。李白俯望泉水，诗兴大发，不禁高吟"泉泉泉泉泉泉泉泉泉"，连说九个"泉"字，还没等说出下句，就听身后传来："驱逐水珠果而圆。"李白一听，惊喜问道："和者莫非杜甫乎？"杜甫笑答"然然然然然然"，连和六个"然"字。传说毕竟只是传说，不足为信，但至少说明一点，在唐代珍珠泉就已经是名人雅士游览观光的胜地了。

时光如箭，日月如梭。谈情说爱的美好时光，被随后的结婚、生子，为工作、为生活疲于奔波忙碌的日子所替代，珍珠泉美景也逐渐地淡出了我的生活。直到2010年4月底，为写安阳景致我再次来到珍珠泉。许是将近中午，珍珠泉门前十分冷清，远没有我想象中那样车水马龙。看门的是两位50岁上下的妇女，听说我们要进园，左阻右拦，无论如何不想让我们进去。我们反复解释是为宣传珍珠泉而来，她们才说，珍珠泉已经没水了。

我去的那日是4月27日，再过3天就是"五一"假期了，正是旅游的好时节，为何珍珠泉就没水了呢？昔日碧波荡漾的泉水都哪儿去了？我不相信，执意要进园一探究竟。见拗不过，看门人也只得放行。果然，珍珠泉水已经干枯，整个池子滴水未见，就连坑底的淤泥也泛着白光，显然泉水干涸不是一天两天，应该有段时间了。

记得昔日的珍珠泉边有许多小溪与泉水相连，每次到这里来玩，总能见到妇女在溪边浣洗、孩子们在水边嬉戏的动人画面。真是大河无水小河干，大河已经滴水尚无，小河只能见一道道的车辙，想必是为珍珠泉清污留下来的。

因为没了泉水，珍珠泉公园里显得格外冷清。泉池边只有一对年轻的父子在玩耍，父亲30多岁，手里捧本书，儿子骑个童车绕着柏树在一圈圈地转。父亲说，这种泉水见底的现象，他长这么大也是第一次见。

"柏门珠沼"是安阳古八景中很主要的一景，也是唯一尚存的景观，就发生在珍珠泉。如今是柏门还在，珠沼却没了，没有珍珠泉水的滋润，柏树也显得了无生机。脑子里突然就想起了那首赞美柏树的诗来："传闻华岳倚云门，商柏周槐铁石根。此树一奇成一户，居然无佛处称尊。"我担心，珠沼没了，柏门还能独自称尊吗？

从珍珠泉出来，心情很沉重。最近走访安阳及周边的名胜发现，昔日的许多美景只成了今日吸引游人的名片或刻在碑石上的介绍，在现实中根本就不存在了。突然想起文化名人余秋雨在《阳关雪》里的一段感慨："人们来寻景，更来寻诗。这些诗，他们在孩提时代就能背诵。孩子们的想象，诚恳而逼真。因此，这些城，这些楼，这些寺，早在心头自行搭建。待到年长，当他们刚刚意识到有足够脚力的时候，也就给自己负上了一笔沉重的宿债，焦渴地企盼着对诗境实地的踏访。为童年，为历史，为许多无法言传的原因。有时候，这种焦渴，简直就像对失落的故乡的寻找，对离散的亲人的查访。"

是啊，关键是我们当下人，对于安阳的许多名胜，一定要想办法留下来，留住人们美好的记忆。莫让那些怀着"对失落的故乡的寻找，对离散的亲人的查访"焦渴而来的人们，怀着希望来带着失望归。来就要让他们找回故乡的感觉和离散亲人团聚的惊喜。让名片成为名符其实的名气，而不是写在纸上的"片子"。

值得欣慰的是，而今的珍珠泉经过治理，又恢复了往日碧波荡漾，串串簇簇，忽聚忽散，犹如万斛珍珠的壮观了。

韩陵，那人杰地灵的好地方

■ 邺水朱华

古安阳曾经有八大美景，而其中关于韩陵这个地方的景致却有两个不同的说法，一说是"韩陵秋霁"，一说是"韩陵片石"。前者指自然环境，后者从人文角度。其实，无论从何处论，韩陵都是个人杰地灵的好地方。不妨，我们就从"韩陵"这个地方，从"韩陵秋霁"和"韩陵片石"说起，如何？

先说韩陵。既然叫韩陵，必和汉时名将韩信有关。据清《彰德府志》记载："汉韩信尝屯兵焉，故号韩陵。"而同卷还有另一种记载，大意是山上有一个韩姓的大墓，山因墓得名，称韩陵山。而关于这座墓，一说是韩信本人埋于此，一说是韩信将义母葬于此。相传韩信在此驻守期间，有一天到山脚下去，看见一位白发老媪正在给人洗衣服，老媪满脸的皱纹和缕缕白发让韩信想起了自己的亲娘，于是就把她认作义母。老人暴病而亡后，韩信将她葬于此地。

再说"韩陵秋霁"。《彰德府志》记载："承平日久，尘氛荡涤……当秋日悬晖……眺望林泉……几忘古昔之喧嚣者。"每到秋阳高悬的季节，韩陵山便迎来了一年当中最迷人的时刻。登上小山的最高处极目远眺，但见层林尽染，在秋阳映照之下，疏密有致的林叶忽而呈现出醉人的红，忽而反射着耀眼的黄。山林间还有小溪潺潺淌过，身临其中，心旷神怡，物我两忘。这就是"韩陵秋霁"。

再说"韩陵片石"。昔日的韩陵不仅景美，而且是兵家必争之地。相传，北魏末年，丞相高欢占据了邺城。尔朱兆三兄弟从各地纠集兵力20余万人准备和高欢决一死战。当时，高欢人马仅有3万余人，如果硬拼必是以卵击石。经过精心策划，高欢把尔朱氏兄弟引到韩陵山，然后又从附近村落里找来大量的牛、驴，用这些牲畜堵住了尔朱氏军队的退路，一场恶战在韩陵山展开了。最终，高欢以少胜多，大败尔朱氏的军队。后东魏建都邺城，高欢为宣扬自己的这次功绩，在韩陵山修建了定国寺，并让御史温子昇撰写碑文歌颂这次战功。温子昇才思敏捷，所撰碑文多用对偶句，气势宏伟，激情洋溢，绚丽多彩，读来朗朗上口。如描写社会动乱："铜马竞驰，金虎乱噬，九婴暴起，十日并出。"描写战场决斗场面："钟鼓嘈杂，上闻于天；旌旗缤纷，下盘于地。壮士凛以争先，义夫愤而竞起。兵接刃于斯场，车错毂于此地。轰轰隐隐，若转石之坠高崖；硠硠磕磕，如激水之投深谷。"读后如闻其声，如临其境，仿佛看到活生生的战斗场面。

当时正是南北朝时期，南朝梁国庾信也十分有才气，但他瞧不起北方文士。因对温子昇所撰碑文早有耳闻，庾信特意来到韩陵山的定国寺，一睹温子昇所写碑文。温子昇所撰碑文辞藻之华丽，气势之磅礴，立即折服了庾信，他连连叫好，并让人把原文抄了下来。回到梁国后，有人问他北方文士如何，庾信就说："唯有韩陵山一片石堪共语耳。"一时，"韩陵片石"名噪大江南北。

自此，韩陵山成了文人骚客、名流学士途经安阳的必访之地。相传1775年秋，乾隆皇帝巡游路过彰德府，被"韩陵秋霁"的美景和温子昇碑文吸引也来到韩陵山。在山脚下曾经见到一棵酸枣树，但见红枣遮日，酸香四溢。摘下一颗放入嘴中，其味胜过宫中的冰糖葫芦。乾隆一连吃了好几颗，还让随从摘了一大袋，带回宫中让皇后爱妃品尝。酸枣树下的乾隆一边吃一边感叹："真乃酸枣树王矣！"从此，这棵枣树就成了枣王。

正是奔着这些个师出有名的故事，我开始了韩陵寻访。

韩陵距安阳市区并不远，也就一二十里，骑车出门，东拐便上了安阳市光明路，北行，顺势而下，不到一个小时，就到了韩陵。我去韩陵的那日，正值立秋之时。想象中原本该是苍松翠绿、层林尽染的韩陵山，放眼望去，方圆数十里内，一马平川，别说是山了，连个丘也没看见。昔日的韩陵山今何在？问当地村民，多笑而不答。有田有树养花种菜，韩陵和豫北平原上的普通村庄并无二致。看来，《彰德府志》中描写的，满山秋叶红遍，层林尽染，微风送爽，红黄辉映，小溪潺潺，鸟语花香的"韩陵秋霁"美景，已经消逝殆尽，踪迹全无了。

山没了，寺会不会存在？一路走一路问，终于来到了韩陵乡政府所在地。果然见到一个高大雄伟的建筑，据说这就是定国寺。只是眼前的定国寺是在原来定国寺的遗址上又重新建造起来的,此寺已非彼寺了。如今的定国寺是经政府批准的正式佛教活动场所，建有大雄宝殿和僧寮数十间。

来韩陵前是做了功课的，知道韩陵山上的定国寺是北齐高欢所建，该寺当年就建在韩陵山的最高处，是观"韩陵秋霁"的最佳位置，温子昇所撰文的石碑——"韩陵片石"就保存在这里。据说定国寺始建于北魏永熙二年（533），鼎盛时期，该寺曾经占地300余亩，僧人上千，南北院落里，纵深设五幢大殿，雕梁画栋，雄伟壮观，曾经一度香火旺盛，高僧辈出，闻名远近。定国寺毁于1951年。而刻有温子昇文字的石碑，则在"文革"时被当作"四旧"之物，彻底砸坏，如今仅剩些断片被保存在大西佛村。

山没了，"韩陵秋霁"的胜景难现，"韩陵片石"也了无影踪，但温子昇所撰碑文辞藻之华丽、气势之磅礴，压倒瞧不起北方人的南方骚客之气势却不减当年，仍不失为今天韩陵的骄傲和自豪。

修定寺塔位于安阳市区西北35公里的清凉山南麓。此塔始建于隋朝，唐德宗建中二年（781）至贞元十年（794）之间再修，故称"唐塔"。因南侧门楣上镌刻三世佛，又名"三生宝塔"。

修定寺塔由119种不同图案和造型的雕砖嵌砌而成，造型华丽别致，饰面花纹精美独特，是佛塔之冠，为我国所独有，被考古学家誉为"中国第一华塔"，具有极高的历史、建筑、艺术价值。

1982年，国务院公布其为第二批全国重点文物保护单位。

千年古韵说『华塔』

当我下决心要遍走安阳时，才知道安阳有座全部用砖雕出来的"华塔"。因建在修定寺内，取名"修定寺塔"。因修于唐朝，当地人又称之为"唐塔"。位于安阳市殷都区水冶镇西北磊口乡清凉山村西的清凉山南麓。

2010年3月9日，一个风和日丽的下午，我拜谒了素有"中华第一华塔"美誉的修定寺塔。见过西安的大雁塔、小雁塔，见过云南大理的白塔，却从未见过全部由砖雕出来精美图案的塔，真是一座不折不扣的"花塔"。

古韵一：砖雕图案之精美

走近塔身细看，每块砖雕的图案各不相同，有佛像、弟子、菩萨、天王、力士、武士、侍女、飞天、伎乐、青龙、白虎、猛狮、大象、天马、巨蟒、飞雁、帷幔、花卉和彩带等，五花八门的图案共有76种，个个形象逼真，栩栩如生。有头梳圆髻、身穿袍服的真人，有面部丰腴、足蹬云履的侍女，有凌空飘荡、轻歌曼舞的飞天，有赤身裸体、身扎肚兜的童子，有英武雄壮、顶盔贯甲的武士，有头戴尖帽、紧衣长衫的胡腾人，

印象安阳

等等。佛像手捧莲花，安详从容，很有大肚能容天下难容之事的风采；武士则手持剑戟，威武不可侵犯；就连侍女、伎乐，尽管同是女性，形象却各不相同，展示着自己独特的魅力。动物图案有穿云破雾的蛟龙、仰天怒吼的雄狮、背负珠宝的大象、行云奔走的天马等。作为外行，一看也能明白佛是佛，侍是侍，武士是武士。就连花卉彩带也如真的一样，缠在塔身的不同部位。不仅如此，这76种图案的排布也颇有讲究。横看竖看皆不相同，而不同面的图案排布又很有规律。当年的工匠们之所以如此排布，我猜想是有一定讲究的，只是我们肉眼凡胎的俗人不懂罢了，所以看不出什么门道来。

最好看的应该是塔身的南壁，南壁开一拱券门，门口有蛟龙镇守，蛟龙雕得既威武又不失尊严。作为守门神，它的威力则是：菩萨请进去，小鬼你避开！左配青龙吞云，右配白虎吐雾。两侧侍立四臂金刚，面目狰狞，浑身肌肉隆起，两手向上各执兵刃，两手向下舞动扩张，勇武强悍。门楣上方有一组石雕佛像，听守塔人赵德华大爷讲，中间的是三

修定寺塔砖雕

世佛，两侧的是菩萨、弟子和天官。走近仔细看，尽管不知道佛到底长何样，与菩萨有何区别，但能感觉到就是不一样。不仅如此，门框上还有郏县令和林虑县令敬奉的题铭。我猜想作为一县之长的父母官，在此留下姓名，是希望三世佛和菩萨能保佑他们官升三级吧。四隅装有马蹄形团花角柱，两侧加滚龙攀缘副柱。上檐外挑，形成雨棚，凹腰葫芦饰为顶盖，远看外貌，如一顶坐北朝南华贵的方轿。

修定寺塔因为独特的砖雕艺术，曾经吸引了来自世界各地多个国家的专家学者，他们不远万里来到这里，既研究塔的历史地位和文物价值，也欣赏精美的砖雕艺术。守塔人赵德华老人告诉我们，曾经来过一批日本专家，看完塔后，伸出四个手指头，说这座塔价值四个亿的人民币。赵大爷曾经在心里算了一笔账，一块砖就价值十多万元。说这座塔一砖千金，价值连城，称其为"中华第一华塔"，一点儿都不为过。

古韵二：传说故事之有趣

看华塔精美的砖雕是一趣儿，听守塔人赵德华讲与塔有关的故事更是一趣儿。

趣儿一：张猛义举修寺院。张猛原是北魏时期洛阳白马寺的一名和尚，喜欢云游，乐善好施，书法极佳，他的碑帖至今受到人们的追捧。

北魏太和十八年（494）的一天，魏孝文帝在清凉山围场狩猎，突然从山中窜出一只猛虎，张牙舞爪地扑向孝文帝。当时，周围的侍卫都吓呆了，顿时一片慌乱，孝文帝也吓得不知所措。就在这千钧一发之际，从半山腰跃出一位僧人，手持棍棒与猛虎展开搏斗。最终，僧人制服了猛虎，孝文帝得救，躲过了一场血光之灾。

这位僧人就是张猛。为报答张猛的救命之恩，孝文帝决定以封官加爵和金银财宝答谢他。谁知，张猛既不要金银财宝，也不要高官厚禄，提出想在清凉山下修一座寺院，孝文帝当场应允，因此有了北魏太和十八年（494）始建在清凉山脚下的天城寺。

据说该寺初建时规模十分宏大，能容纳500多名僧人吃住生活，香火十分旺盛。自此，北魏孝文帝也开始信奉佛教，大力提倡佛法。由于孝文帝的重视和大力提倡，在他统治期间，佛教迅速发展起来，出现了佛教在中国历史上发展的第二个高峰期。

北齐时扩建改名为"合水寺"，隋时又改名为"修禅寺"，唐朝进一步扩建和重修，使该寺规模更为壮观，并改为今天的名字"修定寺"。自北魏张猛始建，至唐重修寺院，历经四个朝代，规模逐渐扩大，至唐代达到鼎盛，已有三进院落，数座殿宇。清末战乱时，寺院全部毁坏，仅留下孤零零一塔，在诉说着历史的变迁和世事的沧桑与无奈。

趣儿二：三生宝塔的来历。修定寺塔，算是个学名，在当地人的嘴里，是不常被叫起的，当地人叫得最多的除"唐塔"外，就是"三生宝塔"。为何又被唤作"三生宝塔"呢？与这座塔曾经修过三次有关。

一修宝塔的是隋朝隋文帝。隋文帝杨坚曾经到此一游，看到此地四周层峦叠嶂，山势巍峨，清泉环绕其间，山清水秀，不仅景色优美怡人，而且气脉很旺盛，是个出真龙天子的地方。隋文帝想：我原本就是皇帝，怎么能再出个皇帝呢？为压住这里的龙气,隋文帝决计在这里修一座塔，仅塔基就打了一米多深，如此厚的地基，足以压住龙气了，隋文帝就没有再接着修塔，所以，整个隋朝，也就只打了个塔基。

二修宝塔的是唐朝唐德宗。有一次唐德宗李适路过清凉山时，突然被一群人追赶，为安全就急忙躲进附近的一个尼姑庵里，请尼姑救他一命。尼姑当即把一件袈裟披在他身上，让他男扮女装。李适进庵时，一匹白鹿也尾随而来，当追兵箭射李适时，是白鹿为其挡箭，李适才躲过此劫。随后为感谢尼姑和白鹿的救命之恩，李适将原名"水盆庵"的尼姑庵更名为"白鹿苑"，并以隋文帝时修建的宝塔为根基，把塔修了起来。随后，李适将这里作为休闲和避暑的胜地，曾经多次来到修定寺。此后，又演绎出了更多的故事。

三修宝塔的是明朝明成祖。明成祖朱棣的儿子朱高炽常年住在这里修身养性，将修定寺变成了明朝的香火院，又重新补了塔的上檐。

趣儿三：命根水用来救贵妃。据传，唐玄宗李隆基曾经带着杨贵妃两次来修定寺避暑休闲。一次，杨贵妃自修定寺回到长安后，就一病不起。朝廷遍请长安名医均医不好贵妃的病。有人说只有修定寺的水才能治好杨贵妃的病。当时修定寺内有两眼井，一清一浊，清水井里的水，无论如何烧都不会起水垢，而浊水井里的水却有很多的水垢，能治病的自然是清水井了。这治病的水不仅要清，还必须得是每天第一瓢的新鲜水。如何能以最短的时间最快的速度让贵妃喝到新鲜水呢？大臣们想出了手手相传的方法，从修定寺井水边站起，人挨人，手连手，传递到千里之外的长安。水到长安后，杨贵妃一饮而尽。怪啊，仅一碗凉水下肚，杨贵妃的病就好了，这岂不就是救命的命根水！

趣儿四：无蚁山上真无蚁。在修定寺北面的清凉山上，有个山头被称为"无蚁山"。传说，当年李世民的儿子李治当皇帝前，也曾到过修定寺。午间他在清凉山上乘凉睡着了，一只蚂蚁爬到他身上，狠狠地咬了他一口，把正熟睡的李治咬醒了。李治醒后十分恼怒，就说了一句，将来有一天我若是做了皇帝，一定将你们这些害虫统统灭掉。后来，李治当了皇帝，有人再到清凉山上李治曾经躺过的地方看，果真没见过一只蚂蚁。赵德华老人也说，此事他亲自验证过，曾多次到李治躺过的地方观察，从未见到过蚂蚁。你说神奇不神奇？

各位，巢儿是个学文学之人，喜欢猎奇，爱听奇谈趣事。以上全部是听守塔人赵德华老人讲的，又加上巢儿的合理想象，肯定有不确切之处，请千万不要拿着棒槌当针（真）使，像考古学家似的，一定要究出个所以然来。你只管也和巢儿一样，权当故事听听，如何？

万佛沟位于河南省安阳市区西南25公里的宝山之麓，依山遍刻石窟。为东魏武定四年（546）至北宋乾兴元年（1022）所建，是全国最大的高浮雕塔林。今留有石窟255个，塔（殿宇）龛245个，佛、僧雕像数百尊，高僧铭记百余篇，通称"万佛沟"。因与洛阳龙门有相似之处，亦称"小龙门"。其中以大留圣窟与大住圣窟为最。

大留圣窟位于岚峰山东侧，由高僧道凭法师于东魏武定四年（546）刻造。石窟高3.5米，宽3.3米，内有汉白玉石佛三尊。大住圣窟居于宝山南侧，于隋开皇九年（589）开凿。石窟高2.6米，宽3.4米，内刻迦毗罗神王、那罗延神王及释迦牟尼佛等。

以两大石窟为中心，从东到西遍布摩崖浅窟塔龛，凿于东魏至唐宋，历600余年。塔龛造型精致，样式各异，有的端庄古朴，有的玲珑雅秀，线条流畅，技艺精湛娴熟。

宝山之宝

<small>邺水朱华</small>

若在网络上搜一下"宝山",就会出来许多个"宝山",其中介绍最多的是上海的"宝山"。为什么中国人喜欢给山起名叫"宝山"呢?我猜想,这应该和中国人喜欢给男孩子起名叫"梁"和"柱"一样,是一种实力的象征吧。

本文所说的此"宝山",绝不是上海的彼"宝山"。我说的宝山,是位于安阳城西南约25公里处的一片群山,虽然名不见经传(网络上那么多有关宝山的介绍,却没有一条是针对安阳这座山的),却十分有文化内涵。宝山是该群山中一座山峰的名字,又是周围包括宝山在内的岚峰山、马鞍山、悬壁山等8座山峰的统称。据说,这里曾经是唐太宗李世民的藏宝处,故称为"宝山"。当地人至今还流传着"东坡到西坡,金银两大窝,要问藏何处,请问皂角树"的民谣。

如果说宝山真的藏有金银财宝,那也是过去的事了。随着时代的更替和历史的变迁,历经战乱和天灾人祸,宝山上的宝早已被盗抢一空。如今的人们仍把宝山视为宝,是因为素有"河朔第一古刹"美誉的灵泉寺就坐落在宝山之中,此外,这里还存有历史留下来的许多石窟。

说起隋唐时期久负盛名的灵泉寺为什么要建在宝

山之中，还真有一段传奇故事呢。相传东魏时的道凭法师是位得道高僧，他一生致力于佛教事业，云游全国各地，遍访名刹古寺，一心想找一个能建寺院道场的风水宝地。有一天他来到位于宝山、岚峰山、马鞍山、悬壁山等8座山峰环绕的南坪村，四周是山，中间有水，泉清水碧，颇合禅意。道凭法师觉得这是一块十分难得的风水宝地，遂不再云游，决定就在此建寺。

建寺需要大量的资金，怎么办？这道凭法师，不仅道行高，而且还精通中国医学。当时，东魏孝静帝的母亲得了一种怪病，朝野内外遍寻名医，均治不好老太后的病。道凭法师听说了，就自荐上门，三两服中药竟将老太后的病治好了。皇上要赏赐道凭法师，道凭法师趁机提出在南坪村建寺院的请求，皇上立马就答应了，并立刻派出能工巧匠和三位监工大臣前往南坪建寺院。等道凭法师给太后看完病回到南坪村，却不见有人来建寺院，这一等就是三年。后来，太后又旧病复发，皇上再次派人把道凭法师找去，并询问建寺的情况，这才知道寺建错了位置（据说是建成了兴阳禅寺，也在宝山中）。皇上一听就急了，随后，又重新选派能工巧匠赶到南坪村，开始大兴土木。接受了上次教训，这次皇上在全国上下招集能工巧匠，派了许多人，人去了一批又一批。先来的建寺院，后来的就开始在宝山周围的山上修塔林凿石窟。来得最晚的是扬州匠人，扬州匠人来时，寺院和石窟都建得差不多了。既然千里迢迢来了，就不能无功而返，扬州匠人只好另建了两座塔，就是至今还保存比较完好的唐双石塔，当地人称之为"扬州塔"。

寺是号称"河朔第一古刹"的寺，双石塔也是不可多得的双塔，被著名的当代古建筑学专家罗哲文教授评价为"现存众多的双塔中年代最早者，且雕刻精美，堪称一绝"。不仅如此，遍布宝山中大大小小的石窟，更是历史留下来的稀世珍宝。

石窟分布在宝山东西两山千余平方米的范围内，仅摩崖浅窟佛造像和雕刻殿宇塔龛就有许多，为表达其多，人们称之为"万佛"，石窟所在的地方称"万佛沟"。

据统计，仅岚峰山石窟就有89个，宝山石窟多达158个，再加上近几年在宝山其他地方发现的石窟8个，总量达到255个之多，称之为"万佛"，一点儿也不为过。

在众多的石窟中，有两座较大的石窟值得一说，一是东山的大留圣窟，一是西山的大住圣窟。大留圣窟为建寺师父道凭法师所造，大住圣窟则为其徒弟灵裕法师所为，其名字无论是"大留"还是"大住"，均寓意使佛法常在。

大留圣窟，窟深4.44米，宽3.3米，高3.5米，现存汉白玉坐佛3尊。东为卢舍那佛，可惜佛头被人摘走，已经看不清佛的真实面目了，但从他的坐姿和安详神态断定，这应是一尊大慈大悲的佛。北为阿弥陀佛，头部及右手全无，左手伸前施以愿印，结跏趺坐于方形束腰须弥座上，神态自然从容。南为弥勒佛，头部已失，即使无头，人们只要站在他的面前，仍能感到他"大肚能容容天下难容之事"的宽容，仿佛在告诉人们：有头无头都不碍事的。我实在想象不出，那些可恶的盗贼，面对如此从容，笑眯眯看着自己的佛，是如何下得去手的！

大住圣窟开凿于隋开皇九年（589）。该窟开凿在整块石头上，圆形的窟门。令人费解的是窟门外竟雕有把守的门神，莫非佛法无边的菩萨也需要别人保护吗？更让人不可思议的是，面积不足10平方米的石窟内，竟容纳了42尊佛，真乃集佛之大成。这些佛大的很大，小的很小。但无论大小，个个雍容大度，端庄安详，造型精致，栩栩如生，很有佛家风范。最有韵味的是那6个歌舞仕女，个个千娇百媚，长裙飘飘，长发飞动，似乎给安静的石窟增添了些许灵动。我猜想，有飞天相伴，即使是无头的佛祖，也应该不会感到孤独、寂寞和委屈了吧。

看中宝山这块风水宝地的不止隋唐时期的僧侣道人。生于1838年，坐化于1998年，佛道双修的长寿老人吴云青也将这里视为宝地。吴云青18岁出家云游天下，一生遍访华山、嵩山、王屋山、武当山等以中国道教闻名的名山大川，走遍了洛阳白马寺、登封少林寺、开封救苦观音庙、北京豹子街育婴堂等道坛佛堂，而最终他看中的坐化之地仍然是位于宝山之中的灵泉寺。

1998年，160岁的吴云青坐化归西时，特意嘱托弟子将自己安置于灵泉寺的石塔中，称肉身三年不化。两年后，有人曾打开石塔，果然如老先生所言，面色红润，鹤发童颜，栩栩如生，肌肤仍有弹性，成为当代科学无法破解的一个谜。如今，只要你去灵泉寺，仍能看到长寿老人吴云青坐化后的不朽尊容。

宝山真是有宝啊，叫宝山果然名不虚传。难怪唐代诗人程序这样形容宝山："烟景尽冥冥，楼台隐翠屏。猿攀太子树，鸟听《法王经》。悟理心无著，求缘塔有灵。回车犹未远，日暮数峰青。"

河朔第一古刹灵泉寺

灵泉寺位于安阳城西南约25公里的宝山之中,由高僧道凭法师于东魏武定三年(545)创建,距今已有1400多年的历史。

想当年,隋文帝为了弘扬佛法、广施佛缘,一声令下,将道凭法师的徒弟灵裕法师召至都城长安,封其为全国最高僧官"国统",统管全国寺院僧尼。隋文帝深知灵裕法师孤傲清高,除赐绫锦300匹、衣物上千件外,还亲自将灵裕法师常住修行的宝山寺改名为"灵泉寺",取灵裕之名的第一个字,冠于八山之泉的"泉"字,并亲题匾额——"灵泉禅寺"。隋文帝之所以给灵裕如此高的待遇,是想让灵裕法师更好地替他行使国统的权力。这国统何等了得,相当于我们今天的中国佛教协会会长,全国佛教信徒再多,寺院再大,核心却在宝山的灵泉寺。于是,全国上下的僧侣、居士、普通百姓,纷至沓来,有烧香拜佛,要求普度的,也有来请示汇报工作的,灵泉寺好不热闹!将灵泉寺尊为"河朔第一古刹",应该是当之无愧的。

灵泉寺因其核心的地位,发展异常迅速。据王迎喜教授的《安阳通史》记载,到五代时,因灵泉寺寺僧众多,寺内狭窄,故又建一寺,名"福会寺"。由此可见,当时灵泉寺的僧侣之多,达到了空前的程度。

灵泉寺规模最大时，门前是一座汉白玉石桥。汉白玉石桥极为考究，桥洞门额雕刻形象逼真、栩栩如生的二龙戏珠，桥上还建有一座石牌坊，两旁有一对威武雄壮的石狮子。寺院大门建有门楼，门楼上悬挂着隋文帝亲笔御赐的匾额"灵泉禅寺"，两旁墙壁为汉白玉浮雕。中轴线上依次为天王殿、玉皇殿等。后殿有唐代九级方石塔一对，唐碑两通。院中还有观音阁、大雄宝殿、千手千眼佛等。寺东还有三间石券庙，寺西为僧房院。寺门前还有阎王殿。东山有石碑，西山有塔林。灵泉寺东西两侧千余平方米的范围内，还分布着无数个摩崖浅窟佛造像和塔龛。

大凡当皇帝的都明白，要想巩固统治，必须加强教化，将佛教与中国的传统文化相融合，这也正契合封建统治者的思想。因此，统治者大都十分重视佛教的发展。历史从隋走到唐，尊佛崇教的风气更加盛行。灵泉寺的香火更加旺盛，不仅普通百姓朝拜佛祖，就连皇帝也隔三差五带上嫔妃来此上炷香许个愿，既保自己皇位永固，也保黎民百姓生活美满。

而关于唐朝皇帝李世民来灵泉寺修行拜佛还流传下了许多故事。

灵泉寺附近有个村原本叫"西彰武"，据传，唐太宗李世民带他的爱妃来灵泉寺上香时，把龙子生在了西彰武，唐太宗一高兴，把"西彰武"改成了"天禧镇"。唐太宗是否在此生过龙子，不得考。但"天禧镇"这个村名却沿用至今，想来此村名应该是有些来历的。如果以上的传说成立的话，至少说明一点，即唐和隋一样，重视佛教的发展。

自545年灵裕法师的师父道凭法师创建宝山寺至隋文帝改寺名为"灵泉寺"，再至唐至北宋，灵泉寺香火不衰，红火了600年。是北宋的战乱和经济文化重心的南移使雄居北方的"河朔第一古刹"走向了荒凉和衰败。

更可恶的是20世纪30年代，日军的铁蹄踏进中原，已经处于风烛残年的灵泉寺被彻底毁坏。日军把灵泉寺能带走的全都带走了。据当地老人讲，就连万佛沟的佛像，他们也不放过，石头太沉，佛身太重，他们搬不走，就把佛头敲下来带走。难道笃信有来生的日本人，就不怕无头佛找上门，向他们索要佛头吗？

与曾经的辉煌相比，如今的灵泉寺显得有点凄凉，寺毁僧散，唯有基址在。现在的灵泉寺是近年在原址的基础上重修的，内存单层石塔一对，为我国最早的石塔之一，精美的唐代九级石塔一对，隋狮一对，唐碑三通，再就是东西两山上，那些个有身无头的佛祖，在诉说着历史的沧桑和世事的难料。

■ 印象安阳

练鞭石的传说

关于练鞭石的故事,我是听灵泉寺里看护吴云青法身的大爷说的。

据说,唐太宗李世民曾经到灵泉寺进香,尉迟敬德及李世民爱妃等一队人马陪同,浩浩荡荡来到寺里。一般情况下,对于皇上的到来,僧侣们该夹道欢迎,没承想,灵泉寺的僧侣对此无任何反应,该念经念经,该打坐打坐,完全没把皇上的到来当回事,这下惹恼了敬德。敬德心想,对皇上如此怠慢哪里有过?他立时就想发作,但因为皇上在场,当着皇上的面,只好忍了。

唐太宗李世民一行,拜过佛,上过香,从寺院出来,就准备打道回府。而敬德心里仍有气,就想回去给灵泉寺的和尚们一点儿教训,却又不敢对皇上明说,只得谎称自己有东西落在寺里。得到皇上的恩准后,敬德手持皮鞭,气冲冲地往回走,边走边狠狠地想,我一定要用这鞭把那些个没大没小的和尚全抽死。

气势汹汹的敬德推开寺门,却见一群僧人头顶钵盂跪在院里。这是为何?敬德十分纳闷,连皇上都不跪的和尚,难道是给我下跪吗?敬德问,僧人回答说:"我们不跪皇上,是因为皇上没有害我们之心。而敬德你就不同了,我们不跪你,你是要害我们的。"

一句话说得敬德哑口无言，打也不是，不打也不是，怎么办？正在有气无处出的当口，敬德看到了身旁有块大石头，为解心头之气，敬德举起皮鞭，"叭叭"两鞭，竟把石头抽裂开了。

　　这就是练鞭石的传说。

　　为证实老大爷的说法，巢儿查了许多有关灵泉寺的资料，却没有查到关于练鞭石的传说。既然无历史凭证，巢儿就难以判断真假，只能算是个传说。老大爷那样一说，我这样一学，你也随便一听，信不信的，全由你了。

　　不过，而今在距灵泉寺不远的地方，还真有一块开裂成两瓣的石头在路旁立着，是不是那块练鞭石呢？不知道。如果不信，你就抽时间亲自去灵泉寺看看吧。

小南海，那文化蕴积深厚的地方

小南海，位于安阳城西南，距安阳约 25 公里。小南海处于四周群山环抱中，山上，苍松翠柏将山峰装扮得郁郁葱葱；山下，百泉争涌，汇成巨潭，河流纵横；碧波上，舟船似梭自由驰骋，犹如在大海之上。而此地又处于古邺城之南，小南海便因此得名。

一处好景致，不仅应该有山有水，还应该有文化，小南海就是这样一个地方。

我们不妨先从小南海的山水说起。小南海附近的山有九龙山、络茄山，水有玉泉和络丝潭。山环水绕、山水相依的小南海，自古就是出了名的好地方。"巍巍太行凌青苍，峰峦叠嶂碧云荡。峻岭纤岗凝翠微，南海泉酿醉夕阳。""平岗回合尽桑麻，百汊清泉两岸花。更得青山作重复，武陵何处觅仙家。"金人元好问情至深处的诗，足以概括小南海秀美的风光。大自然的鬼斧神工，造就了小南海附近奇特的美景，如"络丝潭""龟蛇斗""珍珠泉""三磊石桥""小脚岭""长春观""万人泉""雪不落"等都是这里独一无二的风景。小南海南岸有一突出的山峰，状如牛头，山顶有两株古柏，亭亭玉立，婀娜多姿，很是迷人。山腰绝壁上有一座古庙，红砖绿瓦，玲珑雅秀，古色古香地掩映在丛林翠柏之中，点缀于山光水色之间。夜深人静之时，风从山中掠过,吹起松柏如波涛翻滚,一浪高过一浪,起起伏伏,且声如洪钟,很是壮观。这就是"善应松涛",安阳著名的八景之一。小南海美丽可人的自然风光,自古就吸引着文人骚客来此处采风观光。元代文学家许有壬就曾经为这里的美景痴迷过:"崖上留题破紫烟,岩前瀹茗挹清泉。烂游三日酒如川。　有水有山高士宅,无风无雨小春天。人间真见地行仙。"(《浣溪沙·游善应》)其实何止许有壬呢,就连云游天上地下、观尽人间美景的观世音菩萨也曾经被这里的美景吸引而流连忘返。

据传天神南顶老爷曾经四处云游,来到善应,一眼就看中了这里的山清水秀、碧海波涛,觉得是个不可多得的好地方,便决定将这里作为自己长期的休养栖身地。怕别人占据了这块宝地,他抽出宝剑,插到了络丝潭旁边的一块巨石上,以此作为他立身占地的标记。

南顶老爷刚刚占完地,就见天上一团祥云飘然而至,原来是南海观世音菩萨。南顶老爷便问:"你来干啥?"观世音菩萨笑着回答:"我住在这里。"南顶老爷一听,非常着急,自己好不容易找到个好地方,怎能让她强占了去,急忙说:"我已经占下这里。"观世音菩萨笑着说:"我比你先。我早已经把绣花鞋放在络丝潭旁的石头上了。"南顶老爷心想,我插宝剑时没见有鞋啊。于是,两人一起来到巨石旁求证。果然,南顶老爷的剑正好插在绣花鞋上,铁证如山,南顶老爷只得拔出宝剑悻悻离开,到南方寻他的风水宝地,南海观世音菩萨从此就长住在这里。

为考验这里的人心,观世音菩萨扮作一个老妪,到村里要饭吃。村里人见老人可怜,纷纷拿出吃食招待,还帮她在络丝潭旁的巨石上安置了一个住所。据传这就是后来的南海观音庙。为报答当地人的善良之举,观世音菩萨在络丝潭中栽了许多海带,让生活在山中的百姓也能尝到海味。观世音菩萨知道这附近有个玉泉,水很好,她决定把玉泉水引到络丝潭来,让这里的百姓喝上更甘甜的泉水。在去玉泉的路上,遇到了劫匪,非要让观世音菩萨留下买路钱,观世音菩萨告诉他们"我一个穷老婆子没钱"，他们便哄抢老人的衣服。见这伙人如此蛮横，观世音菩萨大怒，腾空而起，说道："恶有山，善应水，不叫玉泉地上走，穿越地下到潭边。"话音未落，玉泉水在地上就不见了，穿地而过到了络丝潭。而劫匪抢劫的地方，立时就树木禾苗干枯、有山无水。人们就把这个地方叫"恶有"，而络丝潭附近因村人行好，就叫"善应"。那些拦路抢劫的人知道自己错了，再加上"恶有"这个名字太难听，随后就改了别的名，而善应是叫人学好向善的，自然就留了下来，一代代承传至今，或许会到永远，这就是善应的来历。

而要说小南海的文化，那话就更长了。

如果说自然风光是大自然的恩赐，那么，文物古迹则是劳动人民创造留下来的。小南海不仅自然风光迷人，而且文物古迹众多，文化底蕴丰厚，仅国家级、省级和县级重点保护文物就有多处。这里有灵山寺小南海北齐石窟一处，为国家级重点保护文物；小南海原始人洞穴遗址和楼上瓷窑遗址为省级保护文物；长春观、南海庙、元代善应瓷窑、元代储祥宫圣旨碑和宋代石羊等为县级保护文物。一个地方有如此多的文物古迹，足见此地历史蕴积深厚！

先说北齐石窟。石窟就在小南海北岸，人们之所以习惯称之为"灵山寺小南海石窟"，是因为过去这里有个香火很旺的寺院，如今寺毁窟存。

三尊石窟恰在山的一角，不知石窟所依之山是否叫"灵山"，只见三座石窟与整个山体完全割裂开来，孤零零地矗在那儿。

西窟进深1.76米，面阔1.36米，高1.76米，平面呈方形，面积为2.4平方米。正中雕释迦牟尼佛一尊，结跏趺坐于长方形台座上，左右为胁侍菩萨二像，两侧壁各镌刻菩萨三立像。门作拱券状，门楣上雕有滚龙两条，中间有一莲花，门两旁各雕刻有护法神王一尊，组成火焰拱门。

中窟进深1.34米，面阔1.19米，高1.78米，平面呈方形，面积约1.6平方米。是三窟中雕刻最为精湛、内容最为丰富的一窟。正中雕释迦佛一尊，火焰背光，内浅刻腾空飞舞的飞天六个，左右刻二胁侍菩萨，两侧壁各镌侍立菩萨三尊，其间各浅刻小型菩萨三尊，手拿莲枝。东壁上部有浮雕弥勒说法图案，西壁有浮雕莲枝菩提树图案，座台上刻有三个伎乐人。全窟萦壁遍布拜佛积德、敬佛造像的题刻。门亦作拱状，有门槛。门额饰形象生动的二青龙，间有火焰宝珠，下为两只金翅鸟。门洞两旁对称浮雕护法神王立像，威武雄壮。门额上方及右侧有削平的大片岩石，镌《方法师镂石板经记》云："大齐天保元年，灵山寺僧方法师、故云阳公子林等，率诸邑人刊此岩窟，仿像真容。至六年中，国师大德稠禅师重茔修成，相好斯备，方欲刊记金言，光流末季，但运感将移，暨乾明元年岁次庚辰，于云门帝寺奄从迁化，众等仰惟先师，依准观法，遂镂石板经，传之不朽。"后接着刻《华严经偈赞》和《涅槃经·圣行品》。这些经文篆刻为标准的北齐隶书体，苍劲浑重，委婉秀丽，书法价值极高。

东窟毁坏较重，其进深和面阔均为1.29米，高1.67米，平面呈正方形，面积为1.66平方米。正面中间雕琢释迦佛一尊，左右刻二胁侍菩萨，两侧壁各雕三尊菩萨。其间弥刻大小佛像二十三尊，无统一布局，不像是一次刻成的。

以上有关三座石窟的文字，大部分是我从石窟旁边介绍石窟的文字中摘录的。原本想找个懂行的好好问一问，却苦于周围无人，文物保护办公室"铁将军"把门，只得草草地拍些照片遗憾而归。想想，巢儿原本不是考古之人，没必要非得较真儿，只把自己所观所感告诉读者，让读者慢慢品味、细细揣摸也挺好的。

从小南海回来，查资料得知，北齐石窟为北齐天保年间所造，三窟造像大同小异，规模相近，风格古雅。

再说原始人洞穴。原始人洞穴位于小南海西北北楼顶山之腰，长春观附近，去长春观顺带就能看见原始人洞穴。

在我们外行人眼里，原始人洞穴也就是个普通的洞穴而已，看不出与其他洞穴有何区别。洞门经过人为修建,门楣上书"原始人洞穴遗址"7个大字。原始人洞穴的魅力在于它历史悠久，悠久到25000年前人类开天辟地的旧石器时代。

坐西朝东的原始人洞穴，背依大山，面对阔地。而住在洞穴中的祖先们，渴了到不远处的小南海饮水，饿了到附近的大山上狩猎觅食。对于原始人来说，能有这么一个遮风避雨的好去处，不亚于我们今天拥有豪门大宅。在此，我们的祖先繁衍着后代，慢慢地由猿进化为人。

应该说，旧石器时代的人们，仍然处于茹毛饮血之中，在茫茫的中原旷野上，他们与水牛、野猪、鹿、羚羊、鬣狗、猩猩和鸵鸟等同栖同居。人之所以称为人，是因为与其他动物相比，人类有着聪明的大脑，能产生智慧。所以下雨的时候，他们能找到遮风避雨的处所，原始人洞穴则是他们休养生息繁衍子孙后代的风水宝地。

灵山圣水长春观

■ 邺水朱华

　　为写好安阳的名胜古迹，我通常会这样做：先通过介绍安阳名胜古迹的点读机，查找景点所在的方位，规划行程线路；接着上网遍查与该景点有关的历史资料和民间传说，从中找出自己的着眼点，列出采访提纲；最后出发去观看景点。长春观却是个例外，它既不在点读机上，也不在朋友推荐之列，是我采风中的一个盲点，也是一个意外所得。

　　去灵泉寺那天，开车的刘师傅是个"安阳通"，又在旅游局工作，对安阳市周边有名没名的景点都了如指掌。从灵泉寺出来，他说要带我去长春观。

　　我们到达长春观时，已经是日暮时分，游人并不多，也许不是初一十五，香客也很少，观里仅有几个俗人打扮的人，在守着山门。

　　长春观位于安阳城西南的白玉山间，距安阳市约25公里。长春观坐西朝东，依山而建，顺坡而行，整个道观就建在半山腰中，周围山势犹如玉龙盘绕，呈太师椅形。后有盘古顶、左龙山、右龙洞，洹河从眼前盘桓而过，群峰拱卫，三山环抱，青山绿水，景色十分秀美。因地处山中，整个道观掩映在苍松翠柏之中，点缀于山光水色之间。冬有松柏，夏有禾苗，一年四季常青，故名"长春观"。

据资料记载，长春观建于唐代，是我国北方道教圣地之一。长春观最繁盛时期在唐朝。据说有位烟霞大师十分了得，他在此住持时，香火很旺。他懂医学，经常为百姓看病，被当地百姓誉为神医道人；他识天象，精通农业，根据气象推测确定该种植什么庄稼，凡经他推荐种植的农作物没有不丰收的；他替老百姓着想，为老百姓排忧解难，深受老百姓爱戴，老百姓都将烟霞大师奉若神明。

关于烟霞大师，史书上是有记载的，而史书上没有记载的是关于长春观的传说。比如赵匡胤千里送京娘就是一个。冯梦龙在他的"三言二拍"中的《警世通言》第二十一卷中说：民女赵京娘随父去北岳还香愿，不料路遇响马，被扣押于赵匡胤叔父赵景清所在的道观里。赵匡胤闲逛道观时，救下了京娘，又怕她还会遭难，便护送她返家。为了行路方便，二人结成兄妹。一路上京娘敬佩赵匡胤的仗义助人，对他表达了爱慕之情，赵匡胤却坚守兄妹之礼。到家之后，京娘之父欲将京娘许配给赵匡胤，赵匡胤不愿蒙上"不义"之名而拒绝了，京娘为表贞节跳湖而死，至今在河北的武安市境内仍有京娘湖。赵匡胤即位后，得知此事，感佩京娘的忠贞，并专门为其敕封立祠。据传故事中提到的道观就是长春观。

据资料介绍，昔日的长春观建有转花楼、老君洞、玉皇殿、佛祖殿、关帝殿、菩萨庙和鲁班庙等，规模宏大。只可惜大部分建筑历经千年岁月的侵蚀，早已荡然无存。据说，当年的转花楼规模宏伟、气势浩大，自清顺治四年（1647）开始建，至康熙三十三年（1694）竣工，历时近50年。安阳旧县志上说"长春观有转花楼十八间，神像骑异兽，状极精彩"。转花楼建在白玉山顶，背山而筑，三山环抱，上下两层。由一侧上楼，可进三面的殿宇，站在楼上向东眺望，能将四季美景尽收眼底，因"登楼转巡而可望之"而得名。

长春观的老君洞，因供奉的是道家鼻祖李耳而得名。该洞建在转花楼的下面，上楼下洞，连成一体。该洞为石券洞，是迄今保存最为完整的河南古建筑之一。高7米，阔6.3米，进深18.7米，全用1米厚的汉白玉条石砌成,无梁无柱,极为罕见。当地百姓这样形容:"这座房是好房,一没柱,二没梁,山沟出了巧匠人,窗户留在门头上。"洞内供奉的道教创始人李耳,巍然端坐,而其两侧的对联颇让人玩味:"存心邪僻任尔烧香无点益,扶身正大见吾不拜有何妨。"真是一语破的。

而目前的转花楼等一些建筑则是附近村民在原来遗址的基础上,于1987年自发修建的。重建的转花楼基部全部用汉白玉砌成,檐柱回廊仅用36根木柱撑托,十八间转花楼供奉着女娲、黄帝、轩辕及传说中的神仙像。阁内泥塑造型奇特,蜡像酷似真人,木雕形态逼真,壁画色彩艳丽。雕梁画栋、飞檐斗拱,别具匠心。各殿均有楹联,或劝世讽今,或寄意深远,或直抒胸臆,让人在欣赏建筑、陶醉于自然美景的同时,还能品味到深刻的文化内涵,实乃点睛妙笔。难怪无数文人雅士,凡到此一游,总情不自禁留下墨宝:"灵山圣水携君游,玉楼琼阁莲步休。几番思却天将暮,不言心中真情流。""长春妙观藏山中,玉楼琼阁凌云空。洹河绕山长流水,老聃深居屯仙境。"

据说长春观还有三宝:玉石、宝泉和中草药。

先说玉石。长春观地处三山的怀抱之中,而周围的山多由汉白玉和墨玉等许多名贵石头构成。每当太阳东升,周围的石头在阳光的照耀下熠熠生辉,衬托得道观更加雄伟壮观。

再说宝泉。长春观有一口井,叫"玉泉井"。该井也被当地老百姓称为"宝泉""神井",附近村民有个头疼脑热、小病小灾的,只要来此饮些井水,病症立马减轻。玉泉井位于海拔267米的半山腰中,井深3.7米。始建于唐,历代皆用。近年来,玉泉井的名气越来越大,慕名前来饮水的游客越来越多,一些文人墨客,甚至国际友人到此饮水还赋诗赞美:"长春观中玉泉井,常饮常驻不老春。老夫游山归家后,妻问何来少年人。""寒山秀水育名泉,此水生来不平凡。消暑除烦调肠胃,清心明目美容颜。"玉泉井水的真实功效自然不能以文人的宣扬为证,因为自古文人善夸张,但玉泉井水能治病却是事实。该井地处深山,污染小,又含有锶、钙、镁等人体需要的多种微量元素，而这些微量元素恰是肠胃病、高血压、糖尿病等的克星。只是医病者一定要有耐心，不是一瓢见效，而要长期饮之。

再说中草药。长春观四周的山石间生长着地骨皮、五加皮、三七等近300种中药材，可以医治许多疑难杂症。

由此看来，把长春观奉为灵山圣水之宝地一点儿也不为过。

长春观不仅历史悠长，文化蕴积深厚，而且自然风光也极美，是避暑休闲的好去处。长春观四周山青如黛，水流潺潺，杨柳依依，环境优美，风光秀丽。长春观红墙绿瓦、亭台楼阁掩映于苍松翠柏当中，点缀于三山环抱之间。三五知己，立于转花楼上，观水光山色之美景，谈千载古刹之壮观，越千年历史之长河，观文明古迹之闪烁，岂不美哉！

六千年中华文明不断代的渔洋

邺水朱华

渔洋村，原本是安阳市殷都区安丰乡一个名不见经传的普通村庄。它闻名于世，缘于六千年中华文明不断代的历史。这里有仰韶陶片、龙山卜骨、商代陶鬲、战国鼎壶、汉代洱杯、东魏瓦片、北齐泥像、宋朝瓷片、明代青花、清代小盘……历史遗留在这里的瓦砾和陶片成就了这个小村庄，历史不经意间在此画了一道，这一道绵延数千年，却从未间断，引来世人的瞩目和青睐。

第一次听说渔洋村是2003年，第一次走进渔洋村大约是2005年初夏，那时的渔洋村已经被中央电视台等多家新闻媒体炒得炙手可热，前去拜访的游客络绎不绝。趁着火热，我也去了渔洋村。

表面看，似乎渔洋村与豫北的其他村庄并没有多大差别，古朴的村庄，青砖灰瓦的农舍，只是与其他村庄相比，略显陈旧一些。农家的院墙上，新中国成立初的"饮水思源"、抗美援朝时的"保家卫国"、"文革"时的"千万不要忘记阶级斗争"、20世纪70年代的"壮志凌云"和80年代的"学科学"等标语口号依稀可见。如今，历史的车轮已经跨入了21世纪，中国也早已由计划经济转型为市场经济，往昔已经作为历史躲进了教科书中。渔洋村能把这些时代的印记存留下来，且六千年文明历史不断代，这不仅在中国，甚至在世界上都属罕见。

龙振山是渔洋村颇具传奇色彩的名人，被媒体称为"文化的守望者"。曾经是村小学历史老师的他，慧眼识珠地把村民们扔掉的"秦砖汉瓦"一点点收集起来，用自家的房子做展厅，办起了渔洋村历史博物馆。从原始社会的石器到奴隶社会的骨器，到封建社会、半殖民地半封建社会，甚至民国时期的陶器、瓷器和瓦当，在龙振山的博物馆里一应俱全，任谁也无法否认这六千年割不断的历史血脉。

龙振山是位憨厚老实的农民，言语并不多，但说起渔洋村的历史，说起那些个从几千年前一路走过来的瓦当和陶片的来历，他就激动得滔滔不绝起来。

龙振山是渔洋村的功臣，没有龙振山的发现，不可能把六千年不间断的文明史串起来，历史和渔洋村都应该感谢龙振山这位有心人。

其实，能证明渔洋村历史不间断的不仅仅是龙振山博物馆里的陶器和瓷器，还有整个渔洋村那错落有致、青砖灰瓦的明清民居。村中的民居尽管已经十分破旧，但依然高大宏伟，民居上技法娴熟、图案精美的砖雕和木雕尽管显出了老态龙钟的腐朽，却依然风韵不减当年。"致中和""耕且读""持中恕""读书声"等匾额，流露的依然是村民们对知识的崇尚和对文化的向往。令人欣慰的是，渔洋村至今还有四座明清时期的深宅大院被保存下来了。渔洋村的龙家大院，建筑规模宏大，布局严谨，沿中轴线每座都有四进院落，九个门相互对应，是北方典型的"九门相照"院落。只可惜，东厢房已经被破坏了，仅剩下基址，西厢房还在，门楣上的"竹苞""清琐"还清晰可见，透着文化的底蕴和内涵。渔洋村曾经的功臣卫士——保卫渔洋村安全的四个拱形城门的门洞有三个依然还在，南门洞和西门洞仍然可供交通使用，北门破败不堪，东门已经不复存在。

何止这些呢？1998年，渔洋村东地和西高穴村之间发掘出了一块后赵驸马都尉鲁潜的墓志，上面记载的鲁潜墓与曹操墓相对应的位置，成了 10 多年后发现的曹操墓的有力佐证。此外，这里还有先商遗址、龙山遗址、东魏窑址……

站在历史的这端，去打量渔洋，很难想象这样一个小村落，会有如此的底蕴和魅力。而站在历史的另一端，再去看这个古朴的村落，你会发现渔洋村那永远熠熠闪光的魅力所在。

渔洋，西靠太行，北依漳河，处于平原和山区的交会处，正是有山有水也有坡的好地方。得天独厚的地理优势，使渔洋既能养育先民，放牧牲畜，也不惧怕洪水的泛滥。岗上牧羊，水中捕鱼，古人所向往的富有安详的生活，渔洋全占了。难怪古时的渔洋并不叫"渔洋"，而是叫"鱼羊"。不仅如此，古渔洋还坐落在古代南北通衢的大道旁，村北 500 米的漳河就是重要的渡口，承载着南来北往的运输。古时，哪里有渡口哪里就是商业繁荣的地方。于是，在古渔洋村中，店铺、客栈、饭馆等供客商和行人住宿吃饭的地方应运而生。一些外地人由于长期的商贸往来，看中了这块地方，在此定居，世代相传，致使如今渔洋村的 3000 多人中，竟有 20 多个姓氏。

一个地方的兴起与衰落是与交通的发达与否分不开的，古时的渔洋因为交通便利，商业和经济的发展兴盛而繁荣。而今，由于近代铁路和公路远离渔洋，渔洋淡出了历史的视线，但渔洋曾经的辉煌还是被历史记下了。2006 年，渔洋村遗址（含明清民居建筑）被河南省人民政府列为省重点文物保护单位。作为六千年文化传承的活标本，渔洋村对研究漳河河道的变迁、古代交通、古代民居和民风，都有着不可替代的作用。

那鸟那趣那园

2005年，安阳又增添了一个集文化、娱乐、休闲于一体的公园，它位于中华路东边、市政府北面，和中国文字博物馆在一条中轴线上，名为"易园"。易园之"易"源自《易经》之"易"，取变化发展之意。

"文王拘而演《周易》"，据传周文王在被囚禁时，把伏羲八卦推演为八八六十四卦，其蕴含的"穷则变，变则通"的哲学思想影响了中国3000多年，并将继续影响下去，变化发展一直是易学的一条主线。安阳是《周易》的发祥地，为了突出地域特色，展示博大精深的古都文化的变化发展，取名"易园"是再贴切不过的了。

毫不夸张地说，易园就是我家的后花园，它就在我居住小区的西边。每每心情闷了，写作累了，总爱去易园走走，开阔开阔胸怀。

写《印象安阳》（2012年版）那段时间，的确很累，因为写得不够得心应手，也烦，再加上坐的时间比较长，腰也不大舒服。这样，去易园的次数就更频繁了，一天至少两次。

2010年6月3日，一大早，天就阴沉着脸，好像有人欠了它二百吊钱没还似的，不一会儿就滴滴答答心疼得哭了起来。天阴，云浓，气压就低，人坐在家里闷闷的，突发奇想，就想逛逛雨中的易园。

拉着老公从东门进去,直奔易园的中心太极湖边。还好,因为下雨,人不算多,偶尔见三三两两的人打着颜色不一的伞,脚步也像我们似的轻松和悠闲,慢慢儿地走在湖边,看看湖中信步的小鱼,小鱼在湖里游来游去的,见了行人不躲也不闪,高兴了还冲着游人摇头摆尾地撒个欢儿。湖面上有几只游船因为无人租用,自由自在地在水面上游来荡去,大有"野渡无人舟自横"的悠闲。雨很小很细,落到湖面也形不成斑点和涟漪,仅化作一层细纱,把羞答答的湖水给遮盖了起来。往日的喧闹不见了,难得游人这么少,这么清净。湖说,让我也休息休息吧。

鸟儿是个不知疲倦的尤物,它向来是不管什么刮风下雨的,不像游人下雨还得打把伞,它一身的羽毛是件万能衣,雨来遮雨,风来挡风,有阳光的日子里还防晒,我是鸟儿我怕什么!

公园里的鸟儿不同于别处的鸟儿,它们是见过大世面的,各式各样的大人小孩子全见过了,也就不再怕人了。人散人的步,鸟儿散鸟儿的步,各寻各的悠闲。一只喜鹊见我们从此路过,还特意从树枝上飞下来欢迎我们的到来,落在我们面前,叼根草喝口水,从从容容叫两声,用卖弄的口吻在说:"早啊!"见我们没理它的意思,就有些气恼,冲着我们叽叽喳喳地发泄着它的不满。

我想试试它到底怕不怕人,就轻手轻脚地往前走两步。那鸟儿一点儿也不畏惧,该吃吃,该喝喝,见我走得实在太近了,翅膀一抖,"嗖"的一声飞走了。飞也不飞太远,也就两三米吧,再落下来,然后扬着头,再叫两声,好像在说:"来啊,来啊,我在这里!"见已经引起我的注意,就又飞起来,又停下来,然后又从从容容地啄两下,喝两口地上浅坑里的雨水,再叫两声,等着我再过来。我再次蹑手蹑脚走过去,鬼机灵的,一点儿也不慌张,叫两声,抖着翅膀又飞了。飞就飞了吧,只两步就又停下来。我心有不甘,仍想继续追,被老公拦住了。老公说:"快走吧,调皮的鸟儿和你捉迷藏呢!"

还有那位老者,精神矍铄,健步如飞。上次我们散步时,见他一人站在独木桥的护栏上，两手伸着，东倒西歪地在护栏上练平衡，我就替他捏着一把汗，一不小心，万一掉到河里可怎么办？今天，老者玩得就更惊险了，蹲在河边，撅起屁股探着身子在掬河里的水洗手。河水距河沿还有一段距离，且河坡很陡，一般人是轻易掬不到的，要掬就得费些力气。我是担心，老人一时掌握不了平衡，一头栽到水里怎么办？谁家的老人，这么不让人省心啊！突然想起老换小、老小孩的说法，真是个淘气的老人！若让他的儿女们看见，他们该有多担心啊！

雨仍在细蒙蒙、若有若无地下着，不紧也不慢。打伞不湿衣服，不打伞也未必就能湿了衣服。不知不觉时间已经到了7点半，老公到了上班时间，我也该回家了。回过头看看，路只走了一小段，但观到的景致、看到的趣事却比平时多了许多，真是应了那句话，路边的风景是留给有心人看的。

其实，生活也应该是这样的，有张有弛。有时需要急匆匆赶路，有时需要停下来观景。一味地观景和一味地赶路，都是人生的一种遗憾。

春到蜡梅园

邺水朱华

蜡梅园应该算是一个人文景观，位于安阳市郊西南的龙泉镇上。千亩蜡梅，号称"天下第一蜡梅园"。

记得2008年春节前后，在安阳市区的大街上，不管是路灯下、高楼上，还是在公交车上，只要有广告牌的地方，总能见到"春节哪里去？龙泉看蜡梅"的广告语。火热的海报，诱人的言语，加上春节闲暇的时间和放松的心情，吸引着成千上万的安阳市民拥到蜡梅园。

书上说，蜡梅，落叶灌木，喜阳光，较耐寒，冬季气温不低于零下15摄氏度就能安全越冬，主要生长在寒冷的东北地区，花期为每年的12月至翌年2月。安阳地处中原，相对于东北来说，中原算南方，对于南方来说，中原又算北国。所以，这种生在寒冬腊月里的梅花，在安阳这块土地上并不多见。

记得开园没多长时间，大约是2008年春节过后，我们全家趁着热闹也游了一次蜡梅园。园区很大，树的种类也很多，只是因季节不对，满眼看到的仅是枯枝和稀稀疏疏的绿叶，成片的梅花却很少见，真正含苞待放或吐蕊争俏的并不多。偶尔有三五株红的或黄的梅花，因不够夺目，给人意犹未尽的感觉。问随行的导游，导游解释说我们来晚了几天，错过了蜡梅开得最俏的时节。

第二次去蜡梅园应该是一年后的2009年春节过后，仍是那个季节，仍是那个蜡梅园，抱着希望而去，怀着失望而归。

第三次去蜡梅园是2010年的春天，朋友相邀去蜡梅园，我心里直嘀咕，冬季蜡梅盛开的季节不过如此，春季的蜡梅园有何可看？碍于朋友情面，只得一同前往。

没想到一年多没来的蜡梅园却有了翻天覆地的新变化，园子还是那个园子，蜡梅还是那些个蜡梅，因为不是季节，暂不作关注重点。导游小姐告诉我，蜡梅园并不只有蜡梅，还有许多别的花木，确切点说，蜡梅园应该是个"百花园"，是个四季如春的生态园，春有连翘，夏有玫瑰，秋有火炬，冬有蜡梅，不同季节来蜡梅园，总有不同的感受和收获。一年四季如此不同，为何起名叫"蜡梅园"？我这样问导游，导游是个涉世未深的小姑娘，讲解还不够老练，也不到位，见我提问如此较真儿，一下子被我问住了，脸一赤一白地不知该如何回答。其实，细想想，这哪里是她该知道的问题？像这样的问题应该去问园长才对。

因为马上要到"五一"了，"五一"蜡梅园要推出百花宴。一见到我们，没说上两句话，导游就急着给我们介绍百花宴。根据季节的不同，游客无论何时来游园，都可以品尝到用鲜花烹制的美食。

"五一"能吃什么呢？樱花、紫荆还有棣棠？这些花正开得花枝招展，想必它们就是游人口中的美餐。

"百花园"里不仅培育着品种繁多的花卉，它还是花卉种植专家的创新园。花卉专家根据自己的经验和技术，嫁接了一些新品种，全种植在这里。不仅如此，表面看这个"百花园"与别的花园没什么两样，但技术含量却不一般，浇灌是自动喷水，花盆还可以自动挪移，导游小姐说，这技术在河南算是领先的。

赵师傅是个老园艺工，各种花卉懂得很多。突然想起我家那盆猫眼来，因为不知如何侍养，自从来到我家就病病歪歪的。一说症状，赵师傅马上就能指出病因对症下药。怪啊，中医给人治病还讲究个望、闻、问、切，花医给花治病却可以张口就来，可见赵师傅对花卉的熟稔。问及赵师傅的家乡，却原来就是本地人，土生土长的龙泉人。问赵师傅为何对花如此熟悉，他说龙泉人养花是有渊源的，自三国时期起，这里的人就爱种花，听说过乐不思蜀的故事吗？那个呆头呆脑的刘阿斗就是被这里养的各式各样的花给迷住了，才说"此处乐，不思蜀"的。

的确，龙泉人养花是有历史年头的。相传乾隆时期，龙泉的一位赵姓村民到京城卖花，吸引了乾隆皇帝，皇帝亲赐花名"安桂花"。从此，长在别处普普通通的桂花，在龙泉就被娇滴滴地唤作"安桂"了。

如今的龙泉镇仍是以种植花卉为主，踏上龙泉的土地，到处可见一个个大棚，棚里种着各种奇异的花卉。《续安阳县志》记载："本县以养花为业者，首推第五区零泉村（龙泉）……该村人民，多业花匠，屋角墙下，尽植花卉，其接木移花之术，匠心独运，巧夺天工，足迹之远，天津、陕、晋、开封各地，无不到达。"

龙泉距安阳也不过二三十里，为何就能成为一个花木之乡呢？原来这里气候很是独特，龙泉地处丘陵，水库、河流众多，是南花北移和北花南调的理想过渡、驯化带。

在繁华的闹市中，闹中取静的好去处，也当属龙泉。在龙泉，山清水秀花美的好去处当属蜡梅园。只是因为蜡梅园这个名字，人们误解了它，才枉费了蜡梅园里花儿的一番心机。好花知时节，有些花虽美，花期却十分短暂。像刚刚开过的连翘，说是春天开，其实它是开在初春，花期也就一周左右。还有樱花的花期也很短，碰巧，我们来对了时候，才看到了樱花的怒放。

我想，如果蜡梅园的人嘴再勤些，宣传再到位些，相信如此的好去处是能吸引更多游客的。其实，到蜡梅园不仅仅为看景，吸一吸那里多氧的空气，放松一下心情也不错。不妨，周末的时候，约上三五个知己，骑上自行车，到蜡梅园里转一转，既锻炼了身体，也放松了心情，如何？

印象安阳

龙泉深处有农家

老公忙了一周接待上级领导，既操心又辛苦。我忙了将近一个月，把《印象安阳》（2012年版）中"邺水朱华"部分该写的也写完了，恰逢周末无他事，觉得该轻松一下。去哪儿呢？上次去龙泉蜡梅园采风时曾经听龙安区旅游局的同志说，龙泉农家乐很不错。想想：如果在有山有水的地方，清清静静地吃吃农家饭、干干农家活，在深山老林里住一晚肯定不错。于是邀上朋友，带上相机，星期六上午9点钟，我们一行出发了。

穿过龙泉镇，向西再向南拐，不一会儿就到了蜡梅园。蜡梅园算是安阳的名胜，我们知道，但自蜡梅园再往南行，我们四人就全不知道了。地方不熟悉没关系，有路标就好办。路也是好路，全是新修的柏油路。路不宽，却很平坦，顺山而行，该高时高，该低时低，急弯慢坡不断变化着。索性就顺着新修的路走吧，中国不是有句俗话"路是人走出来的"，有路自然就该有人家。果然，驱车也就十几分钟，就看到了很规整的路标，标着"梨花人家""自然采摘园""冬雪枣基地"等标牌。

有了标牌就等于有目的地了，继续前行。龙泉是全国有名的花木之乡，自然少不了花花草草的，远处的山坡，近处的路旁，全被植被覆盖了。草是绿的，小麦马上到了收割的季节,是黄的,山又是青的,花红柳绿的真诱人啊!人坐在车里,将车窗打开,风从车窗来,用力将山里的新鲜空气吸进来,使劲将胸中的浊气排出去,这一呼一吸,满肚都觉得甜滋滋的,爽!

　　三五个好友,结伴而行,路上无车也无行人,只有我们几个,想说就说,想笑就笑,少了城市的拘谨,多了乡村的旷达。说笑间,车子已经驶出了很远,到哪里了?抬眼一看,一个连一个的拱形的券门就在眼前,上面写着"梨花人家",听着这名字就觉得诗意满满的,为何不去看看呢?于是,车子拐个弯就进了梨树厂村了,村子很大,街道很老,建在山坳里的梨树厂,处处透着山里的秀气和古朴。楼房也有,但绝不如平原上的张扬,石板小路,高低不平,通向一户户人家。很想找个"梨花人家",好好品品山的气息,却家家大门紧锁,只好在村子里兜个圈又出来了。出来去哪里呢?原路返回,又到了写有"梨花人家"的圆券门下,这才下车认真仔细地研究圆券门两边贴的宣传画:这里原来是龙泉镇政府准备打造的生态旅游项目——龙泉梨树厂桃梨精品园,总占地520亩,总投资680万元,分采摘区和真人CS拓展训练两处,2010年动工,2012年准备投入使用,政府已先期投资了300万元。突然明白过来,这新修的柏油路,应该是先期投资的一部分,要想富先修路,路通了,等于人体通往心脏的经络就打通了。在圆券门的"梨花人家"下,见到从山上下来的两姐弟,一问才知,原本这个时间,正是农民在地里干农活的时间,自然家里无人,想住宿也只能等到中午农民从地里回来。

　　看看时间还早,就决定继续沿柏油路前行,走到无路可走时,却看见"洹河唱晚"几个大字,莫非我们来到洹河的上游了?站在高处凉亭四处张望,果然见前方是一汪河流,宽的地方像湖,窄的地方自然就成河了。老公说远方应该是小南海水库,往下走就是彰武水库,这两个水库就是洹河曾流经的地方,可不就是"洹河唱晚"?看完"洹河唱晚"准备返回时,又见柏油路拐个弯向另一个方向延伸去了,于是驾车顺路追赶,想探一下这条小路尽头到底是什么。原来是冬雪枣基地,被梨树厂村一个有钱人承包了，山门和上山的路，已经被承包人锁住了，问及才知，还没对外开放，正在筹建之中。房舍已经建了一些，说是到冬枣成熟的冬季差不多就建齐了，到那时就能提供吃住玩一条龙服务了。

山民很热情好客，见我们大老远来了，索性把紧锁的山门打开，任我们随意参观浏览。

山很大，山民圈起来的地至少有上千亩。园里多数是枣树，问修剪的老农，说冬枣不是普通的枣，个大好吃，又脆又甜，成熟季节在11月。问这一山的枣树已经种植多长时间了，回答十年。十年没有对外开放，那是需要一种耐性和气魄的，不禁对山民生出敬意。在山上漫步，除枣树外，各式花草也很多，白花红花成片开，不知道名字，只觉得好看，就用相机把它们拍下来。树木花丛中还有石椅、石凳和吊床等供人休闲。这里距安阳闹市并不远，却又离开闹市，是一处动中求静、休闲娱乐的好地方。心里烦了，工作累了，到此处散散心，放松一下心情应该是不错的选择。只是我们去的时候还不具备接待游客的条件，看主人也无意收留我们这群不速之客，只得返回，先找吃饭的地方，然后再想着如何在山里住下来。

来时已经看好的农家乐饭店，驾车几分钟就到了。既然门前已经停有汽车，应该具备接待能力。果然这个农家是专门做农家饭的。赶忙坐下来点菜，大鱼大肉全不要，只要山里时令的蔬菜，青椒炒丝瓜、韭菜炒笨鸡蛋、凉拌扫帚苗和疙瘩菜，主食是手擀面。山里的菜仗着新鲜，缺盐少醋也不一定能吃得出来，一会儿就风卷残云吃完了。面上来了，只是味有点咸，别的缺点也提不出来。饭菜还算可以，只是价格有点贵，深山老林竟抵上城市里高档饭店的价钱。

城里人有个习惯，吃完午饭无论如何得眯一会儿，嘴一擦就开始找旅店。这里的农家乐有个特点，住宿是住宿，吃饭是吃饭，一码归一码。在这家吃了，得到另一家去住。问了两家，条件一般，要价较高，又觉得山里该看的全看了，野菜也吃了，再过夜意义不大，加上第二天还有朋友要上班，一致决定，打道回府。

　　自认为，龙泉的农家乐还有待改善，说是农家，其实是把城市里的旅店和饭店搬了过去，没有让游人有真正的农家之感。好在，一切都还在起步阶段，条件允许了，成熟了，相信龙泉深处的农家应该会有更多的人爱去，也相信成熟后的龙泉农家会真正让游人乐而忘返。

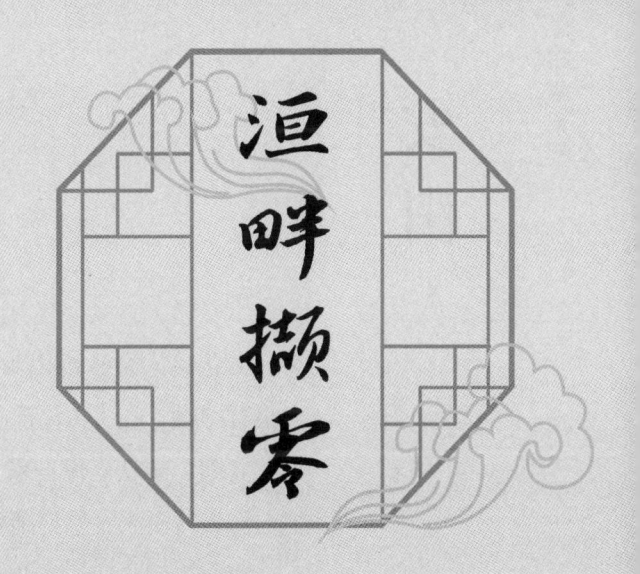

洹畔撷零

印象安阳

安阳人

文化达人余秋雨因为生活、工作在上海，对上海人很有感触，在《文化苦旅》中他大书特书了一笔上海人。其间，余秋雨像自家人，在说自己家里的人和事，把上海人拎出来，好好地数落了一顿。

我在安阳生活、工作几十年，好歹算半个安阳人，这点和余先生相似，只是我不似余先生那样有名气。其实，没名气也有没名气的好处，即使说了安阳人的刻薄话，也不会产生像余先生那样的广泛影响力。所以，安阳人大可不必拿我的话去较真儿，你也就大度些，有则改之，无则加勉，随便一听如何？

安阳人纯朴、善良、仁义、忠诚，这在历史上都是出了名的。在明崔铣的《彰德府志》中就曾经这样形容安阳人："士喜读书，雅尚气节。凡民亦鲜浮夸，商贾耻为不义。"近的不说，就说说宋朝的宰相韩琦吧。韩琦一生，历经北宋仁宗、英宗和神宗三代皇帝，亲身经历和参与了许多重大历史事件，如抵御西夏、庆历新政等。在仕途上，韩琦既有为相十载、辅佐三朝的辉煌历史，也有被贬在外长达十几年的辛酸遭遇。无论是在朝为相还是在外任职，韩琦始终替朝廷着想，一心报国，忠贞不贰。他就是典型的安阳人！

安阳老城里有条胡同叫仁义巷，流传着一段关于明嘉靖年间礼部尚书兼武英大学士郭朴家里的一段动人故事。安阳人郭朴，家住安阳钟楼北边路西侧，与王三成为邻。有一年王三成翻盖老屋，故意将墙基往外移挪了一墙。这事被郭家发现了，先是理论，但无论如何也理论不清，且王三成脾气还很大。这一下惹恼了郭夫人："明明是王三成强词夺理，占了我家的地方，他实在没把郭家放在眼里，真是欺人太甚！"郭夫人一气之下就托人捎信到京城，告诉郭朴家里发生的事情，想让郭朴拿权威压一压王三成的无赖之举。没想到，郭朴很快回信，根本没提地基之事，而是给郭夫人带来一首小诗："千里捎书为一墙，让他三尺又何妨。万里长城今犹在，不见当年秦始皇。"言外之意，邻居情义远比一墙之地重要得多。于是郭家尊重郭朴意愿，真的将自家的墙基又往后退了三尺。王三成见郭朴贵为朝廷重臣却不倚势欺人，便说："郭家对邻居如此谦让，我王三成也不能让人看低了！"他也主动往后挪了三尺，两家谦来让去的，居然让出一条胡同来，这就是仁义巷！

俗话说一方水土养一方人，像南方的氤氲和四季如春的景致，就养育了南方人的通灵和委婉。南方人无论到何时，也不管做什么事，都不会乱了方寸，失了风度，无论干什么都一板一眼有章法，从里到外透着南方人的从容。

北风的冷冽和气候的四季分明，使得北方人的秉性、脾气也如气候一样耿直，爱就是爱，恨就是恨，爱憎分明，极少掖着藏着让人去揣摸的。包括说话的腔调，也是粗喉咙大嗓的，有什么说什么，从里到外透着爽直。

该如何形容安阳人呢？

若仅从地理位置上论，我总觉得安阳和南京有某些特质上的相似。所以，写安阳时，我自然就想起了余秋雨《五城记》中的南京来。余先生是这样形容南京的："北方是封建王朝的根基所在，一到南京，受到楚风夷习的浸染，情景自然就变得怪异起来。南京当然也要领受黄河文明，但它又偏偏紧贴长江，这条大河与黄河有不同的性格。南京的怪异，应归因于两条大河的强力冲撞，应归因于一个庞大民族的异质聚汇。"

安阳地处中原，属典型的北方，气候也是有冬有夏，四季分明。原本这些都该使安阳人具有北方人典型的性格特点，说话做事，硬碰硬的实在，不讲究一丁点弯弯绕。其实不然，安阳人说话办事是很讲究技巧和分寸的。这也许和安阳所处的地理位置有关吧。安阳地处中原北部，西临太行山，处于平原和山区交会地带。如果说南京人是因南北河流的交汇，有了南京人独异的性格特征，那么安阳人则是因山与平原相会而个性鲜明。

若从历史论，我还爱将安阳与开封比较。同为古都，安阳与地处黄河南岸的开封也有所不同。滔滔的黄河泥沙，已经将古都开封埋藏。但埋下去的是都城，留下来的却是王气，滔滔黄沙的确为开封积淀了中原文明的厚度，培植了中原文明的宽度，陶冶了开封人的气度，锻造了开封人的实在和大气磅礴的承载力。所以，开封人很豁达、大气，极具王者的风范。

而安阳呢？尽管也曾经是王都，却少了王的气概和风范。这大概得归因于年代的过于久远，王者的坦荡和大度在安阳人这里变得不太明显，而现代人的精明在安阳人身上留存的似乎更多了一点。

与开封相比，也许安阳距山太近了吧，从安阳市往西行四五十公里，就是太行山脉，山的起伏和连绵造就了安阳人瞻前顾后的个性。过分的节俭和精打细算也束缚了安阳人的手脚。安阳的小吃很有特色，像粉浆饭、扁粉菜都透着山里人的节俭和精打细算。与开封的特色小吃比较，安阳的小吃似乎缺少一些王者的精致和讲究。毕竟一方水土养一方人，一方人有一方人的特点和活法。善于精于过日子，这是安阳人的优点，但过于精明却免不了要阻挡安阳人创新、勇为人先的脚步。

就连安阳人说话的语气和腔调也很有山里人的味道，说话快且拐弯陡，极容易让说话慢悠悠、悠闲惯了的中原人不适应。我刚到安阳的时候，有许多安阳话总是听不懂，原本该平铺直叙的话，让安阳人拐了个弯、提了个调说出去，直通通得让人难以接受。按照余先生的说法，我以为这应归因于山和平原的强力冲撞，应归因于一个庞大民族的异质聚汇，安阳就是这样。

若真拿山里人的特征去衡量安阳人，你同样会发现有许多不同。与纯粹大山深处的林州人相比，安阳人还是有明显的不同，毕竟安阳仅是靠近山，却还不完全在山里。

安阳人若想要重新找回王气，证明自己曾经是王都，怎样说是一回事，如何做则是另一回事。怕外地人不理解不明白不大懂自己曾经作为王都的辉煌，总要大声对人说，我这里也曾经如何如何，似乎不这样说，只让外人看是看不出的。而开封人是不屑这样做的，开封人自己知道，无论时代如何变，社会如何发展，王者就是王者，再停三百年五百年，曾经的辉煌和王者的气度，仍然一点儿不减。

要说，安阳也是极有文化底蕴和内涵的地方，它是古老的都城、《周易》的发祥地、甲骨文的故乡、精忠报国的岳飞的诞生地等等。古圣先贤留下的气节和风骨，是任谁想夺也夺不去的。只是安阳人能否学学开封人的大度，不要过于张扬，是你的终归是你的，你不说也是你的；不是你的，说得再多也不会变成你的。

情有独钟《安阳说》

《安阳说》是咱安阳小伙儿自唱自演的一首夸安阳的赞歌。凡在安阳生或生活在安阳的人，都应该听一听这首《安阳说》。安阳小伙儿用自己的家乡话，把安阳夸得那叫个得劲！

按说，安阳方言属北方话，我是典型的北方人，听安阳话应该不成问题。其实不然，初到安阳时觉得安阳话特别生硬难听，同样是一句温柔可人的话语，从安阳老乡嘴里说出就显得硬邦邦的。开始，误以为是安阳人素质低，至少语言表达欠考虑。后来，在安阳生活的时间长了，安阳话听得多了，耳濡目染的，觉得安阳人说话腔调与素质没多大关系。听多了，听惯了，也就不觉得难听了。尤其是与安阳当地的同事、朋友共共事儿、交交心，渐渐地，觉得安阳人也与大多数北方人一样，爽直率性，透着北方人的热情和实诚。这时，若再听安阳人说安阳话，透的全是热情。慢慢地，安阳话和安阳的扁粉菜、粉浆饭一起，也渗透到了我这个外乡人的血液中，成了我欲罢不能、欲说还休的一腔钟情。

有段时间，出门在外，听不到安阳话还真有点想念，偶尔在别的城市的大街上听到一两句安阳话，真像他乡遇故知一样亲切和激动。

"安阳话就诶好，壁虎不叫壁虎，呢叫蝎豁得（哟嗨）；裸体不叫裸体，呢叫歇哆得（哟嗨）；下巴不叫下巴，呢叫下巴壳得（哟嗨）；蛐蛐儿不叫蛐蛐儿，叫地卓得（哟嗨）；被窝叫胚儿，房间叫温儿，车的叫册儿，老胖叫墩儿。"若用普通话去演绎这些个词汇，没有一点儿韵味，若用安阳话说起来，再加上演唱，那是韵味十足的，听着可是得劲儿！安阳话听多了，安阳味也就品出来了，真是越听越得劲儿，越品越有味儿，若有个十天半月听不到，梦里保准还想着回味呢。

在网络上很流行的这首歌《安阳说》，用安阳话说安阳，着实让安阳人过了把瘾。如果用普通话来说安阳，事儿倒是能说得清，味儿就寡淡多了。若是用安阳话来说，再配上欢快的旋律，说出的那个安阳，可真是得劲儿！得劲儿得让你一听就放不下，听了一遍想听第二遍，听了第二遍还想着第三遍。像我，原本就不是安阳人，听个十遍八遍都不觉得烦，更何况那些个生在安阳、长在安阳、能很流利地说安阳话、地地道道的安阳人了。

我也曾经试过跟着安阳小伙冯旭东（《安阳说》的演唱者）哼唱，但节奏太快，安阳话太难说，无论如何也合不上拍。

如果换了地道的安阳人，就不一样了。不仅可以听，还能跟着哼："模糊的夕阳光掠过文峰塔上，万家灯火开始点亮。听我的《安阳说》实际在说安阳，能唱的和我一起唱。三千年的文化，一片甲骨惊天下。泱泱大国五千年，司母戊鼎震我中华。"

如果一个地方不仅有自己的语言、文化、风俗，还拥有用自己的方言歌颂自己家乡的歌，并且你自己还可以跟着哼唱，那是件多么骄傲和自豪的事情啊！

印象安阳

飘香诱人扁粉菜

若以我个人的口味来给安阳的特色小吃排个队，应该首推扁粉菜。自认为，与安阳"三宝"之一的粉浆饭相比，扁粉菜更能吸引普通人的味觉，因为它没有特别的味道，是大众都能接受的菜肴。

一个身在异乡的人，也许容易改变自己的外观，容易改变自己的语言，却很难改变自己的饮食习惯。这话不记得是谁说的了，反正安阳人就喜欢吃扁粉菜。如果一个地方的人，喜欢一种食品，到了把这种食品编成歌曲向你推荐，可见喜欢的程度，安阳的扁粉菜就属于此。

> 天天早起5点半，我就来到我的店
> 开开我的老崔扁粉菜
> ……
> 几张桌子几张凳的，就是我类扁粉菜
> 我类扁粉菜都诶高汤配的专门类菜
> 专门类菜
> 诶带来一碗不杂，怪得，一可应么剩啊
> 老板一块二类菜八毛钱类饼
> 少藏些儿汤儿，多藏些儿菜
> 鸭血多诶，再加诶辣椒
> ……

俺都每天早起来到老崔扁粉菜

不管刮风下雨俺都要来一碗

俺都一块二诶菜八毛钱类饼

吃扁粉菜，吃扁粉菜，吃扁粉菜

俺都每天早起来到老崔扁粉菜

不管刮风下雨俺都要来一碗

俺都一块二诶菜八毛钱类饼

吃扁粉菜，吃扁粉菜，吃扁粉菜

　　说扁粉菜是安阳人的最爱，一点儿也不夸张。不信，你到安阳贴吧或安阳论坛走一遭，就能看到许多漂在异乡的安阳人，在满嘴流油地怀念着家乡的扁粉菜。更有甚者，嘴上说的是怀念家乡、思念父母，赶回家乡的第一件事，却不是去看父母，而是直奔老×扁粉菜。

　　因为是地方名吃，在安阳经营扁粉菜的字号很多，多以姓氏命名。安阳人邪性，认死理，吃中了谁家的扁粉菜，就只认谁家的，无论是搬多少次家，走多远的路，就只认那一口，谁的粉丝就是谁的粉丝，绝不背叛。更有甚者，为了证明自己喜欢的最正宗，还不辞辛苦地把安阳凡有点名气的扁粉菜尝遍，然后再子丑寅卯地指出各家的优缺点，目的只有一个，他喜欢的全体安阳人都得喜欢。有人喜欢老崔，有人喜欢老西，还有人喜欢老靳或老七，喜欢就喜欢吧，只吃还觉得不过瘾，还要在网上展开口水大战，老崔的粉丝攻击老西，老西的粉丝又对老靳不满，因个扁粉菜把个网络搅得乌烟瘴气的。

　　更有意思的是，无论是崔家、西家还是靳家，全没把自己的粉丝当盘菜。你说你的，我做我的，该放什么还放什么，该放多少还放多少，绝不会因为粉丝的一两句话做出改变。爱吃你就来，不喜欢就别来，绝不会因为你是我的粉丝，你替我说了好话，我就多给你两块血、一勺菜，摆的就是这个派。否则，今天你说东，我东改，明天你说西，我又西改，老祖宗的秘方怎么办？因为制作扁粉菜的秘诀，不在粉条不在菜，全在汤里面。

　　要说，扁粉菜的历史很短暂，至今不足百年。20世纪四五十年代，由于连年的兵荒马乱和自然灾害，安阳人的日子过得十分恓惶，别说吃肉了，就连一点儿荤汤也难得见。逢年过节的时候，富人们厨房里堆满了大鱼大肉，穷人家只得眼巴巴地看。安阳人崔连生是个厨师，专门给富人做饭，凭着一身好手艺得到主人的青睐。有一天，他在厨房给主人做菜，想到自己家人还在地里挖野菜，就想，怎样才能用自己的手艺让家人也吃上一顿既价廉又美味可口的饭菜呢？烩菜，这个安阳传统菜肴激发了他的灵感。安阳的烩菜由来已久，富人们喜欢吃用料考究、制作精良的"海烩菜""上烩菜"。普通人也只能吃个"行烩菜"，也就是杂烩菜。能不能在这个基础上，再开发出一种用料简单、味道可口的烩菜呢？崔连生经过多次尝试，终于用高汤、粉条、时令蔬菜、豆腐和猪血调制成了一种新型"烩菜"。因这种"烩菜"里的粉条是扁粉条，为区别其他烩菜，就叫扁粉菜。扁粉菜一经问世就深受普通老百姓的喜爱，经久不衰。

　　原本，扁粉菜就是吃不起肉的穷人为解馋的，登不了大雅之堂，时至今日，仍无大的改变。自始至终，扁粉菜都躲在安阳的犄角旮旯里，小头小脸小门面。过去只当作安阳人的早餐，这两年随着喜欢的人越来越多，由单纯的早餐变成了早餐中餐，但那种小家子气却一点也没变。仍还是一两间小门脸，破桌烂凳地一摆，盛菜的碗还是过去的粗瓷大碗，如今市面上找都找不来，服务员也是一水儿的大婶大妈，系着油渍麻花的围裙，拿着个汪着脏水的抹布，这擦擦，那抹抹，很是让请外地客的安阳人尴尬。我也曾经是老×的粉丝，很热心、很诚意地给×老板建议过，走郑州合记或萧记烩面的路子，也整几个凉盘，弄些雅间，让安阳人体体面面把外地人请进来，吃个小菜，喝个小酒，然后再来碗香飘四溢的扁粉菜。没想到，听完我的建议，老板头摇得如拨浪鼓，没更多的理由，只说安阳人就认这个态。

其实，喜欢吃扁粉菜的不仅仅是安阳人，外地人也十分喜欢。我的老父亲原本与安阳没任何牵连，因为闺女在安阳工作，常来安阳，就爱上了扁粉菜。先开始是因看闺女吃，发展到后来就成了为吃扁粉菜才来看闺女。老父亲也邪性，只认铁西的×家，每次来总是觉得一碗不过瘾，一口气吃两碗。

吃扁粉菜还有个讲究，必须趁热，烫嘴更好。老板从突突冒着泡的大铁锅里舀一勺菜一勺条子再加点滚汤，满满一碗扁粉菜盛出来，再垫个盘子送到你手里，旁边大婶把刚出锅的又酥又软的油饼也递过来。你右手端菜，左手拿饼，找个空地把碗放下。来不及坐下，就先弯着腰，喝口汤，咬口饼，汤香而不腻，菜绵中带香，条子是又软又滑又筋道，再加上嘘嘘的烫嘴劲，那才叫个爽。这就是安阳人爱吃的扁粉菜！

那酸酸的粉浆饭哟

印象安阳

　　第一次喝粉浆饭，大约是在20世纪80年代，在一次朋友聚会快要结束的时候，一位安阳的朋友发出邀请，第二天请我们大家去她家里喝粉浆饭。

　　为什么要发出这样的邀请呢？原因我现在忘了，极有可能是在席间有人提到安阳"三宝"之一的粉浆饭了。随后，就有老到的朋友开始质问她是否正宗的老安阳人。我很是纳闷，不就是吃个饭吗？难道还要查祖宗八代？就此话题与朋友谈论，朋友说，你不懂，只有正宗的老安阳人才能做出原汁原味的粉浆饭来。

　　第二天，我们一伙一群的，果然都拥到了那位老安阳朋友的家里，热情好客的朋友妈妈果然做了满满一大蒸锅的粉浆饭，来喝这锅粉浆饭的不仅仅有我们酒桌上的朋友，还有朋友的七姑子八大姨，足足有十几口人呢。

　　按常规有朋友来家里做客，总该盘盘碗碗地准备十个八个的才显得隆重。喝粉浆饭那次，朋友家一个盘碗也没准备，只一人一碗粉浆饭，端了还得自己找座位。因为人多，连凳子也不够一人一个，个子小的，占地方少的，就两人一条凳子，呼呼噜噜每人至少都喝了两大碗。

　　粉浆饭是一种用制作绿豆粉皮粉条剩下的下脚料

做的一种饭，酸酸的，那种酸味有点像是东西放置时间太长，发馊后出来的味道，很不好闻。没喝过的人，喝第一口有点想吐的感觉，再品才会有安阳人自己说的那种，酸中带甜、甜中带香、香中有绵，回味无穷的味道来。

粉浆饭是安阳老百姓居家过日子的家常饭，是穷人吃得起的一道美食。据说在很久以前，因为天旱，百姓无水可吃。当时，只有安阳古城大西门的一家粉房店里有口水井，井深水浅，仅够维持生产。没有办法，百姓只能把粉房生产倒掉的废料——粉浆提回家做饭充饥渴。由于太酸，人们便配以小米、食盐、野菜等熬制。旱年过后，有人回味起粉浆饭的味道来，又加以改良，配以花生、大豆、大油、麻油等熬制，便形成了安阳传统名吃粉浆饭。

真是一方水土养一方人，正是这如洹水一样的粉浆饭，养活养大了一代代的安阳人，成了安阳人口中的最爱。

实事求是地说，第一次喝过这种饭后，我对酸不溜秋的粉浆饭并没有好感，连同老安阳人招待客人的冷漠一起记到了心间。

大约又过了很长时间，与很老到的那位朋友再次见面，不知道为什么，就又说起了第一次喝粉浆饭的感受来，快人快语的我把自己的感受一股脑儿倒了出来，没想到却遭到那位朋友的严厉批评。原来粉浆饭就是那么个喝法，若不是如此，便不是正宗的老安阳人招待客人的粉浆饭。安阳人实在，也很会精打细算过日子，日子穷，无力摆桌子请七姑子八大姨，就做一锅粉浆饭，既经济又实惠，还联络了亲戚朋友之间的情感，有何不好的呢？听朋友这样一说，我也释然了。

因为在安阳生活的时间长了，对安阳的了解多了，再加上，时不常有爱联络感情的安阳朋友，请我到他们家里喝粉浆饭，渐渐地，我竟然也爱上了粉浆饭。

我这人有个毛病，爱"炫"。喜欢上粉浆饭后，就想学着安阳人的样子自己做做粉浆饭。翻书本，上网查，终于找到了正宗粉浆饭的做法。

如法炮制，不敢有一点错辙，终于也熬制出了一锅酸酸的粉浆饭。饭是做好了，看着也像那么回事，闻着也有馊馊的酸，喝到嘴里，却远不是那么回事，又清冽又酸，根本没有老安阳人做出来的绵软甜香。那次也怪我太自信，学着老安阳人，事先就请来了一大帮同学朋友，目的是想将自己的手艺炫出去，没想到这次却失了手，丢了人。在场的朋友是不好说什么的，我心里清楚，我"炫"到地下了。从此，安阳的粉浆饭算是在我心里又绾了个结，解都解不开。自己心里喜欢，也不敢再向人炫。隔三差五实在想了，就偷偷地到饭店去解一下馋。其实，在安阳想喝粉浆饭并不难，满大街，无论是大饭店还是小餐馆，即使山珍海味没有，也都会有粉浆饭，毕竟它是安阳的"三宝"嘛！只是，饭店里的粉浆饭再怎么喝，都喝不出老安阳人家里熬制出来的那种味道来。

直到前几天，在美容院里遇到了地道的安阳人，又说起了粉浆饭的做法，才知道原来做粉浆饭，远不是把小米、大豆、花生仁放到一起熬那么简单。原料仍还是那些个原料，放入的先后顺序，熬制的时间长短都是极有讲究的。

如今，在老安阳人的耳提面命下，我也学会做那"名震黄河三千里，味压江南十二楼"的粉浆饭了。至于说是否正宗，我这个外地人应该说了不算，只有正宗的老安阳人才有发言权。只是，自我感觉，与满大街饭店里的粉浆饭比起来，我还是更愿意喝自己亲手熬制的粉浆饭。

如果你是真正的老安阳人，如果你有兴趣，哪天不妨到我家里来，看着我一道一道工序地操作，一点一点地熬制，不够专业的地方你指出来，如何？也尝尝我这个外地人做的地地道道的粉浆饭。

安阳人的皮渣情缘

皮渣，是安阳特色小吃中的"三宝"之一，说是安阳独有的。我猜想，在别的地方，也有类似的食物，只是叫法不一。我老家在豫东，前些年，生活条件不好的时候，春节蒸扣碗时，母亲总是将粉条用水泡软了，再和些粉芡，蒸成饼，掺在肉下面来充数。印象中与肉比起来，这种粉条饼是极难吃的。现在想想，它很像安阳的皮渣。

有关安阳的皮渣，我是早有耳闻，只是一看它长的样子与我家乡滥竽充数的粉条饼差不多，就没有再品尝的兴趣了。所以，在安阳工作生活许多年了，皮渣这东西却很少吃。

第一次吃皮渣，是前不久的事。说来可笑，我家的第一块皮渣，竟是我北京的表姐买回的。表姐从北京来看我，住在家里，我忙着上班的时候，她还替我做饭。那天，她到超市买菜，看到了皮渣这个她从来没有见过的东西，就拎了块回来。毕竟我在安阳生活了那么长时间，没吃过也听说过，知道如何做。记得那次，我们做的是油炸皮渣。

这一吃不要紧，我那经常吃洋餐的表姐却喜欢上它了。从此以后，只要她来安阳，或我们去北京，都把皮渣作为送她的最好礼物。曾经有一次，别人到北京出差,顺便去看她,为她带去了安阳特产——皮渣,她不仅自己吃,还把皮渣分送给她的左邻右舍,替安阳皮渣在皇城根下做了一次免费宣传。

皮渣是安阳人餐桌上一道很普通的家常菜,只要是老安阳人,没有谁家不会做皮渣的。特别是春节,安阳人家里别的都可以不做,唯有皮渣是一定要做的,皮渣也成了安阳人招待客人必备之菜。客人来了一般都要做烩菜,无论是海烩菜、上烩菜,还是行烩菜、杂烩菜,都少不了皮渣。如果,你有幸到安阳人家里做客,临走时,没准他还会从自家做的皮渣上切一块,让你带回去同家里人一起尝个鲜。

还有婚丧嫁娶,红白喜事,凡安阳人办酒席,都会有皮渣。时间长了,日子久了,入乡随俗,即使外地人,只要在安阳办婚丧嫁娶这样的红白喜事,为讨安阳人的口,也是要上皮渣的。渐渐地,安阳皮渣成了安阳酒席上一道必不可少的菜肴。在这些宴席上,除了专门有一碗蒸皮渣,无论是蒸酥肉、蒸排骨还是蒸鸡块,垫底的一定是皮渣。所以,吃安阳的宴席,你想不吃皮渣都难。

在安阳,无论在大饭店,还是小餐馆吃饭,即使你不点皮渣这道菜,也能从邻桌的碗盘里看到皮渣这道菜。安阳有一些是专门经营蒸碗的饭店,安阳人判断这些店的好坏,多以皮渣为标准,哪个饭店皮渣做得好吃、有特点,就是好饭店,肯定能得到安阳人的青睐。

因为皮渣是安阳人餐桌上常吃的一道菜,在安阳卖皮渣的地方有很多,大超市、小商店、菜场和地摊,凡经营副食的,一般都有皮渣。而皮渣的质量却也是有好有坏,良莠不齐。吃皮渣,安阳人的嘴是很"刁"的。姜少了,葱多了,虾皮够不够量?粉芡牙碜不牙碜?像这些个皮渣常见"病",只要一过安阳人的嘴,准能尝出来。还有做出来的皮渣色浅了色深了,那也是有说道的。因此,安阳人吃皮渣也是很有讲究的,像老北京人吃炸酱面一样,安阳人也只认老字号,像××皮渣在安阳就出名了,是皮渣里的免检产品,只要一说是××皮渣,不用多说,只管买就是了，无论是煮着吃、煎着吃，还是炸着吃，都是既筋道，又鲜美。

要说皮渣的来历，也有一段传奇。很久以前，在安阳还叫彰德府的时候，城里住着一户穷苦人家。一天，家里一下来了好几位客人。主人要招待客人，看看面缸，面缸见底，看看米罐，罐里无米。这可急坏了主人，眼看快到晌午了，家里除了一把还没舍得吃完的碎粉条、一捧粉芡，再无可招待客人的食物。无奈，主人只得把粉条放进锅里煮，仅一把粉条也不够那么多人吃啊，又找来了一把碎粉皮也放进去，因为人多，添水也多，眼看稀了，主人又把家里剩下的粉芡也和巴和巴放进去，这样一鼓捣，就成了一块既有粉条又有粉皮还有粉芡的砣子。等放凉，主人把它切成小块，佐以蒜汁，没想到大家吃得津津有味，赞不绝口，紧着问："这是啥东西，这么好吃？"主人想了想，这东西是粉皮粉条的渣做的，就随口说道："这是自家做的皮渣。"自此，这种因为穷而应付客人的吃食，有了自己的名号——皮渣。后来，人们经过改良，又加入了虾皮等佐料，皮渣就成了安阳人的美食、安阳人的宝了。

安阳皮渣的吃法有多种，烹、炸、煎、炒样样行，风味各不相同。

烹皮渣，也称酸汤皮渣，将皮渣放入高汤煮，再佐以醋、香菜和香油。吃口皮渣滑而筋道，喝口酸汤，酸而爽口，尤其是吃完大鱼大肉后，喝口这样的酸汤，既解腻又利口。

炸皮渣，是将蒸好的皮渣切成薄片，用油炸了。焦黄酥脆，再蘸上蒜汁，焦香裹着蒜辣，吃起来更加爽口。

生煎皮渣，应该是皮渣做法中的另类。皮渣的其他做法，均是先把皮渣蒸好，再二次加工，唯有生煎皮渣是将粉条泡软后，和以粉芡，然后上油锅直接煎。这道菜说着简单，做起来复杂，是一道既要水平又要技术的活。糊的稀稠、煎的时间长短都有讲究。普通人在家里一般不做，饭店里也是有专门会做这道菜的厨师在，才做这道生煎皮渣的。

用皮渣做烩菜，方法就更多了，恕我不在此一一列举。你到安阳来，随便找个安阳人，关于皮渣的吃法都能给你说出个一二三来。

安阳人的皮渣情结是很重的，男女老少都喜欢。我想，皮渣在安阳有这么好的群众基础，再兴盛个两三百年，应该没问题。相信，今后安阳的皮渣会越做越好吃。

"血糕！"那消失在小巷中的叫卖声

细心的读者，仅从标题，也许已经感觉到了，对于安阳"三宝"，我倾注的情感是不一样的。安阳的名吃有"三宝"——粉浆饭、皮渣和血糕，前面我已经写了"两宝"，到底写不写安阳血糕呢？我还在犹豫，因为至今我仍不怎么喜欢吃血糕。在安阳已经工作、生活了这么长时间，血糕也仅吃过一两次，没什么印象，也没什么感觉。

对于我这本书来说，如果不写，又好像缺了点什么。若真的要下手去写，我真不知道对于血糕该写点什么。

老办法，只能上网搜了，在搜索栏中输入"安阳血糕"四个字，就有了关于血糕这样的说法：

> 血糕是用荞麦面、猪血佐以其他配料蒸制而成的，糕状，然后切片油炸，抹上蒜汁后食用。
>
> 相传血糕创制于清乾隆年间。当时安阳暴雨成灾，庄稼淹没。灾后官府发放大量荞麦种，以解饥荒。荞麦丰收后，人们以荞麦面为食。当时县城西北皇甫屯村一王姓农民将蒸制的荞麦面糕用油炸后，拌以蒜汁食用，鲜香味美。后又在荞面中加入猪血，味道更浓。于是他迁居城内，以卖血糕为业，生意十分兴隆。

血糕有两种卖法：一种是卖蒸好的血糕，买回家自己炸制；另一种是做血糕的自己支个摊，炸好了供食客吃。

在网上继续搜索，就找到了一个叫"安阳土坷垃"的博客。我猜，"安阳土坷垃"应该是地道的安阳人。他是这样怀念安阳血糕的：

> 偶尔晚上出来走走，每当路过夜市时，总要被那声声吆喝所吸引："血糕！又焦又脆！"看着那一片片褐红色炸得外焦里嫩的血糕，总禁不住要一饱口福。
>
> 记得小时候，每当街上有人推车叫卖蒸好的血糕时，妈妈总要买一些来炸了给我们吃。我和弟妹们急不可待，抹上蒜泥，咬一口，满嘴都冒火。一则是血糕太热，另一方面，蒜泥又辣得很。尽管如此，我们仍是连续作战，直到锅底朝天。
>
> 以前走在小路上，经常会看到卖血糕的大妈或大叔，有的骑着自行车，有的背着方形的大筐子，走街串巷，喊着："血糕，血糕啊，谁要血糕？"路边摇着蒲扇的老人眯起眼睛，看着人们围起来买血糕，便起身，迈开小脚，转身进院子了。很多年后的今天，我想，她应该也是回去拿钱买血糕的。而如今那种争着抢着买血糕的场面再也见不到了。血糕的叫卖声在小巷中消失了。

的确，血糕并没有像前"两宝"那样，得到所有安阳人的钟爱，新一代安阳人并没有像偏爱扁粉菜似的喜欢血糕。我曾经问身边的年轻人，有的吃过，大多数没吃过，甚至有的连见也没见过，不知血糕为何物。

骑车在安阳的大街小巷里找找，也难得觅见卖血糕的，更听不到那声声入耳的"血糕！又焦又脆！"的叫卖声，只有在一些夜市或小吃摊前偶尔还能见到炸血糕的，吃的也大多是中年以上的安阳人，鲜见年轻人的面孔。

隐隐约约，我有一种担忧：如果在安阳当地，喜欢吃血糕的仅限于中老年人,时间长了,这种传统名吃会不会真的就消失了呢?

没办法,习惯和口味这种东西,绝不是可以强求的,更不能采取政府行为,我们也只能眼睁睁地看着这安阳"三宝"之一的血糕,一点一点地淡出安阳人的口味。"血糕!"那消失在小巷中的叫卖声,还能回来吗?

挨挨挤挤赶庙会

正月十六逛安阳桥庙会，是老安阳人几辈子形成的习俗。大约从明朝开始，人们就有了"正月里来正月正，正月十六打花灯，安阳桥上遛百病"的习惯。可见，安阳桥庙会不仅历史悠久，而且不以买或卖为主，主要是遛百病。

印象中，安阳桥庙会的东西很全，大到家具家电，小到针头线脑，全有。特别是那些大商场小商店都买不来的、即将退出历史舞台的、但居家过日子却少不了的东西，在这个庙会上都能淘得来。比如，一根缝衣针，一管缝被子的棉线，一把纳鞋底用的锥子，几根织毛衣的竹针，诸如此类。平时买不到也不用着急，就攒到正月十六安阳桥的庙会上再买。

好客的安阳人还有个习惯，愿意趁着庙会，呼朋引伴。家住在庙会附近的，必得邀请住得稍远些的亲朋好友到家里来，大家聚一聚，赶赶庙会，联络联络情感。若有哪家住在庙会附近，却不请同事朋友到家里去，那是要受人数落和另眼看待的。

千万别小看这个庙会，它能把整个安阳市都调动起来。平民百姓忙着赶庙会和招待亲朋，政府机关像与庙会有关的工商、税务、防疫、公安、消防等，更是忙得不亦乐乎。安阳市政府也人性化，每到这一天，无论大机关还是小单位，也不管是不是法定的休息日，自动放假半天或一天，让人们痛痛快快地去赶赶这个已经历经几百年的庙会。仅安阳市的人赶会还不算，安阳市周边三五十里地以内的人也来，不仅河南人，连周边省份的像山西长治的、河北邯郸的也赶来凑热闹，会的规模就可想而知了。每到庙会这天，西起洹水公园，东到东风桥，南起红旗路中段，北至胜利路北，半个安阳城全是人山人海。只要进了会场，想自由活动很难，人挨着人、人挤着人，只能跟着人流走。好在大多数人不买也不卖，就是凑个热闹，增个人气。挤就挤吧，全没什么怨言。

走路是要分上下道的，这样南来的和北往的才不会打架。偏偏就有三五个喜欢拔尖儿的年轻人，不按规矩行事，要反其道而行之。在这样人挨人、人挤人的庙会上，一两个人想反其道而行之并不是件容易的事，人多了才能形成气候。只人多也还是不行，还得形成人链才能前行。于是，一群想出彩儿的年轻人，前肩搭着后背一个挨着一个，冲着往东的人流往西挤。东走的遇到这么一群捣蛋鬼，想躲却躲不开，只得无可奈何地挤了扛了往旁边移，把摆得好好的摊位也给挤弯了。这要搁在平时，一准得又吵又闹的，遇到不冷静的，没准还会打起架来。因为是赶会，大家的脾气似乎也都变好了，一句"对不起"，一笑了之。即使连句"对不起"也不说，大家也能原谅，该怎么走还是怎么走，不急不恼的，只是看着这条年轻人组成的人链笑。大家心里明白，庙会就是人多的地方，挤点碰点是正常的。

安阳人赶安阳桥庙会还有个习惯，不到安阳桥就不算赶会，只有过了安阳桥，才能甩掉身上的"七病八灾"。因此，所有赶庙会的人，都往安阳桥上挤。安阳人讲究，过桥必须过安阳老桥，架在安阳河上的桥再多，也只认老桥这一座。

要说安阳老桥，那是有故事的。相传明朝开国皇帝朱元璋在打天下时，有一次被敌人追得溃不成军，一路逃至安阳河北岸。往前是翻滚的河水，后退是疯狂的追兵，朱元璋心里暗叫："不好！"这时，河里突然掀起一阵巨浪，一个庞然大物从河里一跃而起，横跨在洹河两岸。朱元璋定睛一看，是一头身长数丈的大鲸鱼。他急忙跳到鲸背上向南逃去，躲过一劫。当上皇帝后的朱元璋命人在鲸鱼驮他过河的地方修了一座鲸背状的桥以示纪念，这座桥人们叫老安阳桥。据说，"安阳八景"的"鲸背观澜"就发生在安阳老桥上。

过了桥再去哪儿呢？自然是直奔袁林了。袁林是袁世凯的坟墓所在地，距老桥很近。因此，有人又将安阳桥庙会称为袁林庙会。袁林的广场前不仅人多，还聚集着许多有特点的民间工艺，想玩点民间把戏、买个民间玩意儿、吃点民间小吃，这里全有。不想吃不想买不想玩，只看看就走，也没什么关系的。

庙会这天参观袁林也是很合算的，因为这天袁林的门票都很优惠，平时20元钱一张的门票，只象征性地收3元钱。倒不在乎钱的多少，只是挡一挡行人。若不这样，所有人都进去，即使袁林能承受得了，袁大总统也不会乐意的。

夏趣儿

夏天，天热人躁，自然趣儿难找。今年的这个夏天，似乎有些特别，仿佛是一夜间，安阳的大街小巷，突然间出现了许多大排档。

其实，大排档在各个城市都有，爱赶时髦的安阳人怎会甘落人后呢？以往的夏日，街边路旁，尤其是小饭店的门口，摆出三两张桌子，支个烧烤摊，就算大排档了。而今年的大排档与往年相比却有很大不同，一些有经营头脑的商人，把市区空闲的场地租下来，买些塑料的桌椅，再把卖烧烤的、凉拌菜的、炒凉粉的和烧灌肠的等组织起来，统一换票，统一经营，就形成了一个个有相当规模的大排档。

夏天的冰镇啤酒更是不可少的，有会做生意的，把普普通通的啤酒分成男人专用和女人专用，起一些好听的名字，吸引男男女女一杯一杯地往肚子里灌。这还不算，更有其他行业经营的"人精"，瞄准了这些大排档的人气，趁势也插进来，支个台，摆套音响，开始为自己的经营做广告。怕人气不够旺，再花些小钱，请些三流四流或不入流的歌星，在台上吼上两嗓子，弄得那些歌迷癫了狂了地往里奔，白听歌白看表演，谁不来！人来了，这戏台也算是搭起来了。

锣鼓声、欢笑声再加上偶尔啤酒瓶落地的"砰叭"

声。孩子哭，大人笑，车水马龙，人欢马啸，好不热闹。

客人就更随意了，天热人躁，多数人不愿意在家里闷着，出门转转，转着转着就来到这大排档前。散步累了，就拉张凳子坐在场子里歇歇，顺便听爱唱的人吼两嗓子。真是渴了，有冰镇啤酒，五块钱来上一杯，再来盘毛豆、花生。听着歌，剥着毛豆，喝着啤酒，那个爽哟。

也有一类客人是开着车专门奔大排档来的，吃的就是大排档的自由自在。与高档酒店相比，大排档似乎更随意些，没金盘银碗的拘谨和讲究，餐具一律是一次性的，不怕磕着碰着。坐就更随意了，也不分宾主上下，随便坐，没鱼少虾的，就不必过于讲究了，穿着也很随意，拖鞋、三窟窿背心、大裤衩，想穿什么就是什么，因为是大排档，就更随性些。

其实，人都是吃五谷杂粮的，吃五谷杂粮就有七情六欲，适当的时候、适当的场合任谁都是需要放松的。假若你是达官贵人、职场达人，抑或是不苟言笑的知识分子，想放松一下自己，不妨也到大排档里坐一坐，保你放松又轻松。一到这里，什么身份，什么地位，一切面子上的东西全不必顾忌，剩下的就是个乐了。这岂不是天热人躁中的一趣儿吗？

小城之恋：我拿安阳比聊城

一

一直以为，自己生活的安阳应该算是个三线城市。觉得像北京、上海、广州、深圳这些个大城市应该算是当之无愧的一线城市；像天津、西安、重庆、郑州、济南、长春、昆明等这些个省会城市怎么说也该是二线城市；自然我生活的安阳既不是直辖市也不是省会，顺理成章地应该算是三线城市。谁知，上网一查远不是那么回事。像郑州、济南之类的城市根本不算二线，那安阳再怎么排也就不能算三线了。连三线都不是，安阳也只能算个中小城市了。

其实，除我居住的安阳之外，中小城市我也去过一些，江南的、江北的、平原的、山区的全有，但留下印象最深的，当属山东的聊城。

安阳是中小城市，聊城也是中小城市。拿安阳与聊城相比，发现，同是中小城市，还真存在着差异。

二

聊城之所以号称江北水城，是因为聊城有个东昌湖。导游小郑告诉我，东昌湖实际就是古聊城的护城河。聊城美就美在昔日的京杭大运河正好从聊城经过，借着运河的水劲，聊城居然把护城河挖得宽宽的，竟成了一个湖。这个湖的面积也很大，大到比它省会济南的大明湖还大，比杭州的西湖也不逊色，聊城真是敢啊！

　　一个城市，有水就显得有灵气，城市一有灵气就通灵起来了。所以，与安阳相比，感觉聊城这个城市干净了许多，整洁了许多。像安阳一样，聊城也没有许多的高楼大厦，但水使得聊城变得更温柔秀美了。

　　其实，安阳与聊城相比，应该也不算逊色，聊城有水，安阳还有山呢，而且是中国很牛的山——太行山。聊城有水，安阳有山，山山水水两处也就相依了。只是水更显得温柔秀美，山更显得英俊挺拔，风格不同而已。

　　因为，运河曾经从聊城经过，不仅给昔日的聊城带来了繁华，也给今日的聊城增光增色不少。中国运河博物馆就坐落在东昌湖边上。过去，运河应该说是中国一条功劳很大的功臣河，如果没有运河，中国的经济不知要落后多少年。正因为有了运河，才使得中国前进的脚步加快了。所以，在中国发展的历史上，运河是功不可没的。尽管随着时代的变迁和社会的进步，运河在中国经济发展中的作用越来越小，但运河曾经的辉煌，作为中国人，是不应该忘记的。因此，为大运河建个博物馆，让子孙后代记着这条曾经推动中国历史前进的功臣河，也是应当应分的。运河博物馆，就这么着在聊城诞生了。

　　无独有偶，中国文字的起源在安阳，文字不仅是中国人进步的见证，也是世界文明的标志。人类发展到今天，如何能少得了传递信息和文明的文字呢？甲骨文尽管是刻在龟甲和兽骨上的文字，是最简单最直观的文字，却是中国文字的鼻祖，没有它如何能有我们今天的这些文字呢？在中国文字乃至文明的发展史上，甲骨文也是功不可没的啊。因此，在安阳建立中国文字博物馆，让后代子孙知道文字的起源，不要忘记甲骨文的功劳也是很有必要的。

还是和运河有关，还是和聊城昔日的繁华有关，聊城的山陕会馆也是相当有实力的。砖雕木雕石雕的精美绝伦也让人叹为观止。参观的时候，常听到有人说起，过去的人吃饱了撑的，为何对一个会馆如此下功夫，耗费如此多的银两呢？言外之意是不值。其实，说这话的人是不了解会馆的价值啊！会馆是什么呢？说白了，会馆就是今天商人住的豪华宾馆、开的宝马和劳斯莱斯，那是一种身份和地位的象征，是实力的表现，何止是座建筑呢？会馆也是那些个山西、陕西在聊城做生意之人的实力象征啊，你说精明的山陕商人能不重视吗？

安阳昔日曾经也是明清时期中原商业贸易的集散地。"金彭城，银水冶，比不上楚旺一斜街。"在证明明清时期中华大地繁华的俚语中，三个地名中有两个出自安阳，这就充分说明那时安阳经济的繁荣和昌盛了。只是，时过境迁，目前安阳留下来做见证的东西太少了。安阳的水冶也有个山西会馆，只是规模和气魄无法与聊城的山陕会馆相比而已。

与聊城的山陕会馆相比，安阳的殷墟也毫不逊色，尽管它只是个废墟，并没有留下什么高大建筑，但那是一块王者的乐土，无论到何时，它都是有灵气的啊。

三

比完了安阳和聊城的山和水，我还想比比安阳和聊城的人。

陪我们去聊城的安阳导游姓赵，我们叫她小赵，年方二十三，是贵州师院导游专业的在读研究生，是个地地道道的安阳人。小赵是个有志气的姑娘，原本就读于焦作师专地理专业，后来专升本到了安阳师范学院的旅游资源与管理专业，再升为贵州师范学院的研究生。小赵共有姊妹三个，她排行老大，弟弟妹妹均已成家立业，只有她这个老大还在求学。或许是不好意思，或许是条件有限，除学费外，小赵每月只从家里拿300元的生活费。尽管是在比较偏远的贵阳求学，300元的生活费也够捉襟见肘的了。为补贴，小赵只能利用寒暑假当导游。这样的工作，小赵从大三就已经开始干了，说起来也已经有四五个年头了。

接待我们的聊城导游姓郑，我们叫她小郑，年龄和小赵差不多，学历我不太清楚。不过，从她开场与我们见面时的谈话可以断定，她应该是个年龄不大的"老导"了，场面上的话说得特流利。

与小郑相比，小赵作为导游就略有点生涩了。聊城这个地方，小赵之前也没来过，一切都显得陌生。只是与我们相比，小赵提前是做了功课的。小赵个子不高，话语也不多，再加上地方不太熟悉，话就显得更少了。而小郑呢，说起话来滔滔不绝，天南地北懂的很多，会的也多。一上车，她就没让我们的耳朵清闲过。古今中外，别管对不对的，她全敢说。尤其是说起聊城，那更是如数家珍，把聊城夸得那个美哟！大有全国各地，什么地方都可以不去，"聊城不能不来哦，不来会遗憾终生的哟"。

在聊城，我们的行程安排有一项是去植物观光园采摘，小郑说得就更好了，说是几百亩的园子，瓜果桃梨随便吃，只是不准拿。弄得我们大家个个摩拳擦掌，准备来一个水果的饕餮盛宴。中午吃饭时，大家互相提醒说，留点肚，下午好好来一顿水果餐。许是小郑把这个采摘园夸得太美了，正应了那句"希望越大失望越大"的话。到了采摘园，林子真是不小，却一个成熟的果子也没见到，弄得大家很扫兴。天又热，大家又花钱买了门票，别说吃桃了，连个桃毛也没见着，大家心里窝火。人一不高兴，说话就没遮拦了，集体起哄让导游请客，买桃给大家吃。说这话时，小郑小赵全在车上，小郑拿个小镜子，对着自己的脸，左照右照地欣赏，任你说破了嘴，小郑也不接话，权当没听见。小赵就有点坐不住了，主动给大家承诺自己出钱为大家买桃子吃，小赵还真是说到做到。见大家有桃吃，高兴了，小郑又开始滔滔不绝起来。只是不管她怎么说，绝不再提与采摘园和桃子有关的事情了。

四

开车的师傅自然是安阳本地人，50岁上下的年龄，面很善，心态很平和，无论别人说什么，他总是笑模笑样的，不愠也不火，车开得很稳，人也很幽默。在路上，山东高速公路上出了车祸，我们走了一段普通公路，才又上了高速。上了高速，师傅就自言自语说了首打油诗："故地重游到聊城，高速公路车盛行。昔日坑洼路不平，今日公路八面通。江北水城任我游，东昌湖水格外清。天沐温泉皮肤好，导游小郑百灵鸟。"开始，我们谁也没在意，只当是师傅闲着没事胡诌的，没想到师傅一路逢景必有诗，出口能成章，我们大家都夸师傅真是太有才了。导游小赵告诉我们，师傅不仅会写诗，还会背毛主席诗词，而且能倒背如流。怕他开车分心，我们没敢提背诗的过分要求。师傅自己也说，因为背毛主席语录曾经感动哭过许多人。他说，背诗的诀窍不在于背，而在于感情。就从这话我也能断定，这师傅是个懂得诗道的人。

不仅如此，师傅还开有博客和QQ空间，一个开车东奔西跑的师傅，居然还有博客和空间，说来也应该算是稀罕事。

五

聊城有水，安阳有山，聊城有中国运河博物馆，安阳有中国文字博物馆，聊城有山陕会馆，安阳有殷商的都城，这些当然都是面子上的事。而实质要比的应该是工农业的总产值、GDP，还有交通、人口、面积和发展潜力等一些有实力的东西，这应该是决定一座城市品位关键中的关键。可惜，我不懂经济，只是个从事文学创作的，也只能站在一个文人的角度，做些简单的对比。

又因为自己生活、工作在安阳，算是半个安阳人。拿安阳和聊城比较，说得多了少了，都有"瓜田里提鞋，梨树下摘帽"之嫌，还是不多说了吧。

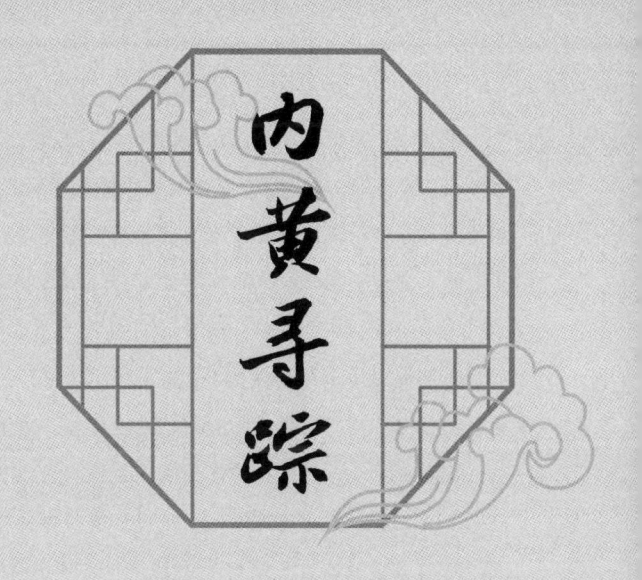

内黄寻踪

颛顼帝喾陵俗称二帝陵，民间称"高王庙"，是上古时代"五帝"中第二帝高阳氏颛顼和第三帝高辛氏帝喾的陵墓，位于河南省安阳市内黄县城西南30公里的梁庄镇。占地面积350余亩，南北长2050米，东西宽1060米。早在4400年前，继黄帝轩辕氏之后，相继而立。陵地古属东郡濮阳，金大定七年（1167）划归滑县，1940年划归新置的高陵县，1949年划入内黄县。

颛顼陵和帝喾陵同在陵区北端，面积同为3432平方米。颛顼陵在东，帝喾陵在西。陵墓四周残存护陵墙。颛顼陵前墙镶嵌有元、清时期的两块标志碑，碑中央分别书有盈尺大字"颛顼帝陵""颛顼陵"；帝喾陵前墙镶嵌有明嘉靖七年（1528）的"帝喾陵"标志碑。

颛顼、帝喾的传说

颛顼、帝喾是指传说五帝中的颛顼帝和帝喾帝，因二人的陵墓均位于河南省安阳市内黄县梁庄乡的三杨庄附近，人们习惯将颛顼帝喾陵称为二帝陵。

相传，颛顼是五帝中的第二帝，帝喾是第三帝，颛顼是叔，帝喾是侄。

据载，颛顼从小才智过人，15岁辅政，20岁即位，体恤百姓，爱护黎民，深受百姓爱戴。内黄西南一带有个黄水怪，经常口吐黄水淹没农田、冲毁房屋。颛顼听说后就决心要降服它，可黄水怪神通广大，二人激战九九八十一天不分胜败。颛顼便上天求女娲帮忙，女娲将一把驱邪降妖的天王宝剑交给颛顼，颛顼用天王宝剑打败了黄水怪。

为了给人间造福，颛顼用天王剑把大沙岗变成了一座山，取名付禹山，实际是一座无石之山；又用剑在山旁划一道河，取名硝河，实际是一条无水之河。从此在豫北平原的内黄，就成了有山有水、林茂粮丰的好地方。内黄百姓感念颛顼的恩德，尊称他为高王爷，人们还在他的陵墓前建了高王庙。

颛顼不仅生前惩治黄水怪，死后仍牵挂着百姓。有一天，高王爷显灵变成一位白发苍苍的老人，坐在高王庙的台阶上闭目养神。突然，天降大雨，洪水滚滚而来，田毁庄淹，洪水流到白发老人的面前却流不动了，就从水中钻出了两个非人非兽的怪物。白发老人一挥手，怪物乖乖地沉下水去，随即凶猛的洪水也慢慢地退了。后来，颛顼担心黄水怪再来骚扰老百姓，就把一张金弓、三支金箭放在高王庙祭殿的屋脊上，并交代说，这三支箭一支防风，一支防沙，一支防水。只要这一张弓三支箭在，黄水怪、风、沙任何恶魔鬼怪都不敢再来捣乱。果然，自从有了这三支箭后，内黄的老百姓真的过上了幸福安康的生活。

对于颛顼的功德，史书是有明确记载的，《史记·五帝本纪》中说："帝颛顼高阳者……静渊以有谋，疏通而知事；养材以任地，载时以象天，依鬼神以制义，治气以教化，洁诚以祭祀。北至于幽陵，南至于交阯，西至于流沙，东至于蟠木。动静之物，大小之神，日月所照，莫不砥属。"从史书记载可以看出，颛顼的确是一位泽被宇内、功德盖世的帝王。

关于帝喾的传说也有许多。相传，帝喾原本姓姬名俊，姬俊自小聪明多智，颛顼在位时，周围各个小国，总想攻打他，就请姬俊帮助出点子。姬俊说："九个国家齐来攻打我们，我们如果跟他们硬打硬拼，必然顾此失彼，难以取胜。"颛顼说："以你之见呢？"姬俊说："九国敌人都想独吞我们的地盘，他们彼此之间必然互不相让。我们若能叫他们之间互相打起来，不就好平灭了吗？"颛顼一想，对呀！于是就派人分别到九国中挑拨他们的关系，很快使他们彼此发起了战争。后来颛顼没费多大力气，就平灭了九国之乱。颛顼看姬俊既聪明又有谋略，就把他封在"辛"这个地方掌管一切。当时，辛地经常闹水灾，水来了，老百姓就往另一个地方迁徙。而重新迁徙的地方闹了水灾，老百姓再迁回来。就这样，迁来迁去，总是不能安居乐业。姬俊就想了个办法，带领大家把住处的地势加高。但是加高的速度却赶不上水涨的速度，头天加高，第二天又被水淹没了。夜里，姬俊睡不着，就到天上找玉皇大帝理论，质问玉皇大帝："天既然生了人，为什么又故意为难人呢？还叫不叫人活了？"玉皇辩不过他，便派天神下来，一下子把"辛"这个地方的地势抬高到了水面以上。从此,这儿的老百姓再也不会被洪水赶得乱跑了。"辛"便称为"高辛",姬俊便被尊称为"高辛氏"。

而《史记·五帝本纪》是这样形容帝喾的:"帝喾高辛者,黄帝之曾孙也……高辛生而神灵,自言其名。普施利物,不于其身。聪以知远,明以察微。顺天之义,知民之急。仁而威,惠而信,修身而天下服。取地之财而节用之,抚教万民而利诲之,历日月而迎送之,明鬼神而敬事之。其色郁郁,其德嶷嶷。其动也时,其服也士。帝喾溉执中而遍天下,日月所照,风雨所至,莫不从服。"由此可以看出,帝喾也是一位万民诚服的帝王。

传说毕竟只是传说,但他们曾经活动于黄河中下游的滑县、内黄一带,却是不争的事实。二帝的陵墓位于今河南省安阳市内黄县境内也是有据可考、有证可查的。

据载,自1986年至今,政府曾经三次组织专家对二帝陵进行大规模的发掘,出土有汉砖铺设的多条甬道,唐代建殿基址,宋代建筑基址和水井,元代修建的护陵墙,明代修建的拜殿、院门和神道,清代修建的配殿、山门、御桥。颛顼陵前墙镶嵌有元天历二年(1329)"颛顼帝陵"和清嘉庆二十四年(1819)"颛顼陵"两通标志碑。帝喾陵前墙镶嵌有明嘉靖七年(1528)"帝喾陵"标志碑。在拜殿前和配殿前后的沙地里清理出元、明、清历代御祭碑165通。在颛顼、帝喾故都顿丘,即颛顼帝喾陵东南2公里的大城村,至今仍保存有夯筑城墙和载有"卫邑顿邱""颛顼之墟"的碑刻。以上资料不仅仅说明二帝陵的真实可信,同时,也表明中国历朝历代对于二帝的崇敬之情。《宋史·礼志》记载:"天禧四年,谕中书省,礼部定议,合祀帝王三十五,滑祀颛顼、高辛。"由此可见,宋代已将祭祀二帝陵列为定制。

有关颛顼、帝喾的埋葬处,历来都是争论的焦点,对此,笔者曾经做过认真的查证,目前有三处,一处在河南内黄,一处在山东聊城,还有一处在商丘高辛集。山东聊城的"聊王庙"为"颛顼庙",而商丘睢阳高辛集的则是"帝喾陵"。而将二者合二为一的则只有内黄的二帝陵。

在内黄的二帝陵中，颛顼陵居东，帝喾陵居西，两陵相距60米。颛顼陵南北长66米，东西宽53米，高约26米；帝喾陵略小且居后两米。

据载，昔日的二帝陵规模宏大，建筑雄伟，碑碣林立，松柏蓊郁。二帝陵园从下至上有御桥、山门、庙院、陵墓、碑林及纵横其间的甬道，占地面积350多亩。陵墓四周有围墙，称"紫禁城"。当地老百姓形容二帝陵之大，总爱用二帝"头枕付禹山，脚蹬硝水河"来形容。只可惜，内黄地处黄河故道，黄河多次泛滥，再加上风沙肆虐，到清朝同治年间，陵墓和建筑群就已经全部被黄沙掩埋于地下了。

而今的二帝陵是内黄县人民政府于2000年重新修建而成的，前为祭祀区，修有山门、祭拜殿、二帝塑像、棂星门、碑廊、配殿等。后为陵寝区，总占地约350亩。陵园外，芳草萋萋，林涛奔涌；陵园内，松柏参天，庄严肃穆，透出了帝王陵园的沧桑与威严。

以上文字，多数是巢儿从别处得来的，无他，只想让你——作为华夏儿女的一员，对二帝陵有个全面细致的了解。

护佑子孙的龙凤柏

在内黄二帝陵听到的最美丽、最动人的传说，自然是龙凤柏了。

据传龙柏和凤柏是一对夫妻树。龙柏身上长满了像龙须一样的刺，强壮无比。而凤柏呢？身上布满了被刺扎过后留下的小坑，温柔可爱。因为是夫妻树，它们生生死死总在一起，互相依扶，护佑子孙。

其实，关于龙凤柏的故事，何止是内黄的二帝陵有，像山东的孔庙、太原的晋祠等也都有流传，只是内黄二帝陵的龙凤柏故事更凄婉更动人。

要说二帝陵的龙凤柏护佑子孙的故事，还得从商中宗太戊说起。据说商朝原本是帝喾次妃简狄的儿子契所建，契曾帮助大禹治水有功，封了一块领土，名叫"商"，随后就以"商"来称这个部落。后来契的后代汤灭了夏朝，就以"商"作为国号，建立了商王朝。商王朝共经历了十七世三十一王，延续了500多年。商王朝是个动荡不安的王朝，数次迁都，频频更换帝王。

太戊，姓子名伷。是商的第九位国王（前1486—前1411）。汤五世孙，太甲孙。太戊继位时还是个少年，不懂得治国之道，整天只图享乐。在他继位的第七年，宫廷里出现了一件怪事，王宫庭院里的一棵桑树和一棵楮树，一夜之间合抱在了一起，更奇的是，还长得飞快，一天长一搂，7天的时间人抱都抱不过来了。《史记·殷本纪》中有记载："亳有祥桑穀，共生于朝，一暮大拱。"见此情况，太戊很害怕，觉得是不祥之兆，于是就召集朝臣商量对策。宰相伊陟，见这是一个劝导太戊专心朝政的好时机，就说：臣听说妖怪胜不过德，大概大王在治理朝政上有什么缺德之处，所以才会出现妖怪。如果大王善政修道，以德治民，自会免除祸害。太戊一听觉得有道理，于是，痛改前非，专心朝政，修德治国。随后，两棵相拥的怪树果然就枯死了。

太戊是所有商王中在位时间最长的王，他在位75年，内修朝政，外御敌寇，出现了先商难得的中兴时期。《史记》称太戊在位时，举贤人伊陟、巫咸为丞相，天下大治，诸侯归附。

然而，好景不长，中原四周的大诸侯国又开始侵犯中原了，太戊在宰相伊陟的协助下讨伐侵犯中原的敌寇。一次，太戊与东南方一个强盛的诸侯国展开激战，战争打得非常残酷。战斗中，太戊的战马被敌人射死了，他带领的兵将也被杀得尸横遍野。无奈，他和宰相伊陟只得逃到颛顼帝喾陵南的树林里避难，蜂拥而至的敌军把树林围得水泄不通。正当他们束手无策、坐以待毙的时候，突然从颛顼帝喾陵方向飞来一龙一凤，它们落在太戊和伊陟面前，两人乘着龙凤才逃出重围，躲过一劫。

此后，龙凤就成了太戊的坐骑。太戊晚年的时候，有一次骑着龙凤去二帝陵祭祀祖先，等他祭拜完先祖颛顼、帝喾，从拜殿出来时，却发现自己的坐骑不见了。他四处找寻，终无结果。而在二帝陵前却突然长出了一龙一凤两株高大雄伟的古柏树，太戊知道这是护佑他的龙凤变成的，龙凤不想再帮助他了。从此，他失去了治国理朝的信心，不久就死了，先商的中兴也告一段落。

再后来，到了宋末，蒙古人开始南下中原。为保卫自己和子孙后代千辛万苦创建的家园，龙凤柏又化成夫妻将军与蒙古兵展开激战。由于蒙古兵十分剽悍，战斗中，夫妻俩都受了重伤，血流不止。蒙古兵循着血迹追到颛顼帝喾陵前，没找到败退的将军，却看到了二帝陵前的两棵参天古柏浑身是血，知道将军是古柏变成的，古柏显灵了。蒙古兵十分害怕龙凤柏再出来与他们作战，就想架起干柴，将龙凤柏烧死。正当蒙古兵将龙凤柏团团围住，准备点火时，突然，龙柏抖擞一下挺拔的身躯，顿时化作一条青龙腾空而起，再次与蒙古兵展开了血战，终因寡不敌众而负伤倒地。这时，蒙古兵又围了上来，再次点燃大火。恰在此时，天空"轰隆隆"一声炸雷，突然狂风暴雨骤起，蒙古兵被狂风卷起的飞沙走石打得鼻青脸肿，狼狈逃窜而去。

身单势弱的龙柏如何能抵挡得了蒙古军队的千军万马呢？最终不得不败下阵来，中原最终还是成了蒙古人的天下，元朝建立了。

就是在这次激战中，龙柏为了捍卫自己的家园，护佑自己的子孙后代，与蒙古人激战时伤了元气，此后，再也养不过来了，直到今天，龙柏仍然是瘦瘦小小的。而凤柏呢？有龙柏的保护，又没大伤过元气，就生长得十分健壮，枝繁叶茂。人们传说："七搂八扁担"就是形容凤柏粗七搂、高八扁担的茁壮样。

传说毕竟只是传说，以现代人的科学眼光看，两棵树长在一起，仅只是植物生长过程中的一种偶然巧合，原本没什么大惊小怪的。由于人们对先祖颛顼、帝喾的敬仰和崇拜，相信无论处于何种情况下，先祖都会挺身而出，牺牲自己护佑子孙的，后人就把更多的美好寄托在先祖身上。而先祖那种为子孙后代奋勇当先、殚精竭虑、宁折不弯、不屈不挠的大无畏精神也是值得学习的。这是一种传统美德，也是代代相传、生生不息的精神支撑。

我与客家人同祭祖

一

何为客家人？

通俗点说，客家人就是远离中原，流落他乡的中原人，是中原儿女的同胞兄弟姐妹，是华夏民族的骨肉血亲。

中原是中华民族的发祥地之一，华夏儿女的聚居地。数千年前，三皇五帝曾经率领他们的子孙在中原这块沃土上繁衍生息，创造财富，养育后代。

随着岁月的推移，大约在4世纪，由于晋王朝统治的衰落，王公贵族为争夺皇权而刀兵相见。一时间，中原大地烽烟四起，战乱频繁。乘战乱之机，北方游牧民族的铁骑趁势踏入中原，并一举杀入晋王朝的统治中心。面对这场空前的浩劫，平民百姓纷纷逃离家园，躲避战乱。他们顺江而下，来到了江西、广东、广西、福建等地。那里地广人稀，起伏的山川是他们天然的屏障，纵横的河流是他们的依靠，于是他们留在了那里。他们是寄居他乡的中原人，为了区别于当地人，被称作客家人。

他们大多分布在江西、广东、广西、福建、四川、重庆、香港、台湾地区，以及马来西亚、印度尼西亚、泰国、新加坡、澳大利亚、美国、加拿大、南非等地。那些远离家乡的客家人，身虽在异地，心却系中原，根仍扎在中原，他们时时刻刻牢记自己是华夏民族的儿女。

何为"世界客家播迁路"？

这是河南省客家人联谊会组织的一个全球客家文化大交流活动，是有利于中华乃至世界华夏儿女大团结的义举。2009年10月，河南省客家人联谊会联合海内外著名客属社团、祖根地政府、企业、传媒，以河南客家祖根地为起点，沿着中原客家先民曾经走向全世界的迁徙之路，探寻中原文化播迁路径，追寻客家文化的渊源。

二

每逢先祖的祭日，这些在外漂泊的游子，不远万里，来到中原，在自己的先祖前，点上一炷香，磕上三个头，把自己一年来丰收的喜悦和游子的辛酸告知祖先，并将来年的希冀也说出来，希望先祖能保佑他们在外风调雨顺，心想事成，平平安安。

农历的三月十八日，是上古三皇五帝中颛顼和喾帝二帝的祭祀日，每到这天，无数的客家人都会千里迢迢来到内黄的二帝陵前，祭拜自己的祖先。庚寅年（2010）农历三月十八，巢儿有幸与客家人一起祭奠了华夏儿女共同的祖先——颛顼、帝喾，感受了全世界华夏儿女是一家的血脉亲情。

农历三月十八日一大早，当一群黄皮肤、黑眼睛，身着大红唐装，肩披印有"根在中原，姓源内黄"字样的黄色丝带的客家人，从数辆标有"世界客家播迁路"统一会标的大客车中鱼贯而出时，二帝陵广场上，锣鼓喧天，鞭炮齐鸣，秧歌齐舞。内黄人民用中原华夏儿女最隆重的礼节，欢迎自己远在异地他乡的同胞兄弟姐妹——客家人归家。

背井离乡的华夏同胞来了；远离故土的中原儿女回家了；客居他乡的客家人来了；他们来了，来了！不远千里万里来了！历经千辛万苦，祭奠自己的祖先来了！

三

上午9点50分，祭祖仪式在内黄三杨庄二帝陵的高王庙前正式开始。

鸣钟、击鼓、放礼炮。这是为了纪念中华人文始祖颛顼所创制的《颛顼历》的诞生，同时也是表示天地和合。

钟鸣二十二响。二十二响钟声，象征着中国传统历法中十个"天干"与十二个"地支"的总和，警示人们应当敬天法地，与大自然和谐相处。

击鼓三十四下，则代表全国34个省、自治区、直辖市和特别行政区的华夏儿女，追根溯源，认祖归宗。全国各地同祭中华人文始祖颛顼、帝喾，弘扬中华民族的优良传统和民族文化，实现中华民族共同复兴的心愿。

二九一十八响礼炮，是向先帝致敬的最高礼数。

随着炮声，天空中飞扬起了五十六束彩色氢气球，代表着五十六个民族，象征着五十六个民族是一家，中华民族是个团结的大家庭。

当礼炮停响，气球还在空中缓缓飘浮时，祭祀的音乐已在高王庙大殿的上空响起。

第一乐章——《大哉中华》。乐曲肃穆、庄严，显示了中华民族历史的厚重与气势的磅礴。在乐曲声中，祭拜者开始敬献花篮。在祭祀生的引领下，祭拜者沿着红地毯缓缓前行，登上祭台，献上鲜花，随后向颛顼、帝喾三鞠躬。献花四次，分别代表春、夏、秋、冬四个季节，四季鲜花盛开，馨香四溢，象征华夏儿女生活欣欣向荣，献花四次，也代表了国家、省、市和县四级人民政府对于中华人文始祖的无上敬仰之情。

第二乐章——《天人合一》。舒缓的乐曲象征着天地万物合而为一，和谐共处。

第三乐章——《盛世重光》。乐曲优美和谐，并伴有盛世重光的反复吟唱，将祭拜者带入欢快而又庄严的祭典之中。祭拜者手持高香，行献香礼，一生二、二生三、三生万物，向二帝三次敬献高香，预示着中华民族的繁衍，生生不息，香火旺盛，万代昌盛。

第四乐章——《水木圣德》。在欢快优雅的乐曲声中，祭拜者开始行献帛礼，帛分黑青两色，黑色象征颛顼之行水德而色尚黑，青色象征帝喾之行木德而色尚青。每块帛长九尺，宽五尺，象征中华人文始祖颛顼、帝喾的九五之尊。祭拜者双手从祭祀生手中接过神帛，高高举过头顶，恭恭敬敬地向二帝三鞠躬，然后放于祭台之上。

第五乐章——《春华秋实》。在欢快喜庆的乐曲中，开始行献酒礼，祭拜者从祭祀生手中接过已经斟满美酒的酒樽，高举过头顶，洒于地下。春华秋实，五谷丰登，美酒醇香，伏维尚飨，先帝与华夏子孙共享华夏儿女创造的劳动成果。

诵读祭文，华夏儿女告慰先帝在天之灵，歌颂先帝丰功伟绩，表达后人对先人的敬仰之情。

中华民族为礼仪之邦，每逢祭祀，有祭必有乐，有乐必有舞，舞者在盛世中华的乐曲中翩翩而起。祭典进入下一程序——乐舞告祭。在声乐歌舞中，祭典接近尾声。

四

这是一次心灵的洗礼，这是一次代代传承的交融，这是一次华夏儿女齐聚中原的盛会，是华夏儿女精诚大团结的聚首。

千枝归一本，万水实同源，无论是身在中原还是客家地，我们都是华夏儿女，我们有着共同的祖先；无论身在何处，根都在中原；壮美大中原，老家河之南，中原是所有华夏儿女的家。

■ 印象安阳

祭典结束，巢儿不由心潮澎湃，感慨万千：作为居住中原的华夏儿女，我们更多了一份责任和义务，那就是把中原——华夏文明的发祥地之一，装扮得更秀美、更亮丽。只有这样，我们才能对得起我们的祖先和漂泊在外的同胞们。

根在中原，姓源内黄——记骆氏与新内黄

骆氏与新内黄的故事，是一段既温馨又充满浓郁乡情的故事，是一段关乎着血脉承传的经典佳话。

在遥远的异国他乡马来西亚槟城，生活着一群骆姓居民，他们黑眼睛，黄皮肤，说汉语，写汉字，姓中国姓，他们是一群地地道道的中国人。他们有着和华夏民族一样的风情习俗，他们过中国汉人传统的阴历年——春节。每逢春节，他们和中国的汉族同胞一样，守岁、吃饺子、贴对联、敬神、祭祖宗，他们也尊崇三纲五常，恪守仁义礼智信。他们虽生活在异国他乡的域外，却是中国骆姓的后裔，他们根在中原，姓源内黄，是生活在海外的内黄人。

骆氏祖籍在内黄县的旧县，即今天县城稍偏西北，汤阴县故城村一带，这一带过去隶属内黄县。

据说，早在春秋战国时期，骆姓就已是中原的巨宗大族。隋唐时，骆姓在内黄等地繁衍迅猛，族大人众，成为妇孺皆知的著姓之一。据宋代《太平寰宇记》载：时相州内黄郡有"扈、路、骆"三大望族。当时内黄县城共有人口 1.2 万人，而骆姓就占 8800 人。虽然骆姓来源还有其他分支，但是一般都认同"本族始于姜，见于齐，望出内黄、会稽"。

魏晋南北朝时期，永嘉之乱，使得中原大地狼烟

四起,战火不断,饱受战乱之苦的中原百姓,纷纷逃离家园,远走他乡谋生。当时的江南海滨,地处偏僻,却地肥物美,气候宜人,是宜居指数颇高的好地方,再加上有长江天堑作屏障,战火轻易烧不到,自然就成了许多中原人避难的好去处。在浩浩荡荡的迁徙大军中,就行走着许许多多的骆姓子孙,和历史上第一批移居他乡的中原人一起,为求一方净土,得以安身养命,骆氏子孙们不远万里来到了闽、粤等沿海省份,随后骆氏子孙又开始远渡重洋,播迁海外。

马来西亚的骆姓子孙,身在异地,心系祖籍,无论走到哪里,他们都没有忘记自己的祖先、自己的祖籍,自己是地地道道的内黄人,为区别祖籍的内黄,他们称自己为"新内黄"。

千百年的时间随着岁月的风尘在一点点流逝,而永远不会流逝的却是远在异乡的游子对于家乡的思念之情。骆氏远渡重洋,播迁不止,漂泊不定,枯荣不一,但他们却世世代代生息不断,开疆拓土,打拼出一片片处女地,形成一个个"新内黄"。

"缅怀祖泽流芳远,中外内黄誉大千。""内黄儿女多奇志,敢闯四海谱新篇。""椰水香江万里尘,结亲尽属内黄人。""内黄盛会,四海亲朋。云集槟州,欣然有感。借诗助兴,赋此同庆。""宗人海外内黄系,社典囊中渭水流。""内黄堂上存根本,创业史中记姓名。""氏号内黄未改名,邑人相约槟城来。"

生在异域,长在异乡,喝异乡的水,食异域的粮,他们却始终不敢忘记自己永远是华夏子孙,他们心底永远耸立着一座最神圣的丰碑——内黄。怕自己数典忘祖,他们把"内黄衍派"四字刻在门楣上。

马来西亚槟城的骆氏子孙们,为纪念自己的祖籍,自1928年起,就开始举办"内黄之夜",每年8月31日,所有骆姓子孙聚在一起,相互交流以诉说思乡之情,用歌用舞表达他们对家乡和亲人的思念之情,规模之大,人数之多,在血缘性组织活动中数最。

有记者曾经这样报道2004年8月31日马来西亚槟城的"内黄之

夜":"会上进行了剪彩、击鼓、鸣锣仪式和骆氏宗亲社与海外宗亲团互赠纪念品等活动。当晚,槟州政府文化代表团为大会表演了一场充满浓郁民族风味的舞蹈。刚刚成立的骆氏同宗社青年舞龙队进行首次'夜光龙'表演。场面宏大,热烈隆重,宴开250席,盛况空前,打破槟州有史以来血缘性组织活动的纪录。"

何止是2004年呢?自1928年至今,骆氏宗亲的狂欢之夜就从未间断过,每一个"内黄之夜",都是侨居在海外骆氏华夏儿女的狂欢日,是新内黄人的团圆日。

何为"客"?字典中的一项释义是:"'客'与'主'相对,寄居或迁居外地。"

顾名思义,无论他们在异地生活的时间有多长,他们永远是以客的身份存在,客的身份使他们做事谨小慎微,永远不敢张狂,更没有一种归属感。而只有回到中原,他们才算是回到了家。

2009年,马来西亚的骆姓来河南内黄省亲了,他们不远万里来祭奠自己的祖宗了。内黄县委县政府以主人的身份,张开热情的怀抱,欢迎这些长年漂泊在外、远道而来的游子归家,他们还专门为马来西亚的骆姓举办了祭祖节,使他们有宾至如归的感觉。

这是一种精诚团结的聚首,是一次中外华夏儿女团聚的庆典,是一场华夏儿女齐聚中原的盛会。千枝归一本,万水实同源,无论是身在中原还是异国他乡,他们都是华夏儿女,他们有着共同的祖先。根在中原,姓源内黄,内黄是骆氏宗亲的根本所在。

三杨庄汉代遗址位于河南省安阳市内黄县梁庄镇三杨庄村，是一处因黄河泛滥而被整体淹没的汉代聚落遗址。其中庭院、水塘、水井、道路、树木乃至周围大面积的垄作农田被清晰地保留下来。三杨庄汉代遗址目前共清理面积9000余平方米，共清理出房屋建筑遗存7座，水井2眼，水塘1处，水沟2条，纺织遗迹1处，"货泉"铜钱3枚，"益寿万岁"瓦当若干，石质、铁质、陶质等生活与生产用具70余件。它对汉代社会组织结构、经济发展状况、农业生产水平、建筑结构布局、人居结构构成、民间生活习俗等方面的研究提供了弥足珍贵的实物资料。

2005年被评为全国十大考古新发现之一，2006年被国务院公布为第六批全国重点文物保护单位，并纳入国家"十一五"100项重大遗址保护项目。

三杨庄汉代遗址：中国的庞贝古城

内黄寻踪

　　巢儿是学文学的，自然是感情色彩较浓，理性思维略微逊色些。对于旅游更是喜欢随心所欲，随性而游，不喜受约束。看景点多喜欢山水自然景观，不喜欢考古论证和人为景观。内黄的朋友第一次带我去参观三杨庄汉代遗址，我是不大感兴趣的。说是汉代的，导游指给我们看的也只是一片被挖掘得七零八落的基址，这眼水井是汉代的，那儿的水塘是汉代老百姓用于灌溉的，这是历史上最早的厕所……这些意味着什么呢？不懂考古的巢儿，一点儿也没看出三杨庄汉代遗址的意义和价值在哪儿。

　　当然，站在考古的角度，三杨庄汉代遗址的确意义重大，但中国从事考古或钟情于考证的人毕竟是少数，大部分参观者多和巢儿一样，只观光猎奇，无意于考古或发掘。以一个门外汉的眼光，站在一个普通人的角度，巢儿这支笔对于你了解三杨庄汉代遗址能提供点什么呢？

　　专家说，三杨庄汉代遗址的消失与庞贝古城有些相似，权且我们就从庞贝古城说起吧。

　　罗马的庞贝城是亚平宁半岛西南角坎佩尼亚地区一座历史悠久的小城，始建于公元前6世纪。公元79年10月24日维苏威火山大爆发，瞬息之间，火山喷出的灼热的岩浆四处飞溅，浓浓的黑烟夹杂着滚烫的火山灰，铺天盖地降落到这座城市，空气中弥漫着令人窒息的硫磺味。很快，厚约5.6米的熔岩和火山灰毫不留情地将庞贝从地球上抹掉，一座美丽小城从此消失了。

关于庞贝古城被瞬间毁灭的惨状，余秋雨先生在他的《行者无疆》一书中，《南方的毁灭》专门辟出章节进行了详尽的描写。余先生写瞬间毁灭时人们的感受，写庞贝的剧场，写瓦罐制造工厂里制造工人临死前瞬间的感受和想法，写《自然史》的作者老普林尼的感受，以及他的义子小普林尼有关义父普林尼在火山爆发瞬间的英勇壮举等。

看了余先生关于庞贝城的描写，我就猜，三杨庄汉代遗址也应该是有故事的。庞贝古城被火山灰埋没后，有许多人去关注去发掘，所以留下许多美丽的传说。而三杨庄汉代遗址应该是被黄沙黄水埋葬的，因为发现的年代距我们太近，近得还不足以产生传说，若经过历史的打磨，与历史有了一定的距离后，是否三杨庄汉代遗址里发生的故事也一样美丽而动人呢？

那么，三杨庄汉代遗址是如何被埋于地下的呢？

三杨庄汉代遗址位于河南省内黄县境内，内黄位于古黄河故道上。《内黄县志》上说，内黄县境内半数以上是沙地，东部和西部有两条带状沙丘，一遇大风则飞沙迷目，甚至田园庐舍均受其害。"紧关门子，慢糊窗户，一年多吃二斗沙土""沙地没有林，风沙打死人"，这是内黄老百姓对于风沙的真实感受，可见风沙对于当地老百姓的危害有多大。据内黄清代县志记载，内黄曾经有沙压18村、水淹18村的说法。而三杨庄汉代遗址会不会也像这18村一样，被瞬间埋没了呢？

有一点三杨庄汉代村落和庞贝是相通的，那就是瞬间的毁灭。我猜想，专家称三杨庄汉代遗址为中国的庞贝古城，是否也基于这一点呢？

关于瞬间毁灭，文化达人余秋雨的感受是这样的：

有一种震撼却穿过一千九百多年的时间直接抵达我们身上，而且显然还会震撼下去，那就是人类群体在毫无预告的情况下集体死亡、霎时毁灭。

日常生活中的单个死亡、渐次毁灭各有具体原因，而庞贝则干净利落地洗掉了一切具体原因。不管这个人是否心脏有病，那幢楼是否早有裂缝，也不管这家浴室主人与邻居有百年世仇，那两支竞技队的彼此积愤已千钧一发，全部一笔勾销，而且永远也不再留有印痕，一起无病无缝无仇无愤地纳入死亡和毁灭的大网，不得逃遁。（余秋雨《南方的毁灭》）

三杨庄汉代遗址的价值和意义到底是什么呢？实事求是地说，巢儿看到的三杨庄汉代遗址，除了黄土就是黄沙，要么是几片"碎砖烂瓦"，而对于考古学家来说，这些可能就是价值连城的"秦砖汉瓦"。我们还是听专家说吧：

该遗址是一处因黄河泛滥被整体淹没的汉代聚落，它不但有生活场景，还有大片农田，因此，具有考古学、历史学、建筑学和农学等多学科重要的研究价值；三杨庄汉代遗址庭院和农田的同时发现为我们提供了研究汉代社会结构问题难得的也是唯一的实物资料；三杨庄汉代遗址建筑实物，如此完整地惊现于世，对于研究我国建筑结构的形成，提供了弥足珍贵的实物资料；三杨庄汉代遗址大面积农田的发现，为研究汉代"代田制"使用什么样的工具，埂畦大小、走向如何安排，给了绝好的实证，若再对其提取样品做有机化验分析，必将会搞清楚是否休耕，如何轮作，施什么肥、种什么作物、一年农作物会有几熟等许多因缺乏实物而很难解答的问题，对进一步探讨"以农为主"的汉代社会经济、农业生产技术和农业生产工具创新思想、文化、科学技术进步等都具有非常重大的意义……

2006年1月19日,河南省文物局在北京主持召开的有关三杨庄汉代遗址专家咨询会上,与会专家普遍认为:

> 三杨庄汉代遗址是目前国内首次发现保存如此完整的汉代建筑和农田实物,是近几年来最重要的考古发现。它所保存下来的信息,为汉代社会组织结构、经济发展状况、农业生产水平、建筑结构布局、民间生活习俗等方面的研究提供了弥足珍贵的实物资料,具有难得的唯一性。对这一遗址的重要性和价值无论怎样评价都不为过分。

巢儿尽己所能,能告诉你的也只有这些,不知是否能帮助你对三杨庄汉代遗址有更深入的了解?

断想，商中宗陵

去内黄看商中宗陵前，我是做了功课的。知道商中宗陵是商代第九位王太戊的陵寝，也称"太戊陵"，位于内黄县亳城乡的刘次范村。商中宗陵为汉代所建，唐代继修，宋太祖开宝七年（974）重修，明、清又多次修葺增建。商中宗陵占地4.5亩，内有太戊陵、嫔妃墓，还建有接待祭奠者的接官厅，外有城墙，俗称"皇城"。整个陵园，古柏森森，仅历朝历代祭祀的碑刻就多达142块。明朝嘉靖年间编撰的《内黄县志》记载："陵高一丈五尺有余，环绕数十丈许。庙在陵后，正殿五间，旁有碑亭，前有庙门二重，陵前有丰碑一通，宋开宝七年（974），翰林梁周翰撰。春秋二祭。每三年，朝廷遣使致祭。改元，则遣京堂大臣赍香帛祭焉。"不仅如此，内黄十二景之一的"商陵烟云"——"陵寝所遗，享祀弗绝，古庙丰碑，烟霏雨湿"，说的也是这里。

5月的初夏召唤着，槐花的清香吸引着，许是因为好奇，也或许是因为怀念，我迫不及待地想去领略黄河故道风沙皱褶中的内黄，去体悟这块曾经是颛顼、帝喾、夏相、商朝太戊、河亶甲、春秋卫成公等成就大业、古老而又充满传奇的土地——内黄。

到了，到了！终于到了刘次范——这个因为商中宗陵而红遍大江南北的小村庄，终于见到了商中宗陵。

印象安阳

一个满目萧条凌乱的院落，除那个孤单地立于前庭的"大宋新修商帝中宗庙碑"外，就是七零八落的石条了。商王的陵在哪儿呢？拜殿又在何处？甬道东的太戊陵和甬道西的嫔妃墓又在哪里？庙呢？碑亭呢？接官厅呢？院落的东部是有个土包，莫非它就是商王陵？在急切的找寻中，拾柴大嫂告诉我，那土包是新近才堆起来的。

站在古老的太戊陵遗址前，面对铺天盖地的黄沙、残垣断壁和七零八落的碑碣，我渐渐明白，而今的商王陵远远没有想象中那么体面和堂皇了，昔日的盛大和荣光已经抵不住岁月的剥蚀和风沙的湮没，失去了王气和神圣的庄重了。

怀旧的风吹过太戊陵遗址，透出几分虚无的缥缈、空旷和寂寥。这里既看不到"商陵烟云"葱郁的古松和翠柏，也没有了"规模宏大，布局奇特，前区为陵墓区，后区为祭祀区，中间甬道为中轴线，直通拜殿，甬道东为太戊陵，西为嫔妃墓"的分明，庞大宏伟的墓冢群也已经烟消云散了，更没有"历代王朝祭祀不绝"的喧嚣。

一条窄窄的甬道尽头是几间临时搭建起来的小庙，那是否就是传说中所谓的拜殿了呢？庙宇因无人看管显得十分落寞，连普通庙宇的香火缭绕也不在了。甬道两旁的短松和小柏能否跟得上华辇逝去的脚步？新兴的建筑是否也将掩埋在历史前进的辙痕里？我不知道，所有的一切，都显得那么苍凉和急促……

碑碣倒有许多，但许多碑文已漫漶不可辨识。只有那通宋太祖开宝七年（974）所立的"太宗新修商帝中宗庙碑"高高耸立着，向今人证明着这里历史悠久。这通高 7.2 米、宽 1.6 米、厚 0.59 米的碑是由翰林梁同翰撰写。据载，该碑有铭有序，雕刻精湛，字迹清晰，笔法变化多端，妙趣横生，刀工娴熟，笔力坚凝，堪称一绝。而今也已经字迹模糊，难辨字形字义了。陵园中还有十多块赑屃趺趺（石碑龟座）安详地注视着游人。它们那坚实的体魄、无怨的负重或让人不解，或令人感叹，抑或传送的仍是殷商时习的遗风。

此刻，我和朋友一行站在这片曾经充满着无限荣光和商代繁荣的遗址上，凝视着黄沙覆掩下太戊陵的苍白与简陋，思绪的闸门不停地被历史的厚重撞击着，带我进入商中宗的中兴盛世。

据说，夏桀时，商仅是黄河中下游新兴的一个小小的部落。汤是商的第一位帝王，一个很用心的帝王。由于治国有方，不仅他的属地和子民国富民强，他还乘机蒇灭夏朝许多属国。公元前1600年，商灭掉了夏的最后一个属国，终于统一了中原，建立了商王朝。

商王朝历时500多年，共传十七代，历经三十一王，而太戊是商王朝中成就最大的一位王，姓子名伷，为第九位国王（前1486—前1411）。汤五世孙，太甲孙。死后追谥为中宗。甲骨文作大太戊、天戊，为商王太庚之子，商王小甲、雍己之弟。

据《史记·殷本纪》载述，雍己在位时"殷道衰，诸侯或不至"，及至太戊即位，"殷复兴，诸侯归之，故称中宗"。太戊在位75年，是商王朝在位时间最长久的帝王。太戊勤政修德，治国抚民，颇有振作。任用伊陟、巫咸掌握国政，各小国又纷纷归顺，商朝中兴，天下大治。后太戊病死，葬于内黄（今河南省内黄县南15公里处，即今亳城镇刘次范村）。

《史记·殷本纪》还说，"成汤，自契至汤八迁。汤始居亳，从先王居"。

而有关商都亳的说法并不统一，据考，叫亳的地方中原共有三处，一处南亳，在今商丘；一处西亳，在今偃师；另有一处则在今内黄。姑且不论内黄的亳是否确是商都，而太戊陵寝就在内黄，却是不争的事实。

作为现代人，踏上这片黄沙漫漫的古老土地时，除了寻访历史厚重的陈迹，一切都不再重要了。

我在想，太戊陵的碑碣是否在诉说着一个久远记忆呢？太多太多的历史融进了自然，被中原的黄风吹散了，甚至触摸不到一个具象的真切，只有缥缈的或忧郁的意象了。

也许曾经吸引了无数崇敬和虔诚的目光，诱惑着无数观瞻膜拜的脚步。而今，年复一年的风沙还是渐渐地湮没了它的辙迹。尽管如此，历史的车轮却没有停滞，复苏之风鼓吹着商王朝不熄的光焰，推动着历史轰轰烈烈地向前行进。流传在内黄人心里的太戊，始终是一个敢于抗争和积极进取的帝王，他曾使一度衰萎的商王朝重新崛起，成就了王者霸业，并依托这片土地开创了商朝中兴的历史局面。在太戊之后，商朝的第十三代王河亶甲又把都城建在这里。

在内黄这块仅有1000余平方公里的黄沙黄土上，饱经了多少风沙和黄水的洗礼，成就了古代多少帝王的霸业。今天，在黄河改道千年之后，透过烟雨的迷蒙，依稀间，我仍能看得见，一座座泥沙雕塑的城墙拔地而起，我仍能听得见，隆隆的战鼓推进了征战的步辇。

终于，当我脱离了城市的苑囿，完全地把自己融入这古老而纯朴的黄沙黄土之中，带着一份对古文化的思慕去叩拜历史，带着一份对现实的责任去探寻历史时，从历史熠熠的波光中，透视出的仍是千百年来人们溯源求真的心路历程，不是吗？

无梁殿的孤单

若论起内黄的文物旅游景点，无梁殿并不出名。曾经上网查找无梁殿的资料，所有关于无梁殿的文字介绍几乎连标点符号都是相同的。既然连网络都无言，我敢断定，这是个游人极少到的地方。其实，内黄当地人知道无梁殿的也并不多。手头有几本介绍安阳及所属市县文物旅游景点的书，没有一本提到过无梁殿。若不是有内黄文管所同志的陪同，一下子，我们还真找不到无梁殿。

无梁殿位于内黄县城西南25公里的高堤乡嘴头村，初建于元代，因无梁而声名远播。

无梁殿坐西朝东，面阔3间，长6.9米，进深5米，高7米。砖石结构的无梁殿，密檐歇山顶，角梁处有石雕龟首，口衔环系风铃。许是历经岁月的磨砺，石雕的龟首还在，口衔的风铃却没有了悦耳的叮咚声。殿内四壁为长方形，墙角与顶相接处有三层条石叠砌插入墙壁，每层向外伸出2厘米，向上逐层内收，形成穹隆顶，顶部为椭圆形青石封压，石上高浮雕刻云龙，整个大殿无一木一榫，皆由砖石组成，故称无梁殿。正面门上的石雕有人物、动物、植物、花卉等，可惜已经模糊成了一团，只能分辨出个大概。门楣雕刻"玄武行宫"四个大字，却苍劲有力，清晰可见。门框上书楹联"插梅寄榔显灵通乎武当山上,磨杵成针悟真道于润水河边",这是对玄武帝一生的总结,字体工整,书法尚佳。据说,该殿自修建以来,历经大小地震20余次,遭遇洪水无数,却至今安然无恙。

不管别人信不信,当地的百姓却笃信,无梁殿之所以历经地震、洪水和风沙的侵害,屹立数百年不倒,并不是建筑者的功劳,而是玄武帝的保佑。

玄武帝是何方神圣呢?

据传,玄武大帝是道教神仙中赫赫有名的玉京尊神。道经中称他为"镇天真武灵应佑圣帝君",简称"真武帝君"。民间称荡魔天尊、报恩祖师、披发祖师。明朝以后,在全国影响极大。据传,他是盘古之子,是太上老君第八十二次变化之身,托生于大罗境上无欲天宫,净乐国王善胜皇后之子。皇后梦而吞日,觉而怀孕,经一十四月及四百余辰,降诞于王宫。后既长成,遂舍家辞父母,入武当山修道,历四十二年功成果满,白日升天。玉皇有诏,封为太玄,镇于北方,称玄武大帝。于玉帝退位后任第三任天帝,生有炎黄二帝。曾降世为伏羲,为龙身,是中华之祖龙。

据记载,无梁殿初建时,有大殿、配殿、山门等,占地面积10余亩,是个殿宇辉煌、古木参天、圣气霭霭、香火缭绕的庙宇。也许在当时的嘴头村,无梁殿该算是一个高大雄伟的建筑,但放在飞速发展的今天,无梁殿显得又小又矮,特别是在嘴头村青砖红瓦民居的映衬下,无梁殿显得既苍凉又孤单。

为了加强对大殿的保护,围绕着无梁殿,新砌了一个院落,长不过10米,宽也就七八米,小门小户的,没一点儿大殿庙宇的气魄,倒很像是一个农家小院,因为房窄院小,还没有普通农家院显得气派。院落无门,大殿也不落锁,人们平时可以自由自在地进进出出。时不常也有三里五村的村民来此拜祭一下玄武大帝。院门外,立了一块碑,是无梁殿被确定为省级重点保护文物时,内黄县文物旅游局立的,其文字内容与网上所载毫无二致，不知是网络拷贝石碑还是石碑拷贝于网络？

整个嘴头村最了解无梁殿过去的，应该算是两位守殿人。他们原本就是村里的农民，农民以种地为生，义务看护无梁殿。见到文管所的同志，两位守殿人算是见到亲人了，拉着文管所同志的手说东说西，主要是想要些经费，把倒在院落外的乾隆时期的几块石碑立起来。因为石碑过于高大，想从院外弄到院内，的确不是这两位守殿人能力所及的。

从无梁殿出来，心情有些沉重。突然想到近期在安阳及所辖县区走访，发现像无梁殿这类的文物古迹还有一些，因保护不力，逐渐走向衰落、破败，很是让人惋惜。我们姑且不去从神灵的角度论，仅就建筑说，像这样的古迹随着岁月的侵蚀也是会越来越少的。若不好好保护，不久的将来也可能就只剩下图片了。既然有实物在，就不要让人们的记忆里只保留图片，不好吗？！

大兴寺塔位于河南省安阳市内黄县城西南17.5公里处，因地属裴村，俗称"裴村塔"。该塔始建于唐武德三年（620），北宋政和二年（1112）重修，明清又有修葺。距今已有1400多年的历史。

此塔为九级密檐式八角实心砖雕塔。高18.7米，第一层位于地表下4.6米，塔下有地宫，距地表8.1米深，底层周长15.6米。塔身通体砖雕，用条砖砌筑，棱角分明，表面平滑。塔内为实心砌体，在第四层南面壁设一拱券门洞。塔身各层以条砖叠涩出檐，紧密相接，檐下饰有仿木结构的砖雕斗拱和莲瓣承托。

2013年5月，被评为第七批全国重点文物保护单位。

裴村塔的忧思

大兴寺塔位于河南省安阳市内黄县城西南17.5公里处，因地属裴村，又称"裴村塔"，是第七批全国重点文物保护单位。

大兴寺塔建于唐武德三年（620），是一座九级密檐式八角实心砖雕塔，高18.7米，底层周长15.6米，在第四层南面设一拱券门洞。

要说，内黄的大兴寺塔与安阳老城内的文峰塔还有一段传说呢。

相传鲁班曾经在托塔李天王面前夸下海口，声称自己一夜就能造出一座塔来。托塔李天王不信，于是二人起了争执。这事惊动了玉皇大帝，由玉皇大帝做证，鲁班一夜要造一座塔出来。眼看快半夜了，鲁班才造了个塔座，怎么办？鲁班急中生智，为加快速度，采用分身术，一人变两人，一个造塔顶，一个造塔座，不到五更天塔就造出来了。托塔李天王眼见鲁班用了分身术，一夜真能造出一座塔来，就从中捣乱，不到四更天学鸡叫，"喔、喔、喔"，鸡一叫，鲁班以为天真亮了，自己失败了，怕受到惩罚，就仓惶收身逃走了。这托塔李天王呢，也怕自己的诡计被鲁班戳穿，就急赤忙慌地把塔顶狠狠地扔出去。被扔出去的塔顶就是今天的文峰塔，塔座则是内黄的裴村塔。

安阳的文峰塔因为是塔顶，所以就下小上大；而内黄的大兴寺塔因为是塔座，就下大上小。若套起来，就是一座完整的"一夜塔"。

若从历史角度考证，大兴寺塔建于唐武德三年（620），而文峰塔则始建于五代后周广顺二年（952），两塔相差300多年，如何能是发生在一夜间的故事呢？

但建于唐武德三年（620）的大兴寺塔，却是一座历经1400多年岁月侵蚀的老塔。它在历经了千年岁月的风吹雨打后仍屹立不倒，这引起了我的兴趣，决定去看看这座老塔。

没有围墙，也没有院落，完全是开放式的。仅十几米高的塔，因为孤单而显得特别高大，在茫茫的田野里，就那么孤零零地立着。塔的东北角有三间平房，屋里供奉着"老蟒爷"，也算是一座庙宇吧。守塔人和庙宇里的"老蟒爷"一起住着。偶尔也会有一两个香客来给"老蟒爷"上炷香，祈求得到他的庇护。

看看供奉的"老蟒爷"，高鼻梁大眼睛，眉清目秀的，和老百姓心目中的其他神灵也无太大区别。只是觉得奇怪，为什么一座古塔要供奉一条蟒蛇呢？

原来，在很早以前，也就是大兴寺塔刚建成不久的一天，裴村街里来了一个铜锅匠，夸下海口说，无论多大的锅都能铜。有人就赌气说，西北地的塔大，你能铜吗？铜锅匠一听，没说什么，就直奔塔而去。有好事者紧随其后，眼看到塔跟前了，铜锅匠却不见了。只见一阵狂风大作，黄天黄地中，一条蟒蛇左三圈右三圈地把塔缠了个结实。此后，无论遇到再大的风吹雨打，即使黄河泛滥，水淹内黄，即使地动山摇，裴村塔上一块砖也没被震掉过。人们确信，裴村塔之所以千年不倒，全是"老蟒爷"的功劳。所以，人们盖庙宇，烧高香，来纪念这个护塔神，希望这座塔在神灵的护佑下，能够永生永世"长生不老"。

"长生不老"只不过是裴村人的一种愿望和希冀罢了。因为风沙过大，砌塔的砖早已经锈迹斑斑了，塔也已经摇摇欲坠。尤其是塔尖上有几块砖，弯着斜着松松垮垮地在那躺着，仿佛在告诉人们，它们随时准备脱离塔身远走高飞。

因为担心塔顶的那几块砖真的会飞身而去，就直接说给守塔人注意保护，没想到六十开外的守塔人很自信地说："不会的，不会的！打从我记事起，塔顶的那几块砖就已经是那样了，从来没有掉下来过。"的确，在裴村人的心中，有个万能的"老蟒爷"在忠实地守护着这座老塔，无论遇到多大的风雨，老塔都会固如磐石的。

听了守塔人的话，我心更沉了。传说毕竟只是传说，当地老百姓可以信，我们的文物保护部门却不能信啊！如果裴村塔像这样一任风刮雨淋，不去采取措施保护，早晚有一天，这座千年老塔会承受不起岁月的摔打而垮掉的。不知何时的岁月将成为压垮老塔的最后一根稻草？到那时，若再想把这座塔恢复起来，却不是一件容易的事，不如我们现在就好好地去保护它，行吗？

印象安阳

楚旺觅古

楚旺是内黄县的一个镇，一个千年古镇。它的历史和内黄一样源远流长。楚旺是西楚霸王项羽率军救赵"破釜沉舟"之地，楚旺便因此而得名。

公元前207年，秦二世派大将章邯、王离率领20万大军将赵王歇围困在巨鹿（今河北平乡西南），无奈赵国向楚国求援。楚怀王派宋义为上将，准备解巨鹿之围。项羽为报秦军杀叔父项梁之仇主动请缨，于是楚怀王便封项羽为次将，协助宋义救援赵国。当救援大军行至楚旺附近，宋义犹豫不想救赵，而项羽报仇心切，手起刀落在帐中将宋义杀死，并派遣部将英布、蒲将军率领两万人为先锋，渡过漳河，切断秦军运粮通道。随后，项羽亲率全部主力渡河。渡河后，项羽下令将吃饭的锅砸了，每人只允许携带三天的干粮，不仅如此，还把渡船沉入河底，以示与秦决一死战的决心。项羽对将士们说："我们这次出兵巨鹿，有进无退，三天之内，一定要打败秦军。"项羽"破釜沉舟"的决心和勇气，极大地鼓舞了将士们的士气。楚军个个士气振奋，以一当十，奋勇死战，九战九捷，大败秦军。此时，其他各路援军也冲出营垒助战，最后俘获了秦军统帅王离，杀死副将，巨鹿之困因而得解。后来项羽自立为西楚霸王，人们为纪念项羽攻打秦国有功，还在楚旺北门外建有霸王庙，将此地称为"楚王"，后因其商业繁盛，怎一个"王"字了得，遂将"楚王"更名为"楚旺"。

作为一个异乡人，我想进一步了解楚旺，缘于一个课题。因参与一个国家级课题——万里茶马古道的考证工作，从史料上查证：昔日的楚旺相当繁华，它北临漳水，东临卫河，是明清时期中原贸易的一个重要的水旱码头，素有"金彭城，银水冶，比不上楚旺一斜街"的美名。

楚旺商业最繁华的时候，英国的亚西亚石油公司、美国的美孚石油公司和哈德门烟草公司等均在这里设有分号；当时的楚旺打蛋场、煤厂、盐厂、浴池、银行、邮局等一应俱全；不仅如此，这里杂货铺、典当行、餐馆等商铺林立，生意兴隆火爆，车来人往，熙熙攘攘，川流不息。

正是昔日楚旺的繁华和名气吸引着我，极想见识一下昔日"唯我独尊"的楚旺"斜街"今日风光如何。将这个想法说给内黄文物旅游局时任张局长，他听后却无言地笑了，说斜街已成传说。史料言之凿凿，如何现在就成传说了呢？这更令我百思不得其解。上网搜寻有关内黄楚旺的信息，果然，官网在提及楚旺时，还真不再说楚旺昔日的繁华了。我猜想原因可能有二：一是以往史料记载有误，这几乎是不可能的；二是昔日的繁华在楚旺已经难觅踪影。

耳听为虚，眼见为实，无论如何我都要亲眼见识见识楚旺。2010年4月15日，我从安阳前去二帝陵拜谒始祖，汽车转个弯打个停就到楚旺了，终于见到了久负盛名的历史名镇——楚旺！如今的楚旺仍是一条南北通透的大街，从南到北一览无余，以多年生活在城市中的现代人的眼光看，楚旺今天最繁华的商业街也不过是窄窄的一缕。我特意嘱咐司机师傅，在楚旺街里，开得慢些再慢些……

手捧相机，眼观六路，随时准备把古迹尽收相机，然而从南开到北，竟连一处也没有摄下。眼看要驶出楚旺镇了，见一八旬老翁坐在自家门前的石墩上晒太阳，便急忙下车询问。八旬老人告诉我，他童年记忆里的楚旺是繁华的，超过安阳许多。老人自豪地说："安阳的许多商人都到楚旺进货。"问及"斜街",老人指给我们看,只是昔日的"斜街"已经不斜了,和老街一样,已经古痕全无了。

听说楚旺北二三里有座古庙,莫非是霸王庙?急忙驱车前往,却发现原来是云阳寺。而今的云阳寺是在原来云阳寺遗址上新建的,占地面积不算小,有十几亩,禅房20多间,有僧尼居士十几人,弥勒殿、大雄宝殿、三生殿一应齐备。问一老居士,能证明一千多年历史的物件在哪儿,老人指给我看一块石碑,碑是新碑,记载的却是历史:云阳寺始建于明,兴盛于清,毁于民国。

寺院门前立了许多石碑,见一块锈迹斑驳的,想必有些年头了,走近一看也不过是20世纪90年代的。

难怪深谙此地的张局长要笑,作为文物局局长,他深知历史是需要考证的,考证是需要史料的。那么,楚旺昔日繁华的历史真的就踪迹杳无了吗?别说是楚旺当地人,即使我这个外乡人也心有不甘啊!

夕阳西下时,带着遗憾,汽车驶出楚旺街,驻足再次打量今日的内黄重镇——楚旺,大有唐代诗人刘禹锡的"朱雀桥边野草花,乌衣巷口夕阳斜。旧时王谢堂前燕,飞入寻常百姓家"的感慨!

麒麟村的传说

内黄寻踪

查资料得知，在中国，比较著名的专门为纪念岳飞而建的庙宇共有三处，一处在岳飞的故乡河南安阳的汤阴县，一处在岳飞曾经为官的南宋都城杭州，还有一处在岳飞曾经大败金兀术的河南开封朱仙镇。这三处皆是岳飞曾经生活、工作和战斗过的地方，当地人敬仰岳飞精忠报国的忠诚，为他建庙树碑。而在河南内黄的麒麟村也有一处岳飞庙，却鲜为人知。

此处之所以修建岳飞庙，与岳飞传奇的出生成长经历有关。在豫北一带，人们一提到岳飞，总说他是"生在汤阴，长在内黄"。言外之意，如果说汤阴是岳飞的出生地，那么内黄就是岳飞的成长地。岳飞长在内黄的哪儿呢？麒麟村。

传说岳飞原本是释迦牟尼座顶的大鹏金翅鸟变的，因啄死了听经时放屁的母蝙蝠（传说是后来的王氏），被佛祖谪下凡间，途中又因为饥饿将一群小乌龟吃了，惹怒了小乌龟的妈妈老鳖精（传说是秦桧）。为报食子之仇，老鳖精决定找这只大金翅鸟算账。而恰在这时，金翅鸟却转世投胎在人间降生了，那人便是岳飞。

岳飞生于北宋崇宁二年（1103）二月十五日的傍晚时分。岳飞呱呱坠地之时，正好有一只大鸟从岳家屋顶飞过，父亲岳和就与妻子姚氏商量，为新出生的婴儿起

181

名"飞",字鹏举。岳飞出生后的第七天,老鳖精就找来了,当他看到金翅鸟已经变成了婴儿,心里是又气又急又无可奈何。盛怒之下,老鳖精怒淹汤阴县永和里孝悌乡的岳家庄。一时间整个岳家庄变成了一片汪洋,房倒屋塌,村民无安身之地。为了逃命,岳和将出生仅七天的岳飞和妻子姚氏放在水缸里,一任他们母子顺水漂流,一直冲到了内黄的麒麟村,被王员外搭救。在这场突如其来的水灾中,岳和被大水夺去了性命,岳飞母子就留在了麒麟村。

麒麟村的王员外,平时就经常接济穷人、修桥铺路,是个远近闻名的善人。他见岳飞母子生活艰难,十分可怜他们,就让岳母在他家里缝缝补补洗洗涮涮,给些佣钱,养活岳飞。岳飞到了上学的年龄,因为出不起学费,母亲姚氏就自己在家里教岳飞识字,没有笔就以手代笔,以沙子代纸在地上写,或以水代笔,用手指在石头上写。为了学到更多的知识,岳飞还常常躲在王员外家私塾窗下,偷偷听老师讲课,后来被私塾老师周侗发现了。周侗见岳飞如此好学,是个难得的人才,就收他做义子,让他与王员外的儿子王贵,同村的张显、汤怀等一同学习。

有一次周侗病了,无论如何都治不好。听说只有捉住压在村南琉璃井里的大蟒蛇,才能去了周侗老师的病,岳飞没多想,就直接找琉璃井里的大蟒蛇去了。此蟒凶猛无比,人们因为惧怕它,无法制服它,才把它压在井里的。救师心切,岳飞也顾不得许多了,来到琉璃井前,掀开井盖,一把就把蟒蛇捉住了。凶猛的蟒蛇被岳飞三下五除二就制服了,师父周侗的病也好了。

岳飞16岁那年,第一次离开老师外出赶考,回来后,老师却不幸病故。岳飞痛心不已,将老师周侗埋于麒麟村南地沥泉山下的向阳坡上,并守孝三年。三年后,岳飞投军,岳母刺字"尽忠报国",宗泽举荐、李纲力保,成为人中翘楚。

岳飞治军严谨,少壮拜帅,纵横沙场,抗击金兀术大军,大战爱华山,合兵黄天荡,大破五方阵,兵围朱仙镇,"三十功名尘与土,八千里路云和月"。本当可以"直捣黄龙""还我河山"之时，宋高宗赵构一意偏安，十二道令牌诏令岳飞回京，鳖精托身的秦桧和母蝙蝠托身的王氏东窗黄柑构陷，仅以"莫须有"的罪名，屈杀岳飞父子于风波亭上。岳飞时年仅39岁，空留下"怒发冲冠，凭栏处，潇潇雨歇"的悲壮。这就是岳飞传奇的一生。

1142年，岳飞被冤杀。消息传到岳飞曾经生活、学习过的内黄麒麟村，当地老百姓十分愤怒，只是敢怒而不敢言。后来为岳飞洗冤雪耻后，麒麟村为纪念岳飞也建起了岳飞庙。有碑文记载，麒麟村的岳飞庙元朝时就已经有了，清光绪年间还重新维修过。"文革"时庙宇全部被毁，改革开放后麒麟村的老百姓自发捐款又重新修建。1986年，麒麟村的岳飞庙被定为县级文物保护单位。

而今内黄麒麟村的岳飞庙，有历代碑刻三十余通、塑像二十余尊，分三院。前院为香火殿；中院大殿内为岳飞及五个结拜兄弟的塑像，岳飞居中，汤怀、牛皋居左，王贵、张显居右，岳飞头顶上书"还我河山"四个大字，东厢房是岳飞五个儿子的五子殿；后院为孝娥祠楼，楼下为岳母刺字塑像，楼上为岳姑姑银瓶塑像。

此外，在麒麟村东南地有周侗墓，村东的琉璃井也是县级文物保护单位。

印象安阳

外焦里嫩说状馍

梁庄状馍在内黄是很有名的，按内黄当地人的说法，到内黄不吃状馍，和到北京不吃烤鸭一样遗憾。

状馍到底是什么馍？曾经询问过内黄的多个朋友。内黄朋友多说，状馍是北方人常吃的一种大饼，内里有馅，个大如铜锣，外焦里嫩，咬一口满嘴流油的香。

风尘仆仆地赶到梁庄，就是专门为吃状馍的。

说是状馍，我觉得叫饼应该更合适些。状馍个头的确很大，大到一个大锅底只铺一张饼，用大如铜锣形容还真一点儿也不为过。这么大个的饼，中间还夹着馅料，仅从面案弄到锅里，我觉得都应该算是个技术活儿，并且还要翻面，把两面都焙得金黄，就更难了。

面是死面，却一点儿也不硬，馅料更绝，是用葱姜蒜和猪肉拌在一起的。既筋道又爽滑，口感好极了。咬一口，皮是又焦又酥，馅是滑而不腻，刚往嘴里一放油顺嘴就流出来了，确实好吃，吃一口我就爱上了它。

内黄的朋友告诉我，做状馍的皮是很有讲究的，要保证外层焦酥，内层软嫩，还可以在焦酥的面皮下面灌上鸡蛋，有点像鸡蛋灌饼。状馍的馅分好多种，荤的素的全有。荤的是大葱大姜粉皮和大肉，素的是大葱大姜粉皮和鸡蛋。因胃口有限，再加上状馍个头过大，一人一块就足够了。因此，多数情况下是吃了荤的就吃不下素的了。

千万别小看梁庄的状馍，它可是大有来头的。据说状馍是清朝时家住梁庄的一个书生的母亲发明的。书生要进京赶考，当娘的准备为儿子烙张大饼让他带在路上吃。因为心疼儿子，总怕饿着儿子，当娘的倾其所有，把家里的肉、鸡蛋、葱姜蒜等所有的好东西，全放在饼里面。正面反面反复焙，为让儿子解馋，还不停地往饼上刷油。最后，烙出了一张又圆又大又焦又黄又酥的饼。

后来，这个书生果然金榜题名，得了头名状元。为庆贺状元金榜题名，在御宴上又上了这种饼。没想到，皇上品尝后也赞不绝口。

因为第一个吃这种饼的人考上了状元，再加上这个饼圆圆的象征团团圆圆，烤色金黄象征前程似锦，有人就为它起了个好听的名字——状馍。

自此，状馍就在内黄梁庄一带流传开了，因为好吃，越传越广，不久，整个内黄就全传遍了。人们喜欢吃它，除了因为它焦中有绵、酥中有咸、脆中有甜的口感，还因为有个美好的寓意在里面——状元吃的馍。特别是家里有出门求学的孩子，当娘的总爱在孩子出门前，为他烙个这样的馍，希望孩子能金榜题名，取个好彩头。这就是梁庄状馍。

内黄灌肠

在如今安阳的饭店、酒楼或在安阳一些人家的餐桌上，你经常能见到一道黑乎乎的菜肴，人们称之为灌肠。灌肠，顾名思义是将猪血灌到猪肠里。因灌肠这种小吃最早出自内黄，所以人们往往称灌肠为内黄灌肠。

内黄灌肠最常见的做法有两种：一种是煎灌肠，一种是烧灌肠。煎灌肠是放在油锅里煎，而烧灌肠则是放在清水里煮。

说起灌肠的来历，还有一段传奇故事呢。

相传灌肠是三国时期张飞发明的。当时，张飞家里很穷，靠给别人杀猪卖肉为生。到年底了，主家不给钱，却给了些猪血和猪肠。如何吃呢？张飞突然心生一计，将猪血灌到猪肠里，放锅里用水一煮，捞出来一尝，味道不错。从此，就有了烧灌肠。为什么要叫烧灌肠呢？据说，为了保持温度，人们就把刚出锅的热灌肠盛在筲桶里，就叫筲灌肠，因为"筲""烧"同音，传着传着，人们就把又热又烧又烫嘴的灌肠叫成烧灌肠了。如今，无论是在安阳，还是在内黄，你再也见不到"筲灌肠"了，满人街叫卖的全是"烧灌肠"。

大约是20世纪80年代，老百姓生活比较紧张，吃荤还算是改善生活，不像今天吃素是调节口味。当时，我在安阳求学，作为一个师范生，国家的生活补贴一个月也就十几元，又不想要家里的补贴，每个月都得精打细算着过，吃大鱼大肉根本是不可能的，实在馋得不行，想犒劳一下自己，就跑到安阳城南门外的煎灌肠摊前，花上两毛钱，来碗煎灌肠。

黑乎乎的灌肠用大油一煎，油光锃亮的。趁热吃，既焦又热，还飘着蒜香，在嘴里烫着翻着，舌尖唏嘘着，有肉的味道却无肉的价格，合算！外地朋友来了，饭店里请不起，通常是请客人到南门地摊上吃碗煎灌肠。当时根本不知道煎灌肠是地方特色小吃，只知道在我的家乡是吃不到的。记得有一年放寒假，就想带份煎灌肠让家人尝尝，等坐四五个小时的长途汽车把灌肠带到家里时，灌肠已经凉了。原本想着家人和我一样吃得兴奋，可那种在嘴里翻着烫着油着的感觉全没了，煎灌肠原来是要趁热吃才好吃。

在随后的日子里，尽管生活条件好了，但只要有外乡的客人来安阳，我还是愿意带他们去尝尝煎灌肠，美其名曰尝鲜。说是尝鲜，其实煎灌肠看着一点儿也不鲜，更不如南方的小吃汤圆那样细瓷小碗盛着的雅致。煎灌肠就是当街支个摊，用柴火铁锅煎制做好的灌肠。锅黑，灌肠也黑，再加上煎出来的灌肠用那种黑蒸碗盛上，到处都是黑乎乎的，看着一点儿也不讲究。即使这样，凡吃过煎灌肠的外地朋友，仍会赞不绝口，挡不住对它的怀念。因为喜欢吃煎灌肠这种食物，内黄当地老百姓还编有民谣："肠子猪血白面灌，小刀一拉下煎盘，小铲儿一翻撮一碗，肚里不饥能解馋。"

记得我刚到安阳时，只有煎灌肠，并无烧灌肠。慢慢地随着时间推移，大约到了20世纪90年代中期，在安阳的街头突然响起了"烧灌肠"的叫卖声。与支个地摊固定卖的煎灌肠不同，烧灌肠是骑着三轮车走街串巷边走边叫卖。车上放一个保温桶，再放上十个八个碗，三张小桌五个小凳，齐活儿。骑着三轮车在街巷或小区的楼下，只管喊着走着，不必停也不必等，想吃者自然会找上来。来了，把保温桶打开，满手烫地拎出一根热热的灌肠，用左手托了，因为太热还得不停地抖着，右手快速切下去，一片片薄薄的、红红的灌肠就切好了。码在碗里，趁热浇上事先已经准备好的蒜汁，蒜香随着热气立刻就飘出来了。站着或坐着吃随你。下班的路上，碰到卖烧灌肠的，把自行车、摩托车哪怕是小汽车往路边一停，花个三五元来上一碗烧灌肠，既挡饿又解馋，还减肥，因为这种灌肠不同于煎灌肠油大。烧灌肠既滑又嫩，关键是用清水煮的，香而不腻，很符合现代人的美食理念。不是想减肥吗？血又不发胖，面又很少，并且烧灌肠里含有大量的脂肪、蛋白、铁、钙、钠等，既美味又能补血健脾、壮骨助消化，关键是好吃不贵。

内黄的朋友告诉我，民国时期，河南省民政厅的官员曾经到内黄，喜欢上了这里的烧灌肠，回去后念念不忘，后专程派人来内黄索要两桶。

至于烧灌肠到底是不是张飞发明的也有争议，《内黄县志》上说是内黄的邱家所为，而老百姓却传说是张飞发明的。其实，谁发明了这种美食并不重要，重要的是好吃，符合现代人的口味。如果不好吃，无论谁发明的都难流传下来。正因为烧灌肠是老百姓喜欢吃的美食，又物美价廉，才能一代一代地传下来，并且还要继续传下去。

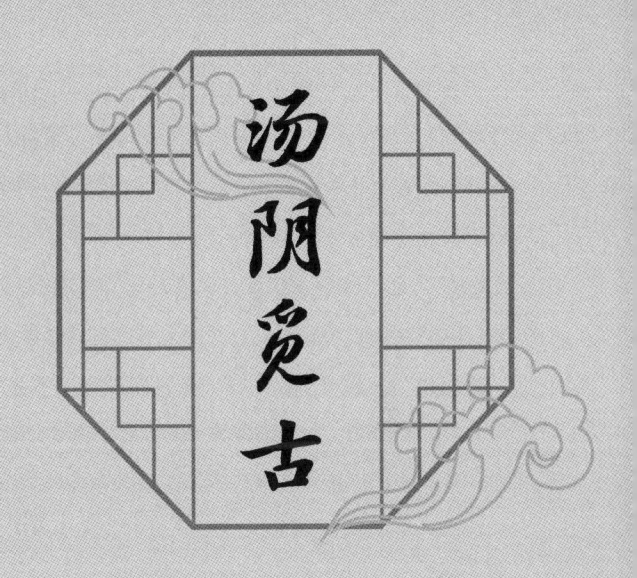

汤阴觅古

汤阴岳飞庙，原名"精忠庙"，也称"宋岳忠武王庙"，是后人为纪念南宋抗金名将、民族英雄岳飞而建的。始建年代无考，重建于明景泰元年（1450）。位于河南省安阳市汤阴县城关镇，分为岳飞庙古建筑区和岳飞纪念馆新馆区域，总占地面积18100平方米。现存建筑以明代为主，共有六进院落，主要由精忠坊、山门、御碑亭、正殿、岳母刺字祠、孝娥祠、岳云祠、四子祠、三代祠等遗存组成，共有殿宇建筑120余间。主体建筑大殿面阔五间，进深三间，单檐硬山顶，高10米。汤阴岳飞庙是中国三大岳庙之一，也是一处保存较为完整的明清古建筑群。

2001年6月，汤阴岳飞庙被国务院公布为第五批全国重点文物保护单位。为国家AAAA级旅游景区。

武穆遗迹觅踪

汤阴觅古

在拜谒汤阴岳飞庙、走访岳飞先茔和岳飞故里的过程中，有感于岳飞的浩然正气和气吞山河的气概，突然萌发了为武穆遗迹觅踪的想法。笔者以为身为岳飞的家乡人，有责任和义务把有关岳飞的遗迹悉数整理，以飨读者。

在此，特别声明，以下文中的大部分内容是笔者从网络或其他资料中摘来的，并非原创。除汤阴岳飞庙、岳飞故里、岳飞先茔、岳武王故里碑和朱仙镇岳飞庙等河南部分岳飞遗迹为笔者亲眼所见外，其余多数遗迹笔者也未曾到过，不当之处还请海涵。

岳飞（1103—1142），字鹏举，相州汤阴县永和乡孝悌里（今河南省安阳市汤阴县菜园镇程岗村）人，南宋时期的抗金名将。20岁从军，32岁擢节度使，累官至太尉、宣抚使、枢密副使。20年的戎马生涯，坚主抗金，多次打败金军，屡建奇功。曾四次举兵北伐，绍兴十年（1140），出师中原，收复郑州、洛阳等失地，大破金兵于郾城。正欲乘胜北进，被赵构、秦桧逼令班师，解除兵权，授任枢密副使，不久被以"莫须有"的罪名诬陷谋反，下狱。绍兴十二年（1142）十二月二十九日，岳飞被毒死于临安大理寺狱中，同时遇害的还有岳飞长子岳云和部将张宪。绍兴三十二年

（1162），宋孝宗时，岳飞冤案得以昭雪，追谥武穆，宁宗时追封为鄂王，改谥忠武。各地老百姓，特别是岳飞曾经生活和战斗过的地方，为纪念这位精忠报国的民族英雄，纷纷建立庙宇等以祭之。

汤阴岳飞庙

河南省安阳市的汤阴县为岳飞故里，汤阴建有"宋岳忠武王庙"，原名"精忠庙"。该庙位于汤阴县城内。始建年代不详，今址是明景泰元年（1450）重建。历代曾多次修葺、增建。

该庙大门坐东朝西，是一座建造精美的木结构牌楼，斗拱形制九踩四昂重翘。坊之正中阳镌明孝宗朱祐樘赐额"宋岳忠武王庙"几个大字，两侧八字墙上用青石碣分别阳刻"忠""孝"两个大字，字高1.8米，遒劲端庄，格外醒目，忠孝两全也是对岳飞最高的评价。该牌楼称"精忠坊"，又称"棂星门"。

跨过精忠坊，右为施全祠，左为仪门。

施全祠，面阔五间，内悬"宋义烈将军施全祠"横匾，后壁上镶嵌着"尽忠报国"四个五尺见方的朱红石刻大字。施全像位于中央，头戴兜鍪，身着铠甲，手举利剑，对奸臣秦桧和其妻王氏、万俟卨、张俊、王俊五跪像呈镇压之势。五跪像个个蓬头垢面，袒胸露脐，反缚双手。施全原本只是个小军官，因对秦桧谋杀岳飞极为仇恨，行刺秦桧未遂被缚遇害。施全像左侧是悄悄埋葬岳飞尸体的狱卒隗顺塑像。施全祠两侧耳房内，有岳飞部卒牵马倚立的塑像。

仪门又称"山门"，坐北朝南，三开间式建筑，古朴端庄，门两侧青龙蟠壁、雄狮威踞。两侧扇形壁镶嵌有滚龙戏水浮雕，门前一对石狮分居左右。山门檐下一排巨匾，上书"精忠报国""浩然正气""庙食千秋"，是当代书法家舒同、楚图南、肖劳的手迹。明柱上嵌有当代文学家魏巍撰书的楹联："存巍然正气，壮故乡山河。"两侧还有一副楹联："蓬头垢面跪当前，想想当年宰相；端冕垂旒临座上，看看今日将军。"

过仪门，拾级入庙，古柏苍劲，碑碣林立，东有肃瞻亭，西有观光亭，是为拜谒岳飞的人们正冠整衣和览花啜茗而建的。仪门里两道高大的碑墙把岳飞庙辟作东西两个小院。院中各有亭子一座，东"肃瞻"，西"观光"。在林立的碑刻中，有明清帝王谒庙诗篇和明代重修扩建古庙胜迹的纪实，更多的是历代文人学士颂扬英雄的诗词歌赋，尚存近200块。

御碑亭位于仪门与正殿之间，是为保护和贮放乾隆皇帝1750年秋为岳飞庙题的诗碑而建，雍容华丽、构造别致。为御碑而造，却只见亭子，并无御碑。为何？这里面是有故事的。

穿过御碑亭，便是岳庙之主体建筑——正殿。该殿面阔五间，长18.3米，进深三间，宽11.6米，斗拱形制为五踩重翘重昂，硬山式建筑，高10米。正殿巍峨庄严，气势恢宏，殿顶碧瓦镶嵌、辉煌绚丽。殿内彩绘梁柱，甚为壮观。殿门楣上悬有五块巨匾，分别是"乃武乃文""故乡俎豆""忠灵未泯""百战神威""乾坤正气"。其中"百战神威"和"忠灵未泯"为清帝光绪和太后慈禧所题。正殿中央为岳飞彩塑坐像，高丈余，英武魁伟，正气凛凛，上悬"还我河山"贴金巨匾。坐像两侧镶嵌着张爱萍将军题写的楹联"朱仙镇血战丧敌胆，风波亭长恨遗千秋"。四周墙上，悬挂着国内现代著名书画家颂扬岳飞的书画墨宝。

此外，岳飞庙里还曾经有为纪念替岳飞辩诬鸣冤的韩世忠、何铸、李若朴等人而设的八公祠和为纪念周侗、宗泽、梁红玉、韩世忠、何铸等五位贤人而设的五贤祠。

岳飞庙里除岳飞的塑像外，还有牛皋、杨再兴、徐庆等十位岳飞的爱将之像。

寝殿位于岳飞庙中轴线上，与正殿正对，内置岳飞和李氏夫人塑像，现塑有岳母刺字组塑，并陈列了岳飞手迹"还我河山""墨庄""出师表"等碑碣。上方悬有现代著名书法家商向前、沈鹏等题写的匾额和魏传统等的楹联，内陈列着著名的书法珍品《出师表》石刻，有刻石140余方。

整个岳飞庙，建筑布局严谨、殿堂雄伟、亭阁秀丽、碑碣如林。2001年被定为全国重点文物保护单位。

岳飞故里

据史料记载，岳飞出生在相州汤阴县永和乡孝悌里的岳家庄，距汤阴县城约15公里。相传岳飞出生后不久，岳家庄曾遭遇洪水，整个村庄被淹没了。一直到明初，山西程氏家族迁居到这里，改名程岗村。明代中期，程岗百姓在村西建岳飞庙，称"鄂王故宅"，并立石碑数通，建筑面积200多平方米，形式仿汤阴县岳飞庙，坐北朝南，有大殿、东西厢房、先人阁和孝娥祠等。

岳飞先茔

岳飞先茔是埋葬岳飞曾祖父、祖父和父亲的地方，位于汤阴县城东11公里的南周流村西。岳飞先茔占地10余亩，目前仍存有祠堂建筑基址。据《汤阴县志》记载，祠堂始建于明景泰初年。

岳忠武王故里碑

岳忠武王故里碑位于汤阴县火车站站台上，为指路碑。1942年由汤阴县府所立。碑高3.37米，四面有碑文。正面为"岳忠武王故里"几个大字，背面镌刻《宋岳忠武王事迹》，右侧记录刻碑经过，左侧刻诗一首。解放战争中，部分字迹被毁，有些已经看不清了。

朱仙镇岳飞庙

开封朱仙镇岳飞庙俗称岳王庙，在河南省开封市西南22.5公里的朱仙镇西北隅。建于明成化十四年（1478），一说建于明成化十六年（1480）秋九月。与汤阴岳飞庙、杭州岳飞墓庙统称为全国三大岳飞庙，享誉中外。

宋绍兴十年（1140），岳飞在朱仙镇大战中，以500人击败金人10万兵马。当地人引以为豪，为纪念岳飞的丰功伟绩，在岳飞冤案得以昭雪后，在镇内为岳飞建庙。朱仙镇岳飞庙，坐北向南，为三进院落，外廊呈长方形，庙内供奉着岳飞等抗金名将塑像，门口有秦桧等四奸臣赤身跪像，庙内树有岳飞《满江红》等碑刻近百块。经明、清多次整修和重建，整个殿堂恢弘庄严，碑亭林立，刻绘塑铸，丰富多彩。曾有于谦、乾隆皇帝、杨成武、朱穆之等历史名人到此瞻仰留墨。《祥符县志》引明成化碑记："岳庙始建于鄂，再建杭，三建于汤阴，今建于梁城南之朱仙镇。在鄂者王开国地；王冤白时，已建于杭者王墓存焉；在汤阴者王田之邦；而朱仙镇者王之功于杭州王墓存焉。"此庙经明、清多次整修和重建。

杭州岳飞墓庙

杭州岳飞墓庙，坐落于浙江省杭州市栖霞岭南麓、西湖西北角。宋绍兴三十二年（1162），岳飞冤案得到平反。朝廷将岳飞的遗体依礼改葬于西湖栖霞岭下，筑墓建庙，即为今日杭州岳飞墓庙。目前是国内规模最大的岳飞纪念地。1961年被定为全国重点文物保护单位。

岳王庙，建于南宋嘉定十四年（1221），西湖北山的智果观音院改为"褒忠衍福禅寺"，用以表彰岳飞的功业。明英宗天顺年间，又改"褒忠衍岳飞庙福禅寺"为岳王庙，并赐额"忠烈"。现在的建筑是清康熙五十四年（1715）重建的，1918年进行大修，1979年全面整修。门厅上悬挂着"岳王庙"的匾额。进入门厅，道长23米，尽处为正殿。殿前两侧有庑殿，原来是用来祭祀岳飞的大将牛皋、张宪的，立有二将军的雕像。忠烈庙西为启忠祠，正殿原立岳飞父母像，东庑立岳飞五子云、雷、霖、震、霆像，西庑立五媳及女儿银瓶之像。

岳王庙头门为二层重檐建筑，正中悬挂"岳王庙"三字牌匾，两侧有"三十功名尘与土，八千里路云和月"的对联，为岳飞所作《满江红》中的名句。头门后为一个四方院落，正面便是正殿忠烈祠。正殿重檐歇山顶，檐间悬"心昭天日"匾，为叶剑英手书，这四个字正是来自岳飞生前所叹"天日昭昭"。大殿内塑有岳飞彩色坐像，像高4.5米。殿中高悬"还我河山"匾额，为岳飞手迹，两侧有明代人所书"精忠报国"、中国佛教协会会长赵朴初所书"碧血丹心"以及西泠印社社长沙孟海所书"浩气长存"等匾额。岳庙内辟有岳飞纪念馆，陈列有岳飞的事迹和一些文史资料等。

岳飞墓，又称"岳坟"，在岳飞庙内大殿右侧。岳飞被害以后，狱卒隗顺背负其遗体逃出临安城，至九曲丛祠，葬于北山之湣。绍兴三十二年（1162）孝宗即位，依礼改葬岳飞遗体于栖霞岭的南麓。以后历朝历代都对岳飞墓进行过重修。岳飞墓1979年又重修。墓坐西朝东，以石块围砌而成。墓前建有墓门，前有照壁，上嵌有明人洪珠书写的"尽忠报国"四字。穿过墓门有甬道通到墓前，道旁列有石人、石兽，岳飞墓在正中，墓呈圆形，墓碑刻有"宋岳鄂王墓"。岳飞墓的左侧是岳云墓，墓碑上写着"宋继忠侯岳云墓"。墓的周围古柏森森，有石栏围护。石栏的正面望柱上刻有"正邪自古同冰炭，毁誉于今判伪真"一联。墓门的下边有四个白铁铸的人像，均无上衣，袒胸露乳，反剪双手，低头面墓而跪，即陷害岳飞的秦桧、王氏、张俊、万俟卨四人。跪像的背后墓门上有联"青山有幸埋忠骨，白铁无辜铸佞臣"。墓园的照壁前南北两厢各有碑廊，陈列有历代的石碑共 125 块。北廊陈列有岳飞的画像和手迹，如《送紫岩张先生北伐》、《满江红》、前后《出师表》及奏稿、书札等；南廊是后人凭吊岳飞墓和岳飞庙诗词、祭文和重修墓的碑记，其中以明朝著名的书画家文徵明的一首《满江红》最令人深思，一语中的："拂拭残碑，敕飞字、依稀堪读。慨当初、倚飞何重，后来何酷。岂是功高身合死，可怜事去言难赎。最无端、堪恨又堪悲，风波狱。　岂不念，疆圻蹙。岂不念，徽钦辱。念徽钦既返，此身何属。千载休谈南渡错，当时自怕中原复。笑区区、一桧亦何能，逢其欲。"

墓园外有庭院，内有精忠柏亭，放置枯柏，现代人通过科技手段测定，这些柏木为硅化木，已有一亿二千万年以上的历史。园内有碑廊，陈列着岳飞手迹及各代名人凭吊的作品。

湖北省武昌为纪念岳飞，建有岳王庙和岳武穆遗像亭。岳王庙是宋朝孝宗皇帝诏令修建的，为全国第一座纪念岳飞的忠烈庙。岳武穆遗像亭，又称岳飞亭，位于武汉市武昌区蛇山中部山顶上，距著名的黄鹤楼仅 500 多米。

此外，江西的宜丰、九江、于都，江苏的泰州、靖江、宜兴等地，为纪念岳飞，均留有与岳飞相关的遗迹。

正如现代著名诗人臧克家所写："有的人活着，他已经死了。有的人死了，他还活着……他活着为了多数人更好地活着的人，群众把他抬举得很高，很高。"一身凛然正气，不为权势所屈的岳飞，尽管含冤而死，但历朝历代的人们永远都不会忘记他，以各种各样的方式在纪念他，他就是永远活在人们心中的人。

一门忠烈说岳飞

在汤阴的岳飞庙里,除正殿供奉的岳飞外,偏殿还供奉有岳飞的子孙岳云、岳雷、岳霖、岳震、岳霆和岳珂,另专辟孝娥祠供奉岳飞之女娥。之所以将他们供奉起来,并不是因为他们是岳飞的子孙,而是因为他们和岳飞一样赤胆忠心,用自己的人格魅力在感动着后人。

岳飞,这位在中华文明史上被敬仰了近千年的英雄,自幼聪慧好学,勤奋踏实。文,能作诗写赋,他的《满江红·怒发冲冠》表达了一位爱国将士气吞山河的胸襟和气概;武,能带兵打仗,英勇杀敌,使敌人闻风丧胆,"撼山易,撼岳家军难"。乃文乃武是对岳飞才能最好的诠释。

其实,岳飞的人格魅力远不止他才华出众、能文能武。岳飞为人,正直、侠肝义胆;为臣,忠于朝廷,不奸不滑,不惧权贵,仗义执言,敢作敢当;为子,克己尽孝,为母"尝药进饵";为父,以身作则,身体力行,"正己而后可以正物,自治而后可以治人"。岳飞在才华横溢、威震八方的情况下,仍能做到胜不骄败不馁,忠于朝廷、精忠报国,严于律己、宽以待人。正是在岳飞人格魅力的感召下,他的子孙才个个忠诚孝义,侠肝义胆,名扬古今。

长子岳云,自幼习武,勤奋刻苦,武艺高强,能使

80斤重大锤。随父打仗,征战南北,次次冲锋在前,勇不畏敌,屡立战功。因为父亲是三军统领,隐瞒战功不报,使岳云屡屡失去嘉奖的机会。最终,因受父亲株连,惨遭杀害。年仅23岁的鲜活生命过早凋零了。

三儿子岳霖,父亲死时,年纪还小,他却从未停止过为父亲鸣冤叫屈,为证明父亲是被冤屈的,他坚持走访父亲生前的旧故好友,并到民间收集岳飞的史迹,为父亲的文稿进行增删和考订,正是在岳霖和他儿子岳珂的不懈努力下,才使得岳飞的诗文得以传世,使得千百年后的我们也能欣赏到岳飞的真迹佳句。

而最令人感动和震撼的是岳飞的女儿娥。作为女流之辈,岳娥更多地秉承了父亲的血脉。她刚烈勇敢,小小年纪不畏死,"幼有至性,通史书,知大义,其父被难,欲叩阙上书,逻卒拦阻,遂抱银瓶投井死",由此世号"银瓶小姐"。

看着孝娥祠里刚正的岳娥,手捧银瓶,怒而不邪、愠而不惧的塑像,一股凛然正气在心头升起。想她小小年纪的一位弱女子,为父申冤,不畏强权,挺身而出,仗义执言,已经十分难得;当她为父申冤被卒吏阻挡,宁为玉碎,不为瓦全。为表明决心,抱瓶投井,更难能可贵。谁说女子不如男?"贞贞淑气吴江冷,烈烈英风汤水寒。"谁说女子畏死神?当正义要战胜邪恶时,是死神想挡也挡不住的。

正是感于岳娥为父申冤的正义之举,正是感于岳娥视死如归的大气,在岳飞的家乡汤阴,人们才把岳娥看成是自家的姑娘,是晚辈们的姑姑,尊称岳娥为岳姑姑。如今,若哪位姑娘心里有了烦心事,还是愿意来到岳姑姑面前,焚上一炷香,将自己不愿告人的私房话说给岳姑姑听的。

感于岳娥的孝义之举,后人将岳娥尊称为孝娥,汤阴岳飞庙专门建有孝娥祠,杭州的岳飞故宅东南隅有一口"孝娥井"。

其实,受岳飞精忠报国思想影响的并不止于岳飞的子孙,与岳飞一起遇害的将士张宪、为岳飞报仇刺杀秦桧的施全和冒死将岳飞尸体隐藏起来的隗顺等,他们若不是感动于岳飞的人格魅力,又何以会去冒死呢?

■ 印象安阳

施全像的来历

按照北方人的风俗习惯，一般建庙宇多坐北朝南，而今汤阴县城里的岳飞庙却有点例外，庙门坐东朝西，这是为什么呢？说起来与施全像的来历有关。

刚刚建成的岳飞庙和北方大多数庙宇一样，也是坐北朝南。山门外跪着秦桧、王氏、万俟卨、张俊、王俊五奸臣。五人面朝北，正好跪对着岳飞大殿里坐北朝南的岳飞。山门外是一条熙来攘往的大街。

有一天，秦桧等奸贼的鬼魂附上了塑像，到了半夜更深人静时，那五个奸贼便偷偷挣开镣铐，恢复人形。他们一个个袒胸露乳，披头散发，样子十分吓人。在汤阴县城内到处乱跑，有时还跑到百姓家里，偷鸡摸狗，装神弄鬼，骚扰百姓。一时间，住在岳飞庙附近的人家，天一黑便不敢开门。即使这样，还总能听见街上有叮叮当当戴着镣铐行走的脚步声。弄得整个汤阴城的人，人心惶惶、寝食不安。

岳飞庙门口住着一位后生，在县衙里当捕快，他会使刀弄棒，且武艺超群还有些胆量，决定为民除害。一天深夜，他手持械棍悄悄躲在门后。过了一会儿，果然见这五个奸臣拖着挣断了的镣铐，叮叮当当地结伴在街上行走。那后生憋足了劲，一个箭步从大门里蹿出来，大喝一声："看棒！"就朝五个奸臣打去，只听见当当啷啷一阵响，五个奸臣不动了，又变回岳飞庙门前跪着的样子。

消息很快传遍全城，人们纷纷议论，都说奸臣秦桧贼心不死，如今又附在了塑像上害人，真是可恶。

如何才能镇得住他们，不让他们祸害百姓呢？汤阴县府也很头疼。一开始，轮流派人看守着铁像，日子长了，大家觉得天天派人看守也不是长久之计。这时，有一位通晓古今的秀才献计说，秦桧生前最怕施全，不如塑个施全像好镇住他们。这个建议很快被当时的汤阴县府采纳了，就在五跪像身后，塑了施全像。

施全像身高六尺，头戴金盔，身披锐甲，怒目而视，右手高擎利刃，作欲杀群贼样子，威风凛凛地把五个奸臣控于手下。后来，人们怕施全站在光天化日之下受委屈，也为了方便祭祀施全，就围着施全像建起了施全祠。建祠的时候，人们对于冒着杀头危险将岳飞尸体悄悄藏起的狱卒隗顺也十分敬佩，于是在施全像左侧又塑了隗顺像以示纪念。

施全祠内正上方是八个刚劲有力的大字"宋义烈将军施全祠"。后壁还镶有明成化二年（1466）孙珂题的"尽忠报国"四个大字。

施全，宋朝人，因对秦桧主和误国、谋害岳飞极为不满，于岳飞被害后的第九年即绍兴二十年（1150）正月，藏于临安城的众安桥下，准备趁秦桧上朝路过此地时刺杀他，结果刺杀未遂而被捕。秦桧亲自审他，问他为何要刺杀自己，施全义正词严地回答："举天下皆欲杀虏人，汝独不肯，故我欲杀汝也。"秦桧大怒，对施全施以极刑。

施全尽管被秦桧杀死了，但他的凛然正气和威武不屈的气概，还是震慑住了秦桧，秦桧对他极为畏惧。相传，施全做鬼后也没放过同样成了鬼的秦桧，秦桧常常被施全追得无路可逃，只得躲到鸡头里。鸡脑子里有个白白的、指头肚大小的硬疙瘩，样子很像跪着的小人，那就是秦桧。自从秦桧躲到鸡头里后，鸡就特别害怕人们喊"嘶"，因为在汤阴一带"嘶""施"同音，人们只要一喊"嘶"，鸡就会不顾一切地落荒而逃。

说来也怪，自从施全将军的铜像塑在五个奸臣身后，汤阴城里再也没有闹过鬼。有施全将军日夜监视着秦桧等五个奸臣,汤阴城里才得以太平,老百姓才过上了安稳平静的日子。

跪碑不跪飞的传说

在汤阴岳飞庙，跨入坐东朝西的岳飞庙正门，右侧是施全像，而施全脚下跪着的则是秦桧、王氏、万俟卨、张俊、王俊等残害岳飞的五个奸臣。五人的对面是进入正殿的仪门，进入仪门后人们最先看到的是一个亭子，叫"御碑亭"，后才是岳飞正殿，里面端坐着岳飞。而令人奇怪的是，御碑亭里并没有御碑。碑呢？导游指向仪门东侧一处不显眼的地方。若不是细心寻找再加上导游指点，还真是看不见那块乾隆皇帝专门为岳飞所题诗的御碑。

据说，清乾隆十五年（1750），乾隆巡视嵩山回京路过汤阴，亲临岳飞庙祭拜岳飞。在汤阴县令及随员大臣的陪同下，乾隆一行浩浩荡荡迈进岳飞庙正门，正兴致勃勃准备拾级而上进入仪门时，突然，一阵微风吹来，"啪"的一声，仪门合上了，将九五之尊的"乾隆爷"挡在了仪门之外秦桧等跪像的面前。这令乾隆内心十分不爽，当着众随从又不便发作，只能闷闷不乐地将岳飞庙游完。

当汤阴县令请乾隆为岳飞庙留下墨宝时，乾隆左思右想，还是把对岳飞的怨气和心中的委屈说出来了：

翠柏红垣见葆祠，羔豚命祭复过之。

两言臣则师千古，百战兵威震一时。
道济长城谁自坏？临安一木幸犹支。
故乡俎豆夫何恨，恨是金牌太促期。

乾隆的意思是：岳飞啊，看你庙里红墙翠柏，供品齐备，不短你吃，不短你住，说明老百姓很爱戴你，你还有什么不满意的？你曾经为宋朝立下了汗马功劳，威震一时，声名显赫不假，但那也不过是一时之事，百姓为你建庙祭奠你一世还不够吗？你还对我有何怨恨？檀道济被杀不假，那也是当时的宋文帝所为，是宋文帝要自毁长城的，与我有何干系？言外之意，你岳飞死也是当朝皇帝赵构所为，怎能把怨气算到我头上呢？我来看你是尊重你，你怎能将当朝皇帝拒之门外呢？真是太不自量力。你家乡的人为你修庙，当神一样供奉你，你就知足吧！即使你有怨恨，怪也只能怪当时的皇帝，不能怪我啊！

乾隆写完这首明褒暗贬的诗之后，长长地舒了一口气，总算是向岳飞道出了胸中的气愤之情。而他对于秦桧这个遭千古唾骂的小人却只字不提，意思是说：你不是觉得是秦桧害了你吗？我就是不说他的不是。你不是让秦桧跪你吗？我写了这首诗，让汤阴县令立块碑，挡在你前面，看秦桧是先跪我还是先跪你！

果然，汤阴县令命人在岳飞庙正殿之前、仪门之内正对着秦桧的地方建立碑亭，将刻有乾隆诗句的碑立在那里，造成了秦桧"跪碑不跪飞"的事实。

其实，对于乾隆的用意，当时汤阴当地的百姓看得明镜似的，却不敢多言。直到1911年孙中山领导的辛亥革命推翻了清王朝的统治，汤阴百姓觉得再也不能让这块碑阻挡人们对于岳飞的敬仰之情了。原本百姓是要把这块碑砸了的，后经一位私塾先生的劝阻，人家才把这块碑放置于仪门之东一个极不显眼的位置，目的是要保存乾隆对岳飞不满的证据。

这就是如今你游汤阴岳飞庙时，只见碑亭不见碑的原因。同时，从另一个侧面也反映出当地百姓对岳飞的爱戴之情。无论你是谁，哪怕贵为皇帝，也不能对岳飞有不敬之情。

事实到底怎样？作为后人的我们已经无法得知。我揣度，贵为一国之君的乾隆未必会那么小气，就因为一阵微风，把气全撒在岳飞身上，一"飞"不容，何容一国？而我更相信，作为一位胸中只装着"还我河山"、指挥千军万马的骁将，岳飞是不会将与己无关的朝拜者横挡在门外的。

站在岳飞庙前的遐想

每每站在汤阴的岳飞庙前,都会令我浮想联翩。想岳飞精忠报国的气节,英勇杀敌、奋勇拼搏的壮举;想岳飞壮志未酬惨遭谋害的冤屈;而令我想得最多的则是老百姓对于岳飞的崇敬之情。作为一位抗金英雄,岳飞在老百姓的心中早已不再是普通的英雄了,而是幻化成了一尊无所不能、保佑百姓平安的神。

岳飞,字鹏举,崇宁二年(1103)二月十五生于汤阴县岳家庄的一个普通农民家里。岳飞自小喜欢习武,练就一身好武艺。不仅如此,岳飞熟读兵法,精通战术,20岁从军,英勇善战,智勇双全,深得皇上喜爱,连连升级。岳飞力主抗金,不当亡国奴,曾率军南征北战,六战六捷,致使金军将领发出"撼山易,撼岳家军难"的感慨。

1140年,岳家军在朱仙镇大破金军,收复郑州、洛阳等失地。正当岳家军越战越勇之时,宋高宗赵构和宰相秦桧却在密谋着议和之事。担心岳飞妨碍议和,宋高宗连下十二道金牌,强令岳飞还朝,无奈岳飞只得回朝。回朝后的岳飞不仅被剥夺了兵权,还身陷囹圄。这还不算,1142年,秦桧等人陷害忠良,又以"莫须有"的罪名,在杭州的风波亭将岳飞和他儿子岳云杀害。当时岳飞只有39岁,正值身强力壮、报效国家的中年,其子岳云年仅23岁。

　　岳飞被冤枉、受迫害之时，也是岳飞后人最担惊受怕之时，因为当时的株连制，险些使岳姓灭门。为了保存岳姓，岳飞的许多后人只能隐姓埋名。即使没有改姓，为避嫌也将"岳"改写为"乐"，音同字不同。在岳飞的故里程岗村，居然没有一户姓岳的，尽管按史书记载是因为大水将整个岳家庄吞没了。我猜想，会不会也有隐姓埋名的原因呢？岳飞故里无岳姓的事实和尴尬是不言而喻的，这岂止是一个姓氏的悲剧啊！

　　作为岳飞的后人，尽管他们的祖先曾经给他们带来过灾难和不幸，但在他们心中，岳飞仍是一位英雄，是岳姓的骄傲和守护神。

　　岳飞被害后，有感于岳飞的骁勇善战、精忠报国的浩然正气和誓死杀敌的气节，人们自发建立庙宇纪念这位民族英雄。据说目前全国成规模的岳飞庙有三处，一处在岳飞的家乡汤阴县，一处在岳飞大败金兀术的朱仙镇，还有一处在埋葬岳飞冤魂的杭州城。不管是岳飞的家乡汤阴、他旗开得胜的朱仙镇还是埋葬他的杭州，人们建立庙宇只有一个理由，那就是敬仰岳飞、怀念岳飞。伴着近千年岁月的浸染，岳飞这位老百姓心目中的民族英雄已经被幻化成了神，和救苦救难的观世音一样，成了人们"遮风挡雨"的精神寄托。

　　当地老百姓有个小病小灾、邻里不和、仕途不顺等烦心事，总爱来岳飞庙里烧炷香、磕个头，把自己心里的不快悄悄地与英雄叙叙，似乎英雄就是他们遇难成祥、可以保佑他们一生一世平安的神。

　　在汤阴岳飞庙，导游曾经指着进门的牌楼这样告诉我，汤阴历史上曾经有过两次大的地震，别处全是房屋倒塌一片，唯有此牌楼巍然屹立。我猜想，她说此话的目的有二，一是说此牌楼建筑坚固，二是说此牌楼有岳飞的神灵保护，是不会轻易倒塌的。

　　曾经，在拜谒汤阴岳飞庙时，我巧遇许昌长葛的岳飞后裔前来寻祖问宗。一提起岳飞，他们满脸写的、满心想的、满嘴说的全是作为岳飞后代的骄傲和自豪。当他们第一时间找出能证明他们是岳飞后代的证据——一块石碑时，那一刻，他们的激动和兴奋是无法用语言形容的。别说他们是真正的岳飞后裔，即使如我这样一个并不姓岳的外姓人，也由衷地感到骄傲和自豪，更何况那些血管里还流淌着岳姓血液的后人呢。

所以，作为岳飞故里的程岗村和埋葬着岳飞祖先之地的周流村的人都争着抢着说自己才是岳飞的后人，为何？因为岳飞是人们心目中的英雄，谁不为有这样的先人而感到骄傲呢？别说是他们了，就连与岳飞出生地邻近的内黄也争着抢着说岳飞是"生在汤阴，长在内黄"。

其实，细想想，何止岳飞有后人呢？难道秦桧、万俟卨、张俊、王俊他们这些个陷害岳飞的奸臣就没有后人吗？

想当年，秦桧也是呼风唤雨的人物，一人之下，万人之上，在皇帝面前说一不二。当时的秦府，肯定也是门前车马喧，往来无白丁。只是他后来陷害忠良，遭到人们的唾弃而已。

每每站在汤阴岳飞庙的施全祠前，看着被众人拍打得油光发亮、被后人唾弃得污浊不堪的五个奸臣像，我总会有许多感慨：难道成千上万的游人中从未有过秦桧的后代？只不过因为祖宗辱没了他们，即使他们真正是这些奸臣的后裔，也是不敢吱声的。

真是啊，秦桧使岳飞的后人隐姓埋名一时，而岳飞让秦桧的后人隐姓埋名一世。即使是姓秦，即使是秦桧的几代子孙，看看他们的祖先跪在英雄面前的耻辱样，想想人们怀恨的眼神和唾弃的唾沫星子，谁还敢、谁还会有勇气去承认他们就是秦桧的后人？

所以，在岳飞庙里，人们能看到认祖归宗的岳家后人的骄傲和自豪，却永远也看不到秦桧子孙的自报家门，秦桧使他的后人蒙羞受辱了。

结缘岳飞后人

汤阴觅古

为写《印象安阳》（2012年版），我来到岳飞故里汤阴。先去岳飞先茔所在地周流村，再落脚汤阴城里的岳飞庙。在周流村和岳飞庙分别结识了一些岳飞后人。

周流村是岳飞曾祖父、祖父和父亲埋葬的地方，周流村人自称岳飞后人。

到达岳飞先茔是上午10点多钟，因为是周一，又在"五一"黄金周前，游客并不多。几位守墓老者闲坐于庙前，很是悠然。听说我是为写岳飞而来，守墓者特别热情，耐心细致地为我介绍岳飞和周流村之间的故事。怕我不信，还带着我一点点研读碑文。

岳飞先人葬在周流村是有史为证有据可查的。在岳飞先茔里有老百姓从地里挖出的三块碑刻，一块为明朝的，一块为乾隆五十三年（1788）的，还有一块是民国时的。从这些碑刻上的记载可以看出，岳飞为汤阴县永和乡孝悌里人，岳飞先人就埋在现在的周流村。

岳飞先茔位于周流村南地，共埋葬了岳飞曾祖父、祖父和父亲共三代人。按当地的规矩，坟墓呈携子抱孙之式，曾祖父在后，祖父在右，父亲在左。《重修岳忠武王先茔碑》记载："岳氏为炎帝裔胄，四岳之后，望出山阳，根植聊城，先祖岳涣仕宋令使，迁居汤阴。"重新修葺先茔的为登封的岳氏三十二代世孙和淇县籍后裔二十八代世孙,他们共同出资 30 万元。冢前有庙,庙是岳姑庙。每年的农历二月十五,岳飞出生这天,这里有古庙会。

守护岳飞先茔的老先生们个个都很认真,反复强调,如今的周流村即是过去的孝悌里。这点我不敢苟同,按汤阴当地的风俗,一般坟地是不应该就在村里的,岳飞故里程岗村离周流村很近,岳飞家住程岗,墓葬周流,从逻辑上讲更合乎情理。至于周流村为何非要争岳飞故里,我就不得而知了。

问及守墓者的姓氏,却非陈即周,似乎与岳飞并无多大关系,怕我误解了他们这些守墓人,他们又很有耐心地一点点给我解释:秦桧如何陷害岳飞,赵构如何下令将岳飞处死,又是如何株连九族的,为了活命岳姓后人又是如何改姓乐的。"周流"即"走留"一意,有走的,有留的。走的走了,留的改姓了。照这样细致考究,谁又能断定如今生活在周流村的陈、王、赵、周就一定不是岳飞的后裔?

其实,周流村是不是昔日的孝悌里并不是我一介文人所能定论的,在我看来,如今的周流人是不是真正的岳飞后裔并不重要,重要的是他们守护岳飞先茔的精神令人感佩。退一步说,即使如今周流村的村民不是岳飞的后人,但他们为保护岳飞先茔所作的贡献却是真实而感人的。

如今守护着岳飞先茔的均是周流村当地七八十岁的老人,十几年如一日。白天,他们修剪墓冢前的树木枝杈;夜晚,憩于庙宇旁边,守护着岳飞先人的英灵。2009 年,他们还主动寻找岳姓后人,动员他们将岳飞曾祖父母、祖父母和岳飞父亲的坟茔修缮一新,供外来游客瞻仰,用不收门票来证明他们就是真正的岳飞后裔。无人指派,也没任何报酬,义务守护十几年,精神可嘉。别说是我们这些活着的人,即使岳飞地下有知,也会感谢他们对自己先人的无私奉献的。

上午见到勇于牺牲、乐于奉献的周流村看守坟茔的守墓人,下午在岳飞庙里又巧遇从长葛前来寻根、认祖归宗的岳霖后人。这群来自河南长葛的岳姓人,在此之前,并不知道自己是岳飞的后裔。他们盖房建楼时，从地下挖出了有关记载岳霖是他们先人的证据。于是，长葛的十多个村庄的岳姓村民沸腾了。当他们证实了自己是岳飞的后代，就有了掩饰不住的激动和兴奋。没顾上多想，连个相机也没带，他们就从许昌的长葛一路奔至汤阴岳飞庙来认祖归宗了。

当他们表示想借我的相机拍照留念时，也被我的热情感动了。听说我是专门为写岳飞而来的，他们更是急不可耐，将随身携带的能证明他们是岳飞后代的资料一一展示给我看，希望能通过我的笔将他们的激动兴奋和自豪表达出来。

英雄岳飞啊，您岂止是岳姓子孙的骄傲和自豪！尽管我不姓岳，但我也有责任有义务和岳飞的后人一起，保护好我们的精神瑰宝。

《满江红》里的无奈与焦灼

　　怒发冲冠，凭阑处、潇潇雨歇。抬望眼、仰天长啸，壮怀激烈。三十功名尘与土，八千里路云和月。莫等闲、白了少年头，空悲切！

　　靖康耻，犹未雪；臣子恨，何时灭？驾长车，踏破贺兰山缺。壮志饥餐胡虏肉，笑谈渴饮匈奴血。待从头、收拾旧山河，朝天阙！

　　看完岳飞这首气吞山河的《满江红》，不知您做何感想？作为文人的我则是感慨万千，唏嘘不已。字里行间，我看出了这位民族英雄、爱国将领的无奈与焦灼。

　　一首成功的词作，固然需要恢宏的气势、贴切的描写、直抒胸臆的真情实感流露和华丽的辞藻去装饰，而更需要丰富的思想内涵去填充。我以为《满江红》应该是二者完美的结合。《满江红》中的每一字每一句均不是作者的无病呻吟，而是词人情到真处不吐不快的抒写，是一种作为一名爱国将领眼看着国破家亡、山河破碎却徒唤奈何的焦灼和不安。

　　岳飞生活的时代，正是北宋王朝走向覆灭、南宋初建之时，面临国破家亡的局面，作为一个从小凳父亲"汝为时用，其殉国死义乎"、母亲"尽忠报国"忠君爱国思想教育的将领，眼看着家乡人民遭受金军践踏，流离失所，陷于水深火热之中却不能去救，自己空怀一腔爱国热血却不能报效祖国，心情是何等无奈和焦灼，岂有不"怒发冲冠"之举。这个"怒"字，既是作者满腔热情的迸发，也是对朝廷不思进取，拱手让出大好河山的不满，更有敢怒而不敢言的辛酸。

设想一下，在一个风雨交加的雨天，岳飞凭阑独处，想着南宋朝廷的现状，想着自己有心杀贼却无法奔赴前线的无奈，他怎能不"怒"呢？作者不仅怒，而且是大怒，怒到"发冲冠"。"怒"是怒了，怒到尽头也只是"发冲冠"而已。发冲冠过后又能如何呢？怒火也只能让绵绵的细雨浇灭，怒火消失后剩下的也只能是无尽的悲哀。

"抬望眼"是国破家亡、民不聊生的现状，作为一名带兵打仗的朝廷重臣，岳飞他又能如何呢？也只能"仰天长啸"。"啸"又能如何？谁又能听懂他的"啸"呢？他"啸"朝廷的不作为，他更"啸"自己的空怀一腔爱国志啊！他不甘啊，而作为一位将军的不甘也只能转化为一声长"啸"，这"啸"岂不是自己对自己无可奈何的讽刺吗？作为一员武将，挥毫泼墨的雅致本不该是属于他的，到战场上厮杀，将失去的国土从金人手里夺回来才是正事。只可恨，他是身怀绝技无处施、空怀一颗报国心。但此情又能与谁诉说？朝廷？同僚？亲人？朋友？谁都不能说。因为无人诉说，也只能倾注于笔端，发泄于纸上。如果说这样就可以不愁不怒不怨的话，那应该是岳飞唯一的正确选择，正所谓"借纸销愁愁更愁"。一个"啸"字平添了将军几多的愁啊！"啸"之后又能如何呢？"啸"也是空怀激烈，只能是自己发泄一下而已。明明知道"三十功名，八千里路"来之不易，而作为一心报效朝廷的岳飞并不在乎这些，这些也不过是人生之中的尘与土、云和月而已，关键是国家不能失去，人民不能流离失所。知道自己只能满怀壮志地空对月，也只能是一声长"啸"。他"啸"自己志向的流逝却无可奈何；他"啸"自己的壮志未酬；他"啸"自己空悲切的无奈！即使赤胆忠心、身怀满腔报国热情的将军如岳飞又能如何呢？无奈、无奈，真是太无奈了，无奈到只能自己对自己长"啸"。

这"啸"是属于一名爱国军人的宣泄！一声长啸也许能缓解将军心中些许的怨气，却解决不了根本的问题啊！

明明知道解决不了问题，明明知道只能徒唤奈何，但仍挡不住作者的凭空遐想。他想，到那时——可以报仇雪恨，朝廷允许他施展拳脚，他可以驰骋疆场尽情杀敌之时，他将"驾长车，踏破贺兰山缺"，什么靖康耻、臣子恨都能雪。如果这样还不足以解除国破家亡的心头之恨，那就再"饥餐胡虏肉，渴饮匈奴血"。想想作为一名驰骋疆场的将军，那才是他应该有的爽气和荣光啊！

正当作者想入非非之时，一个"待"字把梦幻中的作者唤醒，又拉回到严酷的现实中了。一个"待"字，充分表达了作者的无奈和焦灼。作为一个忠于职守的将军，面对朝廷的不作为，他除了"待"还能做什么呢？他不可能揭竿而起，也不可能威逼朝廷，就只能"待"了。一个"待"字，还表明他对朝廷是满怀希望的。尽管朝廷一次次让他失望，但他对朝廷仍然满怀希望。他希望有一天朝廷会给他这样一位将军报效国家的机会，"待从头，收拾旧山河，朝天阙"，而这种希望对于当时的岳飞来说又显得多么无力和苍白啊！

整个《满江红》，只一个"怒"字、一个"啸"字和一个"待"字，三字真真地把一个空怀一腔爱国热情的岳飞给活画出来了。所以说，《满江红》岂止是一首词，它分明是一位爱国将军无奈而焦灼的诉说啊！

羑里城又称"文王庙",位于河南省汤阴县城北约4公里处。是3000年前殷纣王关押周文王姬昌7年之处,是有史可据、有址可考的中国历史上第一座监狱。此处也是文王据伏羲八卦推演出64卦384爻,即"文王拘而演《周易》"之圣地。

现存建筑有演易坊、山门、周文王演易台、古殿基址,还有《周文王羑里城》《禹碑》《文王易》等碑刻10余通。

1996年,被定为全国第四批重点文物保护单位。

文王，文王

文王，文王，想拜谒您，不仅仅因为是"文王拘而演《周易》"，关键是崇拜您的坚持和大智慧。

而今，历史的车轮已碾过了3000多年的岁月，科技的进步早已不止3.1415926后的N位数那样简单，就连卫星都能顺顺利利地行走在宇宙里，卫星升空后的轨道如何走、走到哪里、何时回、回到何地等这些全能计算得准确无误，分毫不差；特别是如今人工智能应用快速发展，人类精明得几乎到了无所不能的地步。即使这样，人类的先进科技仍迈不进《周易》的门槛。

3000多年！在这3000多年中，中国和外国的历史上曾经出过无数位科学家。中国的张衡、蔡伦、沈括、毕昇等，外国的牛顿、伽利略、欧几里得、法拉第、库仑、道尔顿、阿基米德、哥白尼、瓦特、达尔文、爱因斯坦、居里夫人等，无论是中国人还是外国人，无论是近代还是古代，无论是今人还是古人，将3000多年历史长河中，所有知名不知名的科学家全集中起来，竟没有一个能抵得过您——3000多年前的一个古人，没谁能破解《周易》的秘密。

都说您很神秘、《周易》很诡异，都说您推演的六十四卦十分丰富，它涵盖了天文、地理、人文、哲学、科学等学科。而3000多年前您所借助的仅是几截蓍草而已。几截蓍草、一个土台，居然让您的后人研究了3000多年，关键是3000多年后,您和《周易》仍然还是一个不解之谜。

未卜先知的文王啊,大智大慧的文王啊,您若真是地下有知,为何还要如此折磨您的后人?难道您就不能把您所有的智慧毫无保留地托付给您的后人,您还要再保留多少年?继续折磨多少代人?

文王啊,文王,历朝历代的名流先贤、达官显贵甚至帝王将相已经知错了,他们都在替他们的先人纣王向您赎罪:"洹荡之间曰羑里,演易圣人昔拘此。天高地下皆易理,彖辞阐发权舆是。天王圣明罪当诛,千载而下真知己。巍巍之台近尺咫,凤凛师承惟四字(常谓文王'视民如伤',四字足为千古帝王法心)。无忧其常忧暂耳,王季为父武为子。牧誓谅非心所喜,叩马村在河之涘,夷齐首肯吾斯语。"〔清高宗弘历于乾隆十五年(1750)九月南游中岳庙,返京途中在汤阴拜谒文王庙所作〕

罪已赎了3000多年,人已经历无数代,您为何还是不依不饶呢?莫非您真的苛刻到非要纣王亲自赔礼谢罪?原本纣王他就是个气量狭小、嫉贤妒能的人,您大人大量,何必计较呢?尽管,他贵为君主,但在历史的长河里,他仅是一根耻辱柱,他的声色犬马、酒池肉林、纸醉金迷的丑态已经被钉在了这根柱子上了,任谁也是拔不去的,像这样的人您又何必去与他较真儿呢?在历史的那一瞬,他可能比您风光,但在整个历史的长河里,您不是更伟大吗?

文王啊,文王,其实,您的伟大何止于推演《周易》,推演《周易》仅能代表您被囚的那段短暂岁月。想您,一代君侯,立志要建霸主伟业的王者,是怎样忍受住了那7年被囚之苦?7年对于年富力强者也许并不算什么,而对于您,已经82岁的老者来说是何等珍贵。7年若用天计算应是2555天,若用时计算是61320小时,用分、用秒呢?其实,这只是计量的单位不同而已,对于您来说,无论如何,您也是一分一秒度过的,若不是有毅力和决心,作为一位普通的老人,您能挨过这2亿多秒的岁月吗?

入狱前,您广施仁政,农民耕种公田,只收九分之一的租税,大小官员都分有土地，子孙可以继承，作为一种俸禄，商贾往来，关市不收税，农民在水泽里捕鱼，也受到鼓励，一人犯罪，家属不受连累。想想在3000多年前，您能有如此治国之举是何等的英明！

在狱中，您是十分清楚自己处境的。羑里城，南距行都朝歌仅40公里，北距殷都只有20公里，是南来北往的交通要塞，任何风吹草动，纣王都能知晓。为了防范您，纣王还在羑里城北7.5公里的愁思岗设下重兵，在城南的伏道埋有伏兵。还有九侯和鄂侯的"炮烙"和"辟尸"之刑架在那里，以示警告。这还不算，纣王还派人将您儿子的肉煮熟了送给您，您心里十分清楚纣王的用意，即使这样，您明明知道是儿子的肉，却假装不知，装疯卖傻，吞进嘴里，咽到肚里，甘之如饴。能从容做到这些，将心存疑虑的人蒙蔽，您，原本就不该是个常人啊！

而走下专门为囚禁您而设的高台，您已经是89岁的耄耋老人。89岁，不要说在"人活七十古来稀"的3000多年前，即使放到生活水平日益提高的现代，也应该算是不小的年纪了。89岁，您能平安活着出狱就已经是奇迹，而文王您又在想什么呢？还想干什么呢？要干什么呢？

在您的心中也许仅剩一个愿望，那就是推翻殷商暴君的统治，还百姓以安宁太平。所以出狱后，您一如既往地修德行善，施行裕民政治，禁止饮酒打猎，鼓励农民开垦荒地充为私田等，制定"有亡荒阅索"的法律，将奴隶作为个人的私有财产。一面怀柔，一面为战争做准备，这如何是昏庸无度只知道歌舞升平的纣王所能抵御的？

也许您也曾为自己将近90岁的年龄惋惜过、遗憾过，但您却从没有因为年龄停下前进的脚步。在您心中子子孙孙是无尽的，所以您始终很乐观，即使被囚在高台，您也不分阴晴风雨，黎明夜半，手持草棒，在预测着人类的未来。在寂寞的荒台上，每每心中有所思有所怨，您都能操琴鼓瑟，将悲愤化作一种力量。您始终坚信：自己不行，有儿子，儿子不行，有孙子；孙子不行，有重孙子。只要人在，意志就在，何患不成？

这应该算是一种志，一种不达目的誓不休的大志，一种宏图大略。

我常想，历史上假若没有这个"龙颜虎骨，胸有四乳，面目不凡"（史书中记载的文王）的人，假若没有您的雄图大志，中国的历史将怎样？世界的历史又将怎样呢？如果没有姬昌，就不可能有后来周的天下，这是确定无疑的。

一个人居然能改写一段历史，一个人居然能成就一个时代，这难道只是用一个伟大就能囊括得了的吗？周文王啊周文王，您让您的后世子孙用何字去形容您？用何词去歌颂您呢？

仅82岁入狱演《周易》，89岁出狱展宏图，就足够让所有的后人折服，遑论您盖世的功勋。

"一卷经成万古功，曾将天地立穹窿。台高自起寒云碧，树老还收晚照红。牧唱日传羑里外，水声时咽雀城东。殷墟极目多霜草，尽在英雄感慨中。"（明李筵《登演易台》）

"独立不惧，开物成务。王臣蹇蹇，匪躬之故。用说桎梏，利用行师。先否后喜，文王以之。""柔顺利贞，用晦而明。作易忧患，危者使平。因二济行，圣人之情。与天地准，大德曰生。"［清黄履平《文王赞》（二首）］

历代文人骚客、达官显贵，甚至诸朝之君都对您无以形容，更何况像我这样的一个普通人，我也只能说：羑里城的高台，抬高的岂是您的身价，更抬高了您不朽的灵魂。

愚蠢的殷纣王，原以为将您放在高台上，就能看到您的人，却没料到，看不住的是您的心。更别说那些个和殷纣王一样的士兵了，即使布下了九九八十一道防线，又如何？也挡不住您不安分的灵魂啊！

高台啊，何止是囚禁您的土台？它分明是融有您灵魂的一处高地。3000多年的岁月已经把您和土台融化成了一种精神，一种点燃了3000多年仍然不灭的灵魂。您已经和那个土台一起，永远高高地站着，站成一道3000多年来无人可以翻越的奇迹。

羑里城中算一卦

上次去汤阴采风时，没去羑里城，不是没时间，是因为不够从容。很想在《周易》发祥地——羑里城里从从容容算一卦，预测一下自己未来的人生。

测八字、看面相、六爻等多种预测人生的方法，我全想好好体验一下。

实事求是地讲，对于占卜算卦之类，我并不迷，但却有点信。因为，人生在世，万事万物，总有许多是人类解释不了，无法确定，又不可捉摸的东西。不是吗？你一心想干成某项事业，竭尽全力，且占尽了天时、地利、人和，眼看快要大功告成，却因为一个很偶然的因素，功亏一篑，你如何能给自己一个合理的解释和交代呢？在一切都解释不通时，也只能归结于命运。如果不是冥冥之中的命运在操控，何至于此？

其实，人类就是生活在一个特定的自然和社会环境——"场"中，自然和社会中的每一代人、每一个人也都生活在自己一个特定的场中。即使是极为相近的双胞胎，因为个体不同，他们生活的场也是不会完全相同的。不同的环境和社会决定了自己的场，人生活在自己的场中，有时靠自己的知识和智慧可以从容，有时也显得很无力。每到这时，个人的智慧往往显得特别低能。而人在遇到不可抗衡的外力阻挡又不能战胜时，自然而然就归结于那个冥冥中操控着自己命运的神。

世界之大，人口之多，谁又能逃脱得了命运之神的安排呢？既然相信人生存在命运，为何不让未卜先知的"先生"给预测一下呢？

我到羑里城算卦是个下午，游人相对较少，卦房也很清静。原本朋友推荐了一位羑里城算得最好的先生，却因先生有事不在卦房，临时改换了门庭。既然是算卦，就讲究个缘分，一切还是顺其自然吧。

卦先儿是个60多岁的老者，瘦瘦小小的，戴副圆圈眼镜，很有算卦先生的范儿。进门坐在先生的对面，隔着一张卦桌，他不多言，我也就不多语。人都说卦先儿很会揣摸人的心理，心里就有了一种抵触情绪，我怕一开口说多了，让他摸到了底细，那卦就不灵了。

先算老公，报出生辰八字，他就开始在一张稿纸上画了起来，他边画边写，嘴里还不停地念叨着什么，一时有记不起来的，也翻翻手边的卦书，书很厚，已经很破旧了，我就近也翻了翻那本书，却一点儿也看不懂，不知道有多少人的命运就是由它决定的。随后，卦先儿就开始子、丑、寅、卯地掰着指头默数了起来，然后，长出一口气，大有从天上回到人间之感，接着，就开始给我讲起决定老公一生命运的五行来。原来，何年何月何日何时出生，运交何时，都是有讲究的。卦先儿没见过老公，但说起老公的性格特点和为人处世来，还真有几分相像，这不由得让我对卦先儿肃然起敬。

再算儿子，接着算我，轮到为我预测时，我提出换一种方式，卦先儿就让我摇卦。三枚铜钱，握在手中，左摇右晃，反复六次。这就决定一生的命运了？我真有点怀疑。每摇一次，卦先儿就在纸上记一次，六次下来，经他子、父、兄、财地在纸上一阵比画，便说了起来。别说，与我以往测生辰八字算的还真有许多相同，真是奇怪了。

至于说卦算得如何，我们一家三口的命运怎样，会不会灵验，这些都是天机，天机不可泄，在此，我也就不多说了。只是我自己心里装了一杆秤，留待今后用日月去称量。

奇医秦越人

秦越人即扁鹊，战国名医，姓秦名越人，因他医术高明，人们就用上古时传说中的神医扁鹊来称呼他，日久天长，扁鹊替代了越人的真实姓名。

秦越人生于何时，死于何地，葬于何处，甚至他是哪里人氏，至今仍无定论，是一个千古奇谜。但作为一名医生，他医术高明，医德高尚，有起死回生之术，却是后人所公认的。

据《史记·扁鹊仓公列传》记载，有一次，扁鹊行医路过虢国，见那里的百姓正在举行祈福消灾的仪式，就问是谁死了，宫中术士说，太子死了已有半日了。扁鹊问明了详细情况，认为太子患的可能只是一种突然昏倒不省人事的"尸厥"症，看着像死去了，实际只是昏迷。他让弟子磨研针石，并刺太子的百会穴，又做了药力能入体五分的熨药给太子治疗，太子竟然坐了起来，和常人无异。继续调补阴阳，两天以后，太子竟然完全恢复了健康。从此，留下了扁鹊能"起死回生"的美丽神话。

还有一次，扁鹊来到了蔡国，桓公知道他声望很大，便宴请扁鹊。没想到，他一见桓公就说："君王有病，就在肌肤之间，不治会加重的。"桓公根本就不相信。5天后，扁鹊又去看桓公，并对他说："大王的病已到了血脉，不治会加深的。"桓公仍是不信，并且很不高兴。又过了5天，扁鹊忍不住又去劝桓公，并焦急地说："病已到肠胃，不治会更重。"桓公听后十分生气，指责扁鹊无言无故咒他有病。又过了5天，扁鹊不仅不劝他治病，而且远远地看见桓公就避开了。桓公十分纳闷，就派人去问，扁鹊说："病在肌肤之间时，可用熨药治愈；在血脉，可用针刺、砭石的方法达到治疗效果；在肠胃里时，借助酒的力量也能达到；可病到了骨髓，就无法治疗了，现在大王的病已在骨髓，我无能为力了。"果然，5天后，桓公的疾患显现出来了，急忙派人去找扁鹊，扁鹊已经不见了。不久，桓公死了，这就是历史上有名的成语"讳疾忌医"的来历。

"起死回生""讳疾忌医"的成语皆由扁鹊而来。由此可见，当时扁鹊的望诊技术已经相当高明，可以说达到了出神入化的程度，真正成了"望而知之谓之神"的神医。

在汤阴扁鹊庙里有一副对联，将扁鹊一生及其对后世的影响做了精辟概述："妙术授长桑荡涤肠湔溯当年列国聘延名重诸户追伯跗，褒封崇广应丹生艾茁看今朝万民罗拜灵昭马鬣起膏肓。"

"妙术授长桑"，是说原本是旅店小二的越人，被神医长桑看中，将秘方传授给他，使他有了治病救人的医术，这在《史记·扁鹊仓公列传》中有记载："少时为人舍长。舍客长桑君过，扁鹊独奇之，常谨遇之。长桑君亦知扁鹊非常人也。出入十余年，乃呼扁鹊私坐，间与语曰：'我有禁方，年老，欲传与公，公毋泄。'扁鹊曰：'敬诺。'乃出其怀中药予扁鹊：'饮是以上池之水，三十日当知物矣。'乃悉取其禁方书尽与扁鹊。忽然不见，殆非人也。扁鹊以其言饮药三十日，视见垣一方人。以此视病，尽见五藏症结，特以诊脉为名耳。为医或在齐，或在赵。在赵者名扁鹊。"

"荡涤肠湔"，是说扁鹊当时就可以把人的五脏六腑从肚子里拿出来，清洗以后再放回去。据看守扁鹊墓的老张讲，他曾经去过河北任丘的药王庄，那里曾经是扁鹊出生的地方，在药王庄附近还有两个村庄，一个叫洗肠村，一个叫捞肠村，应该是历史的佐证。

"溯当年列国聘延名重诸户追伯跗",想当年,各诸侯国争相聘请扁鹊医病,因为他的医术已经超过了三皇五帝时的名医岐伯和鱼跗了。

如果说上联是对他一生功绩的概括,那么下联则是说扁鹊医术对后世的影响。

"褒封崇广应",清乾隆下江南时,曾经路过汤阴县,拜谒扁鹊墓,并封扁鹊为广应王。

"丹生艾茁",令人称奇的是,扁鹊虽死,医德永传,扁鹊墓上的无名仙丹和艾草的茁壮生长,就是最有力的证明。

"看今朝万民罗拜灵昭马鬣起膏肓",看看今天人们对于神医扁鹊的崇敬,万民祭拜,一切皆因他有起死回生之术啊。

扁鹊不仅医术高明,医德也十分高尚。他为人治病坚持"六不治"原则:一是倚仗权势、骄横跋扈的人不治,二是贪图钱财、不顾性命的人不治,三是暴饮暴食、饮食无常的人不治,四是病深不早求医的不治,五是身体虚弱不能服药的不治,六是相信巫术不相信医道的不治。

神奇扁鹊墓

扁鹊是战国时期的一位民间名医，为给老百姓治病，周游秦、魏、赵、韩、齐、楚、燕等诸国，足迹遍布战国时期的大半个中国，深受全国各地老百姓的爱戴。因此，扁鹊墓也并非只汤阴伏道一处有，河北省邢台市内丘县神头村也有扁鹊墓。据传神头村是扁鹊的家乡。扁鹊在汤阴伏道被害后，家乡的百姓听说了，把头葬于家乡，后来该村就叫神头村。此外，在山西永济、陕西临潼和山东济南等也有扁鹊墓，自然也都是各有说道和来历的。

汤阴扁鹊墓，坐落于汤阴县城东8公里处的伏道村南。坐北朝南，墓冢呈圆形，高2米、周长16米，墓前有祠堂，俗称扁鹊庙或广应王庙。

汤阴伏道的扁鹊墓建于何时，已无从考；墓前的扁鹊庙立于何年，也无人知晓。扁鹊庙里有一块立于1248年的碑刻，上书"遂葬尸积冢，冢前立祠"。由此判断扁鹊墓距今至少已有1800多年的历史。不仅如此，过去庙里还存有历朝历代皇帝、名臣、学士拜谒扁鹊墓和祭奠扁鹊英灵的记载。只可惜历经战乱和"文革"的破坏，扁鹊庙早已不复存在，仅剩墓冢在证明着扁鹊墓历史悠久。

而今的扁鹊庙是改革开放后重新修建的，占地30

多亩，坐北朝南，有前后两个大殿。前殿门楣上刻"广应王殿"，建于1998年，由伏道乡政府出资。后殿建于1994年，为民间集资所建，门楣上书"扁鹊祠堂"四个大字，左右各有两副楹联，一副为"妙术授长桑荡涤肠湔溯当年列国聘延名重诸户追伯跗，褒封崇广应丹生艾茁看今朝万民罗拜灵昭马鬣起膏肓"，将扁鹊的一生概括得出神入化；而另一副为"九头艾入方为妙药，无名子出土为灵丹"，概括了扁鹊墓的艾草和无名子的神秘莫测。

关于扁鹊传奇的一生，在《奇医秦越人》中已经说过，在此，我们只说"九头艾"和"无名子"的神奇。

就汤阴伏道的扁鹊墓本身来说并没有什么神奇的，奇就奇在，自从扁鹊埋在这里后，他墓旁长出的两样东西，一是艾草，一是无名子，十分让人称奇。

我们一到扁鹊墓，守墓人老张就指给我们看一副楹联，"九头艾入方为妙药，无名子出土为灵丹"。老张说，这副对联是对汤阴伏道扁鹊墓神奇现象最好的诠释。

艾是一种草，可以入药，这在中医史书里是有记载的，直到今天，中药里仍有这味药。关键是扁鹊墓的艾与别处不同，全是九头。我因专心听老张讲扁鹊墓的神奇，竟然忘了数一数这里的艾是不是九头。不过，老张是个很细心的人，扁鹊墓的艾是不是九头，他一定是数过的。老张说，从形状上来说，扁鹊墓的艾与别处的艾并无多大区别，关键是这种艾的疗效奇特。如果妇女难产，到扁鹊墓上薅把艾，用艾叶熏孕妇脚趾，只一小会儿，难产就可以变成顺生了。几片小小的艾叶就能救了产妇的性命（旧社会难产是会要人命的），你说神奇不神奇！至今扁鹊墓旁还有一块专门为称赞扁鹊墓的艾而立的碑：

敕命端阳致祭，追封神应王。冢旁植艾，发荣畅茂，若神灵之默相也，祭之日采之以济人，无不灵且验矣。是艾也，味苦，气微温，阴中之阳。入药为使，或作汤丸以服之。于凡吐血、衄血、下血、漏血以及赤白之痢，无不能止之者。妇人无子，能暖子宫以生子；胎动作疼，善于滋养以安之。至若疗五痔、杀蛔虫、除鬼气，明目壮阳之功，不可尽述。非特此耳，或作壮而灸，则百病无不愈也。故曰：汤阴之艾，出于扁鹊之茔者，谓之仙艾，得之难而取效易焉。词曰：噫嘻王灵如在，验观仙艾自生。端阳节庙祀阙茔，株作汤丸救命。种子疗血治痢，安胎止痛明睛，非惟用服有功成，一灸能疗百病。

据老张讲，此艾还有一奇，别处的艾熬水全是黑汤，唯有这里的艾熬出的水是黄色的。

老张还说，扁鹊墓的艾，曾经是明清时期的贡艾，天下闻名。即使今天，扁鹊墓的艾也是药材商争宠的对象。据传，有一名山西药材商，来汤阴购买扁鹊庙里的艾。由于药商要得比较多，扁鹊庙里的艾不够，有人把附近的艾拿来顶上了，不想，一眼就被药材商发现。按老张的说法，这种艾只有长在庙里才灵验，出了庙门就不灵了。灵不灵验，像我们这些不懂艾的人自然看不出来，但懂行的药材商是能看出端倪的。老张说，只要是扁鹊庙里的艾，药材商是不讲价钱的，也无论多少，有多少要多少。

老张，原本是一位话语不多、憨厚老实的农民，一说起扁鹊庙里艾的神奇来，就滔滔不绝。

如果说扁鹊庙里的九头仙艾是借扁鹊神医的"神气"滋养出来的，那么，扁鹊坟头上的无名子就更神奇了。因不知道该叫它什么，人们习惯叫它无名子，当地老百姓也称之为仙丹，叫仙丹实际表明了当地老百姓对它的一种敬畏之情。它大小如绿豆，状圆，刚出土为土黄，用手搓，时间长了，变为赭色，与人丹十分相似。为证实这种东西的存在，老张还亲自带我们到扁鹊墓的坟头上去挖，果然用手挖了三五下，就找出几颗来。

　　说起这种无名子的神奇，老张话就更多了。先说这东西长的地方神奇，只生在埋葬扁鹊的坟头和方圆不足百米的地方，也就是说，出了庙门，就再也找不到了。再说这东西疗效神奇，人有个头疼脑热的，不用去找医生，只需要到扁鹊坟头挖几颗仙丹，哪怕是就着凉水把它吞下去，立时三刻，马上药到病除，屡试不爽。老张告诉我们，他小时候就经常喝这个东西。还有一奇，别看这种东西，无根无叶不是植物，却有生命，会生长。扁鹊坟头上的仙丹，自扁鹊墓建立至今少说也有一千七八百年的历史，却永远也挖不完，周围的百姓代代来此坟头寻仙丹，年年如此，天天不断，少则二三十颗，多则上百颗。成百上千年地这样挖啊挖，竟然屡挖不绝，一直挖一直有，可不就是会生长吗？你说神奇不神奇！

　　汤阴的扁鹊庙并不算大，可以观赏的景致也有限，但它的神奇却使我流连忘返，整整一上午，我仍不舍得离开。到底是扁鹊的神医滋养了这块土地，还是这块土地托起了一位不朽的神医？我不得而知。恐怕这永远是扁鹊留给后人的一道千年不解之谜，这个谜远比他的医术更令人称奇。

渭县拾萃

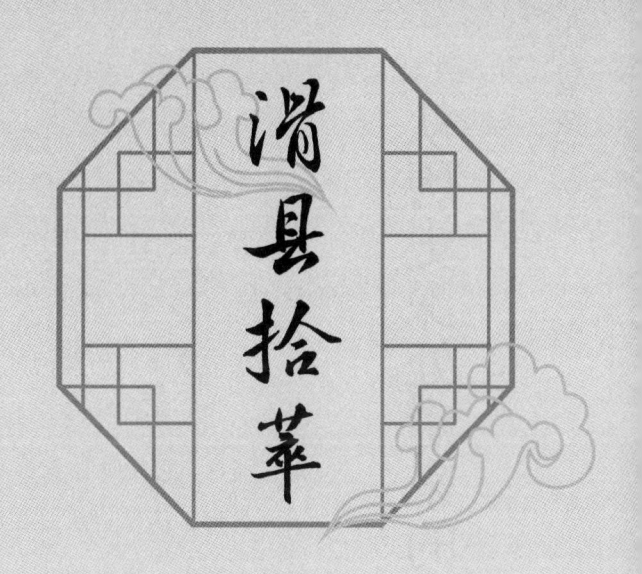

从历史深处走来的滑县

在中原腹地的黄河故道上，有一座古老的城镇叫滑县。它几乎同中华民族一起诞生，是滔滔的黄河水将它哺育。它是吮吸着黄河母亲的"乳汁"成长起来的。滔滔黄河，荡荡卫水，在滑县这片古老苍茫的土地上，孕育了悠久的历史和灿烂的文明。

一

说到一个地方，总是要先历数一下它的历史，看它能否经得起时间的考验。若能经得住时间的考验，就说明它是源远流长的。不妨，我们先用时间来丈量一下滑县吧。

《重修滑县志》记载："滑县位于河南东北部，东滨黄河，西傍卫水，北依大伾，怀抱卫南粮仓，控据白马渡津，民物繁滋，文化灿烂。孔子适卫，即兴'庶矣'之叹；《吕氏春秋》，复'多君子'之称。滑县历史悠久，开化颇早。始为颛顼、帝喾之都，继为诸多王侯之国。秦设东郡，隋改滑州，逮至有明降州为县，历有封建，代有沿革。"

其实，早在五六千年前的母系氏族社会时期，中华民族的祖先就在滑县这块土地上开始繁衍生息了。

4000多年前，传说"三皇五帝"中的颛顼和帝喾二部首领，就开始在滑地建都了。颛顼是黄帝之孙，帝号高阳，曾在距滑县县城东北70里的土山村（今属内黄）建都，史称帝丘城。据《明史·礼志》载，至明太祖洪武七年（1374），滑州降为滑县（滑县之名自此而来），但仍为大邑，面积是今天滑县的2.5倍。据此推断，今内黄的土山村当时可能属于滑县。

殷纣王无道，武王伐纣，从此建周朝。西周卫康叔封周公第八子伯爵于滑，即今滑县县城附近，建立滑国。《重修滑县志》记载："周公次八子伯爵封于滑，为滑伯。"滑伯本姓姬，《元和志》云："滑氏为垒，后人增以为城，临河有台，故名滑台城。"《水经注》曰："旧说，滑台人自修筑此城，因以名焉。"后滑为晋灭，滑伯后裔为怀念祖先，以国为姓，有了滑姓。

相传春秋时，卫灵公在古时的天桥津东岸（黎阳地），白马津边（后来的白马城也就是古时的滑台城），筑垒为城。

秦时，滑台设为东郡，下辖白马、豕卫15个县。

东汉时期，白马王曹彪在漕邑建白马国（今留固白马墙一带），仍隶属兖州。

两汉时，滑县称白马县，属东郡，曾经是羯鼓声声、硝烟弥漫的战场。东汉末，就是在这一块开阔的平原上，曹操先在东边濮阳击败吕布，而后在这里救援被袁军攻击的白马城；关羽阵前以快马急斩袁绍的骁将颜良，从而大败袁军，奠定了他在三国史上勇将的地位。

南北朝时，这里几经战火的锤炼。曾经为刘裕攻下洛阳、潼关，纵横中原的南齐名将檀道济，率少量军队从山东寿张（今山东东平西南）出发，救被北魏大军重重包围的滑台，前后三十余战，宋军多捷。当进抵山东历城（今属济南）附近时，被魏将叔孙建抄后方接应粮草，不能再前进，而此时滑台已被魏军攻下，魏人遂合数军将檀道济军包围，军粮完全断绝。在危急时刻，檀道济表现出了惊人的镇静和勇气，他命军士将米粒铺在沙上，伪装余粮，又命军卒披坚执锐，自己却乘舆便服，谈笑风生，泰然若定，引军徐徐而还。魏军见状，疑有埋伏，不敢进逼，檀道济于是毫发未损地率军南返。

晋、十六国及南北朝时，东郡治所设在滑台。后周时，东郡改为杞州。隋开皇三年（583），杞州废，滑州立，从此始有滑州之名。

此后至元代近800多年间，滑地或为州，或为郡，或称滑州，或更他名，历有沿革，代有封建。

特别是到了明清时期，卫河作为京杭大运河的支流，成为北方水运交通的大动脉，而滑县的道口镇则是这条动脉上一个重要的交通枢纽。因此，明清时期，滑县的道口镇经济十分繁荣，它与周家口、赊旗镇、朱仙镇一起并称中州四大名镇，成为当时中原重要的商品集散地和贸易中心，被誉为"小天津"。滑县达到了历史上的鼎盛时期。

二

悠久的历史必然造就灿烂的文明，滑县正是开在豫北平原上的一朵中华文明绚烂的奇葩。

滑县，始为颛顼之都，继为封侯之国，有史记载5000余年，文化底蕴丰厚，是中原古文明的代表。

这里有仰韶文化遗址5处、龙山文化遗址14处；还有著名的瓦岗军起义、李文成起义、张家、白云观和卫王殿等遗址；有滑伯墓、卫庄公墓、庄子墓、惠子墓、蔡京墓、胡权墓和宋讷墓等20余座影响较大的古墓葬；有欧阳书院、广济桥、孔庙大成殿等6处省重点文物保护单位，4处市级文物保护单位和79处县级文物保护单位；唐建明福寺塔则为全国重点文物保护单位。

不仅如此，明末清初，戏曲在滑县兴起。滑县戏剧，史是以其鲜明的文化个性、浓郁的地方特色，在豫北农村这个大舞台上显得流光溢彩。滑县有各种剧团100多个，其中影响较大的剧团有50多个。戏摊儿、草台、戏楼在滑县随处可见，豫剧、大平调、大弦戏、二夹弦、乐腔等响彻滑县大地。戏剧文化的传承发扬，把滑县大地装扮得如夏花般灿烂。滑县的木版年画因其独特的风姿和韵味被著名民俗专家冯骥才说成是"一种失落的文化，中州大地上一个被遗忘的历史辉煌"。

滑县由于地处中原，受黄河母亲孕育，民风淳朴，民俗文化极具中原文化的地域特点，在中原很有代表性。像滑县的婚丧嫁娶等风俗蕴含着浓郁的中原文化特色；滑县的风土人情和节日习俗又极具豫北风情。为此，滑县于2005年建起了自己的民俗博物馆，将灿烂的滑县民风民俗展示出来。

滑县不仅地杰而且人灵，是古圣先贤名人辈出的地方。我国文学史上第一位伟大的爱国女诗人、春秋时期的许穆夫人，战国时期著名的思想家、政治家、商人吕不韦，汉武帝时位居九卿的著名谏臣、廉吏汲黯，与班固齐名的科学家崔鹏、傅仁均等，唐朝贤相卢怀慎、卢杞，明初文渊阁大学士、国子监祭酒、教育家宋讷，清末廉吏、甲午抗日英雄暴方子等，均出自滑县。此外，隋末瓦岗寨农民起义领袖翟让和清朝天里教农民起义领袖李文成等也是滑县人。不仅如此，袁绍、曹操、宋太祖、宗泽、欧阳修、司马光均在此地出宰任官。著名诗人李白、杜甫、高适、岑参曾经驻足滑县，留下了咏滑篇章。

近代名人如毛耀庭、左明学、张和礼、明全富、于安澜、赵毅敏、王鸣岐、巫兰英等也是滑县的骄傲和自豪。

此外，古时滑县因物产丰富，人丁兴旺，市井繁荣，曾经有鲋岭松楸、帝庙著灵、金堤浮翠、白马灵津、龙井烟迷、双潭秋月、龙门夜雨、狗脊云封、天台表胜、茅屋白云、画舫澄波、浮图瑞霭等12处美丽的景致，成为古滑县一张骄人的名片。

这，就是从历史深处走来的滑县！

三

昔日的滑县得天时地利声名远播，名震中原。而今的滑县尽管水旱码头的繁华已不再现，但仍是中原陆路交通的枢纽和要塞。滑县仍是豫北平原上一颗灿烂的明珠。

处于中原腹地的滑县，交通极为便利，为经济的进一步发展奠定了坚实的基础。滑县距郑州市、安阳市、新乡市等周边城市均不足150公里。西邻京广铁路、107国道和京港澳高速公路，北接濮鹤高速公路，大广高速公路贯穿南北，新荷铁路和济东高速公路跨越东西。省道307线、308线、吴黄线、郑吴线、东上线、大海线等主要公路干线在此交会。目前的滑县已经形成了以国道、省道为骨架，县乡公路为网络的公路交通体系。四通八达的交通，使得今日的滑县仍是经济繁荣、物产丰富的农业大县。滑县素有"豫北粮仓"之称。这里盛产小麦、棉花、大豆等，是我国重要的商品粮生产基地县。地方特产道口烧鸡等闻名遐迩，远播海外。

滑县，豫北平原上这颗璀璨明珠正在重新焕发朝气并冉冉地升腾起来。

商贾云集道口镇

说来，滑县这个地方有点特殊，正常情况下，政府所在地应该在县城，但滑县政府所在地并不在滑县县城，而是在道口镇上，可见道口镇在滑县有着多么重要的地位。

道口，位于滑县老城西北部，与浚县毗邻，卫河从道口西路过。道口，又叫李家道口。据记载，古时黄河流经滑境，道口就是设在黄河西岸鲧堤上的一个渡口。相传当时有一李姓人家居住渡口，以摆渡为生，人们将该渡口称为"李家道口"。宋元以后，黄河改道，道口又成了卫河上的一个重要码头。

明清时期的道口镇是中州四大名镇之一，它与周家口、赊旗镇、朱仙镇一起，成为当时中原重要的商品集散地和贸易中心。

要说道口，就得先说河流。河流，历来被史学家们称为人类古代文明的摇篮，同时，它也是雕刻大自然的工具。清澈的河水给人们以充足的水源，河流在它流经之地又浇灌出肥田沃野，使人类具有了最基本的生活条件。同时，河流还给人们的出行带来了交通往来的便利，自远古起，我们的祖先就择河而居。因此，河流哺育了人类，人类也改造了河流，又为河流增添了无限生机。

明清时期，地处中原的河南，既是全国商品流通的必经之地，也是多种原料的产地，又是南方手工业产品及日用品的销售市场。得天独厚的地理优势，自然造就了中原地区商品贸易的繁荣和发展。江南地区的手工业品及日用品需要运到北方，北方地区粮棉及其他农林牧副产品也需要运到南方。于是，为了商品贸易的需要，四通八达的交通网络开始建立。

明清时期，有一条以河流为依托的重要商道在河南中原大地上迂回着，它流经河南境内大小许多内陆河道，不仅畅通无阻，而且可以左右延伸不断拓展交通境域，形成中原大地连接祖国南北东西的水陆交通商贸网络。而卫河恰恰就是这重要商道上的一条，南方的货物只有经黄河通卫河才能北上至天津和北京。

卫河发源于太行山南麓、苏门山下的百泉池，后经由淇河、洹河和汤河等10多条河流汇合，流经河南、山东、河北、天津等地，最终入海河进渤海。

我们的先民以辛勤的汗水和聪明的智慧改造了卫河，而卫河则以它宽阔的胸怀和无尽的能量给生活在这块土地上的人们以丰厚回报。特别是在明清时期，卫河流经的地域，如星星点点一路播撒，造就了无数的码头、集镇和城市，使商贸日益发展，人民日渐富裕。也就在卫河两岸，大片的农田有了丰富的水源，贫瘠的土地经河水的灌溉，荒野成沃土，莽原变桑田，亘古沙泽成为富庶之区。而道口也像卫河流域的其他地方一样，是在卫水的滋养下茁壮成长起来的。在卫河283公里长的干流中，道口段不过4.61公里，从王湾东入，自军庄北出，而恰恰是这不足5公里的河段，却成就了道口历史上的繁荣和发展。

道口的繁荣源于它地理位置的重要。它正好处在南北相连，经由淮河、贾鲁河，过黄河，经卫河至京津的水上运输的交通要道上，这也正是道口在明清时期能够繁荣，而被称为"小天津"的重要原因。

出版于1918年、再版于1933年的《道清铁路旅行指南》记载了道口镇当年的繁华:"凡由晋南豫北以及津沽等处出入之货,悉皆由此装卸。河中舟楫往来如鲫,由此溯河北上可达津沽,平时水深可五六尺,载重十五六吨帆船均可通行……煤商福通公司、中原公司等均沿河建筑场栈囤煤,以利转运输入货品。以煤、油、食盐为大宗,工业制造品次之。本地居民多业船户、脚行,而业铁工、木工者亦颇不少。彼等为便利工作计,咸临河而居,屋宇栉比,饶有风趣。"

在清朝乾隆年间,道口开始日日有集市。到了清朝光绪年间乃至民国时期,道口水路更加畅通,上可达百泉,下可达天津,不足5公里的道口河段,就设有10多个码头,道口镇的兴盛达到巅峰。

此后,天津的发展又推动了道口的进一步壮大。

清代中叶,天津得漕运、海运和芦盐之利,已迅速发展成为北方的商品集散中心,形成了一个"天津经济圈":从开埠到民国时期,天津的经济影响很快覆盖了直隶、山西、内蒙古、山东及河南的大部分地区,成为拉动这些地区近代外向型经济迅速发展的龙头。据记载,大量天津进口的各色布匹和其他洋货,经南运河和卫河输入山东的临清州,河北的大名府,河南的彰德府、卫辉府和怀庆府。而这些地区这一时期运往天津的药材、棉花等货物,"也是经卫河下运,而道口正是一个集散地"(史念海《中国的运河》)。

道口在这个经济圈中,地位之所以突出,除了通畅的水路运输,它还有公路与铁路交会的得天之便,在此可通过公路转运货物到濮阳、清丰、长垣、内黄等地。清光绪二十八年(1902),我国最早的五条铁路之一——道(口)清(化)铁路开工,起点就在滑县的道口镇,终点是博爱清化镇,全长150公里;不仅如此,20世纪30年代又开通了道(口)楚(旺)铁路。这样,焦作等地的煤炭就可以源源不断地运送到道口,再经卫河转水运运往全国各地。

水陆大宗货物全都汇聚到道口,就使得道口显得格外繁忙。据1931年的史料记载,当时道口河段"船桅如林",每日可经3000船次,其中大船吨位在150吨以上，基本沟通了冀、鲁、豫等省的30多个大小城镇，道口也因此获得了"小天津"的美誉。水陆交通的便利，使道口成为商贾云集、人烟辐辏、商业繁荣、远近知名的水陆码头。

清咸丰十一年（1861），道口镇筑起了土寨。光绪元年（1875）重修道口寨墙，改土墙为砖墙，西依卫河，东边挖有护城河，四面共设7个寨门、2个水门，有"九门相照"之说，当时的道口镇纵横有12条街、72条胡同。颇为整齐壮观，俨然成为一个戒备森严的小城堡。

顺河街，道口那曾经繁华的印记

如果说明清时期，滑县的繁华在道口，那么，道口的繁华则在顺河街区上。优越的地理位置，使沿码头而建的顺河街区成了南来北往的人和船只车辆的停泊地，道口镇昔日商业的繁华也全部浓缩在这里了。

明清时期至1937年，顺河街商贾云集，贸易繁盛。经商者熙来攘往多达万人。这里有粮行、花行、酱菜铺、糕点铺、锡器店、绸布店、酒楼、澡堂、钱庄等大的商号近百处，小店铺更是星罗棋布。道口镇的"小天津"之称，便是由此而得名的。

行走在今日的顺河街区，不时闪过一条条古老的胡同，它们狭长地延伸着，勾起人们对往昔道口繁华的追忆。

沿街道两旁，店铺林立，门面房一座挨着一座。这些老式样的店铺而今虽然门窗斑驳支离，早已破败得不敢住人了，但驻足细听，分明还回荡着明清商人的叫卖声。

街道两旁的建筑很奇特，开间3米、进深也不过4米的门面房，三五间大小不等，均不挂前廊，多为传统的木质结构，上下两层，一层营业，二层住人。房子以青瓦覆顶，滴水多是精美的砖雕，以岁寒四君子梅、兰、竹、菊居多。

路东有几座中西合璧式的商业门面房十分气派,其中"德锦诚"绸缎、布匹店,在并不宽敞的街道中显得特别高大、卓尔不群。它与中国传统的商业店铺又不相同,完全采取了现代建筑的理念,像极了天津"十里洋场"里那些十分欧化的花园洋房,格局与装饰放在现代也不输于潮流,据当地人讲,这是民国初年,一个从天津来的商人建造的。

像"德锦诚"这样建筑风格的房子,当地百姓称之为"洋门脸儿","洋门脸儿"一般面宽3间至5间。当时,一些大的商店为了达到买卖兴隆、财源茂盛的目的,把自己临街门面房的前墙砌成有两三层楼高的一面水泥罩面,并雕刻出不同的花纹图案,再涂上不同的颜色,用于广告宣传。还建有玻璃橱窗,陈列着自家经营的产品。在如今的德锦诚绸缎布庄"洋门脸儿"上,"津沪国货布匹、苏杭丝罗绸缎"的楹联,仍清晰可见。

有趣的是,外来的建筑形式并没有完全取代传统的样式。也许是受工匠的理解能力和传统民俗的影响,许多传统主题的装饰仍然出现在"洋门脸儿"上。"洋门脸儿"上的雕塑多为浮雕,寿星、仙桃、鱼、龙等图案,"刘海戏金蟾""麒麟送子""松鹤呈祥"等寓意,表达了人们祈求幸福、安康、自由的美好意愿。

卫河在逐渐繁荣着,坐落在卫河岸边的顺河街区也在不断发展着。顺河街除沿街的门脸外,藏在门脸后面的是一条条胡同,胡同里坐落着一进进的四合院。这些北方典型的四合院,无论是一进院或二进院,主房全不是坐北朝南的堂屋,而是坐东朝西的东屋。原因很简单,他们因卫河而建,环卫河而居,岂有不面向卫河之理?据在这里居住几十年的老人讲,这些房子大部分建于明清时期,多数是在这里经商的天津、山西等外地商人因在此居住而建造的。

千万别小看了顺河街区上这些如今已经破败不堪的老建筑。想当年,它们是十分考究和体面的,房檐与墙体连接处都雕有狮虎等威猛的动物,房屋上的每一块砖、每一片瓦都是经过房主认真考虑、精心布局后,工匠们才镶嵌上去的。只是这些雕刻历经岁月侵蚀，再加上人为的破坏，许多已经残缺不全了。

水街（当地人称"水胡同"）是顺河街连接卫河码头的一条短得不能再短的街道，四五十米长的距离，感觉没几步就迈上了卫河大堤的青石台阶，它也是从顺河街去卫河码头的必经之道。

"这就是道口有名的取水街，因为卫河的水特别甜，方圆十里八乡的人都来这里取水，所以取名叫水街。"有人指着水街说。

据当地老人讲：当年，每天清晨，这条窄窄的街道上曾经挤满了取水的人。吱吱呀呀的扁担声，在光滑的青石板路上此起彼伏。也有套了牛车来拉水的财主家的长工，他们长长的吆喝声，也挤在这短短的街道中。人声、扁担声和牛叫声回响在水街和卫河的上空。

"现在不行了，（卫河）水小了，也被污染了。"老人不无遗憾地说。

与水街正对的是大集街，它们与顺河街正好形成一个"十"字，已有百年历史的"义兴张"道口烧鸡老铺就坐落在顺河街和大集街交会处的路南。想当年，"义兴张"烧鸡的创始人张炳在这个店铺里愁过也喜过。尽管老铺的繁华如今已经不在了，但"本镇专家义兴张烧鸡老铺"的招牌还清晰可见，斑驳的扁担门窗和二层楼上的茅草似乎都在向人们展示着"义兴张"昔日的荣耀。一端连着码头，一端连着顺河街的水街，接纳着南来北往的客商。很多来往船只上的船工和客商，已经习惯了从这个码头上岸，沿着水街走到"义兴张"烧鸡铺，尝尝新鲜的烧鸡，顺便再给远在他乡的亲朋带上些。道口烧鸡的美名，也是经由这条水路传播到大江南北和海内外的。

沿着顺河街一直北行，在顺河街与码头街交会处，有一片低矮的旧屋，这里居住的多是昔日船工。这些船工，有的是明清时期祖辈从天南海北来这里谋生，最后落脚到这里的外乡人后代；也有一些是清朝末年因道口的繁华被吸引到这里、周边县市经商人的后代；还有一些是新中国成立后，从外地调到这里的船工。这些因卫河而来的外乡人，后因卫河水域缩小、交通地位式微，早已经改行做别的工作了，而今留给他们与卫河唯一的联系则是他们用船板搭起的、自己安身立命的家。

"上百年的老房子了，快要塌完了，你们再来时恐怕就看不到了。"在一座老房子墙根下晒太阳的一位老人惋惜地说。

卫河是特意在这里拐了一个大大的弯，才将顺河街区揽于怀中的。每年农历正月，从上游驶来的客船首尾相接，来自各地的会首们手执高香站在船首，前往浚县的大伾山进香。等他们返回时，小娃娃们便立在岸边高喊："大会首，二会首，给我一个泥泥狗。"于是便有浚县特产泥泥狗从船里抛到河滩上来。倘若有几个不太识趣的，小娃娃们便会回敬道："谁不给我泥泥狗，回家死他大会首！"

如今，站在只有两三丈宽的卫河岸边，想着当年可并排行驶6只载重150吨商船的卫河繁华；行走在昔日车水马龙、熙熙攘攘的顺河街上，望着两旁已变得斑驳脱落的黑漆门面和落日余晖下悠闲下棋的老人，不禁让人浮想联翩，又恍如隔世。值得欣慰的是，无论如何，顺河街区总算还留下了一些道口昔日繁华的印记。

2014年，横跨五大水系、贯穿中国南北、超大规模的中国大运河荣登世界文化遗产名录。这给因运河而生、因运河而兴的道口镇带来了生机和希望。滑县斥巨资打造了象征运河历史文化的老街区，同和裕银号、大运河非物质文化展馆、古镇民俗展馆等在古街上重现。相信不久的将来，整个滑县都会因运河文化而变得更加绚丽多彩。

坐东朝西大王庙

按中国人的传统观念，庙宇一般都是坐北朝南，而滑县的大王庙却例外，坐东朝西，这还是因为卫河。卫河流经滑县道口时，基本呈南北走向，而专门为祭祀卫河而建的大王庙，自然顺势坐东朝西。

道口镇原有南北两座大王庙，南大王庙早已荡然无存，我们说的则是北大王庙。应该说大王庙是明清时期道口商业繁华的又一见证。

大王庙位于卫河东岸，距卫河不足千米，紧邻顺河街。明万历十八年（1590），由天津盐业、绸缎业等八大商家为祭祀河神而建，距今有400多年的历史。

大王庙初建时除主殿25间外，还有配殿戏楼3间，南北看楼10间。民国初，大王庙房舍增至200余间。

当时的大王庙在晨钟暮鼓中，众僧云集、香客络绎不绝，烟雾缭绕、云蒸霞蔚很是壮观。进门为大佛殿，内有三尊高大佛像，有西天如来佛祖、大肚弥勒佛和释迦牟尼佛，另有十八罗汉。二殿有火帝君，后殿有菩萨三尊，即南海大士、文殊、普贤诸菩萨。门口有两尊高8尺余、威猛的石狮分卧左右，神态逼真，观瞻者无不惊叹。

大王庙不仅建筑宏伟、规模巨大、僧侣香客众多，而且经济实力雄厚，这仍得益于卫河水运的发达和道口镇的繁华。来往商船和过往商人心里明白，他们之所以能发达，皆是因为卫河。因此，凡从道口经过，都不会忘记进大王庙祭拜一下河神，大王庙常常会得到天津及沿卫河城镇商贾的施舍。此外，地方财主官绅婚丧嫁娶亦常请僧人参加仪式，事毕主人也要给香火钱。再加上，大王庙沿卫河流域有不少自己的良田，其农产品专供大王庙寺僧食用。大王庙规定，所有来庙朝拜的香客一律免费提供食宿。大王庙鼎盛时期僧人达300多人，为了保卫庙内安全，又招募武僧五六十人。

据《滑县文史资料》记载，大王庙繁盛时期，曾有庙田数百亩。北设卫事场，南有盐场。盐场堆盐如山，专供滑县、内黄、浚县、汤阴、长垣等各地进香的香客食用。初始，大王庙仅有5间，清乾隆十六年（1751）扩建5间，道光二十年（1840）投资重建，共15间，同治四年（1865）扩建至25间。内有36根明柱，每根明柱一米多粗，屋上檩条粗细也近一米。屋顶全用黄金琉璃瓦，日光一照，屋顶闪耀一片金光，很是壮观。

抗日战争时期，大王庙被日军的铁蹄践踏，仅留下正殿一座。

而今的大王庙只有正殿5间，该殿坐东朝西,面阔5间,进深12架椽，南北长18.4米，东西宽16.6米，檐高7.6米，通高9米，建在0.21米高的台基上。台基用青条石垒砌，南北长18.63米，东西宽17.2米。此殿为单檐硬山式，属"一殿一卷"式勾连搭屋顶。

殿内供奉着张大王、黄大王、朱大王、李大王和金龙四大王共五尊河神。五王之中，金龙四大王为最尊，居大殿正中，右为张大王、黄大王，身穿明代袍服，左为朱大王、李大王，着清代官服，头后有发辫，戴红缨帽。五大王坐东朝西，正对庙门，个个身宽八尺，高二十四尺，威武雄壮，神圣不可侵犯。另有四位将军分列两旁。

中国人的传统，凡有江河码头的地方，所敬的神多为河神，所建的庙多为大王庙，道口镇的大王庙供奉的自然也是河神。

为什么是金龙四大王居尊呢？说起来还有一段故事。

金龙四大王原名谢绪,在家排行老四,是南宋会稽(今浙江绍兴)人。自幼乐善好施,忠于朝廷。南宋灭亡前,他痛哭流涕地对众知己说:"生不能报效朝廷,死当奋勇以灭敌!"遂投江而死,后葬在金龙山上。

明初,太祖朱元璋与元将海牙大战于吕梁,元兵顺流而下,明兵将败。忽见空中有一披甲者挥戈前来助战,驱使河水倒流,致使元兵大败。夜间,朱元璋做了一个梦,见一儒生着素装前来谒见,说:"臣乃谢绪也,上天命为河伯(水神),今助真人破敌。"朱元璋猛然省悟:原来是天神暗中帮助!为此,朱元璋封其为金龙四大王。"金龙者,因其所葬地也;四大王者,因其生时行列也。"到了清朝,金龙四大王又被封为黄河神。此后,江淮至北方的水上从业者,特别是漕运河道——大运河和黄河上的船工和漕运者供奉的水神皆是金龙四大王,金龙四大王又有"北方尊神"之称。

明清以来道口镇的大王庙历经沧桑,几经风雨。400多年来,共进行了4次大的维修,而最后一次则是1998年由安阳市人民政府组织的。

而今的大王庙整座大殿古朴典雅,设计构造科学严谨,梁架结构错落有致,建筑材料及建筑工艺精良,圆木明柱整齐划一,石刻题记形象生动,充分体现了古代劳动人民的崇高智慧,且有较高的科学、艺术、历史价值。大王庙不仅是研究我国古代建筑的材料,也是道口镇风雨沧桑的见证。

印象安阳

金戈铁马瓦岗寨

瓦岗，一个古老而神奇的地方，隋末农民起义军就诞生在这里。

据史书记载，瓦岗的名字来源于春秋时期，周敬王十六年（前504），齐景公与晋定公在南燕国（今滑县牛屯一带）东北的瓦地会盟，人们为纪念这件事，在这个地方较高的土岗上，建了一个亭子，后来便称此地为瓦岗。

据《隋书》《资治通鉴》等史书和《滑县志》记载，瓦岗军起义爆发在今滑县瓦岗一带。

当时的瓦岗，地处黄河南岸，周围沙丘连绵，丛林满布，紧邻黄河南岸渡口白马津，对岸有渡口黎阳津，系南北交通的重要枢纽之一。不仅如此，新开的大运河（永济渠即卫河）距此不远。得地利之便，瓦岗是一个进可以逐鹿中原，退可以据险固守的理想战略要地。农民起义军正是因此才看中了这块地方，为了自卫和聚集力量，便在瓦岗筑了一个方圆20余公里的"土围子"，故称瓦岗寨。自此，瓦岗寨里"金戈铁马"声一直嘶鸣不断。

历史上农民起义不计其数，但像瓦岗军这样轰轰烈烈的并不多。浴血奋战8年之久，队伍发展到百万之众。瓦岗军声势浩大，威震八方，摧垮了以隋炀帝为代表的隋王朝统治，为我国封建社会的高峰——大唐王朝的创建立下了汗马功劳。瓦岗军所到之处，杀隋官，惩豪族，威震中原，最后直指隋朝东都洛阳。毫不夸张地说，瓦岗军与河北窦建德、江淮杜伏威等义军一起成为压垮隋王朝的最后的稻草。如果没有当时瓦岗寨的农民起义，也就不可能有历史上强大的唐朝，瓦岗寨的农民起义将中国历史重新改写了！

瓦岗寨的农民起义领袖翟让原本是个官府小吏，出于不平，放走了无辜"罪犯"，被判死刑，入狱待毙。是狱吏黄君汉慧眼识英雄，觉得翟让侠肝义胆，气宇轩昂，具有成大事的风范，私自放他出狱，并劝他举大事。于是，翟让与其兄翟弘、侄摩侯、友王儒信共同商定在瓦岗（今滑县东南）聚众起义。翟让大旗一挥，于是，曹州的单雄信、卫南的徐世勣、当地富户贾雄等全来了。他们聚首瓦岗，杀赃官，开粮仓，赈济穷人，农民纷纷加入义军，义军很快发展至万人。有当时民谣为证："扶着爹，搀着娘，携着儿女去瓦岗，瓦岗寨上吃义粮。"

大业十年（614）十二月，起义军攻克郑州、商丘等郡县，缴获大批军械物资，控制了从梁（开封）至黎阳（浚县）一段永济渠。

瓦岗军的胜利，震动了隋王朝。隋派荥阳通守张须陀镇压瓦岗军。在力量悬殊的情况下，义军最终击退了张须陀。随后，隋朝官吏周文举、李公逸、王伯当率部投奔瓦岗军，瓦岗军进一步壮大。

大业十二年（616），贵族出身的李密，在参与杨玄感兵变失败后，流浪无着，经王伯当介绍，加入瓦岗军，"密识兵书，有谋略，很受翟让器重，遇事辄与相商"。

为扩大根据地，瓦岗军继续向隋军出击。翟让率兵数千，攻克韦城，占领东郡白马（今滑县白马墙），杀死太守；单雄信率军北上，接连攻下浚县、汤阴、内黄；李密率兵攻打濮阳、范县，至白堽（北有密城），扎寨为营。起义军不仅作战勇猛，而且体恤百姓，每到一处都受到百姓的欢迎："翟让哥，大红脸，人虽穷，腰不弯，杀了官兵杀士族，救咱爷们穷光蛋"。

大业十二年（616）十月，李密建议西取洛阳。单雄信率精兵三千，绕道攻荥阳，翟让、徐世勣、李密率大军破金堤关（今荥阳东北）。荥阳太守张庆告急，隋炀帝再次命令张须陀为河南讨伐使，统率各路大军前去镇压，激战中张须陀被杀。

大业十三年（617）春，瓦岗军决定袭取兴洛仓（又名洛口仓，在今巩义东南）。兴洛仓方圆二十里，有三千地窖，存粮八千石，是隋朝最大粮仓之一。翟让、李密选精兵七千，避开裴仁基据守的虎牢关，从荥阳南绕道阳城（今属登封），越方山，从罗口直捣兴洛仓。兴洛仓守将邴元真，猝不及防，率众投降。义军占领兴洛仓后，开仓放粮，赈济贫民，大得人民拥护，青年踊跃参加义军："瓦岗寨上英雄将，杀贪官，断皇纲，开官仓，放义粮，黎民百姓都欢畅。"

随后，祖君彦叛隋归顺，义军很快发展到几十万人，成为全国最强大的一支农民队伍。

兴洛仓失守，隋王朝惊恐万状，派遣刘长薛配合讨捕大使裴仁基进剿义军。义军英勇作战，在石子河一战，大败官兵，刘长薛化装逃回洛阳，仅免身死。裴仁基见大势已去，便率其子裴行俨和部将秦叔宝、罗士信投降瓦岗军。义军接着烧毁天津桥，攻陷丰都，夺得了第二大粮仓——回洛仓，从此瓦岗军威震整个中国。

瓦岗军连战连捷，所向披靡。为进一步埋葬隋王朝，他们急需建立政权。李密从中运筹，由王伯当、徐世勣出面，推李密为主。翟让自认为"密才出己之上，情愿让位于密"。于是，李密称魏公，改大业十三年（617）为永平元年，设元帅魏公府，置三司六卫，拜翟让为上柱国、司徒、东郡公。单雄信、徐世勣、房彦藻、邴元真、祖君彦等各有所封。此时，山东东阿县程知节（程咬金）、武阳（今大名县东）郡守元宝藏及幕客魏徵等也相继投降。

史书记载："道路来降者，不绝如流，众至数十万。"李密选精兵八千组成卫队,由秦叔宝、程咬金、罗士信做骠骑统领,声称可抵10万人。记室祖君彦写了一篇檄文,罗列隋炀帝十大罪状,并说"罄南山之竹,书罪无穷;决东海之波,流恶难尽",号召广大人民群众联合起来推翻隋朝统治。

义军节节胜利,逼近洛阳,洛阳留守越王杨侗恐慌万状,急向江都求救。大业十三年(617)七月,隋炀帝派遣江都通守王世充统兵五万进剿。义军奋勇反击。两军相持百日,在黑石关、石子河、回洛仓等地打了六十余仗,屡败官兵。同年九月,李密派徐世勣率兵五千,会同河北、山东各路义军攻打黎阳仓(在今河南浚县),歼灭守敌,开仓放粮。饥民得救,欢腾雀跃,徐世勣得兵20万。隋朝各地官兵相继倒戈归降,隋王朝处在风雨飘摇之中。

就在瓦岗军势将灭隋的关键时刻,内部发生了分裂。

平时李密结党拉派,培植私人势力,早为部下觉察,私下多有怨言,劝翟让自立。翟让从大局出发,以团结为重,说服众将。李密听说此事,心生嫉妒,于大业十三年(617)十一月十一日,借庆贺石子河战役胜利名义,设宴招待,暗中使手下亲信蔡建德将翟让杀死。王儒信、翟弘、摩侯同时遇害,徐世勣被砍伤,王伯当、单雄信叩头求饶,方得幸免。翟让被害之后,部将非常寒心,认识到李密原是个气度狭窄、忘恩负义之徒,离心日重,战斗力削弱,从此瓦岗军开始走下坡路。

大业十四年(618)三月,司马德勘、宇文化及在江都缢杀隋炀帝后,率兵十万,欲争中原。

洛阳留守杨侗闻隋炀帝被杀,在洛阳称帝,号皇泰主。

他怕宇文化及北归西侵,便招降李密,封李密为太尉、尚书、行军元帅等职,令其讨伐宇文化及。宇文化及据滑州,攻黎阳。黎阳守将徐世勣,初战不利,退保仓城。李密率军前往救助,在童山与宇文化及决战。此次战斗非常激烈,双方死伤惨重,李密中箭落马,幸得秦琼相救,方得脱险。再经徐世勣力战,击败宇文化及,宇文化及退保魏县,亦自称帝，后被窦建德杀于聊城。

武德元年（618）七月，童山大战结束，李密回洛阳请功，途闻王世充政变，不敢回城，暂驻金墉。王世充乘李密大战后疲惫之机，向其突然发动进攻。大将裴行俨、孙长岳、程咬金都受重伤。九月两军决战，王世充伏兵北邙，李密麻痹轻敌，结果被伏兵四处掩杀，瓦岗军全线崩溃。裴仁基、祖君彦、裴行俨、程咬金、秦叔宝、罗士信被俘；郑颋被部下杀死，举城投降；邴元真、单雄信等均向王世充投降，李密率残兵两万投奔李渊。

在中国历史上风云8年后，一场轰轰烈烈的农民起义，从此烟消云散，销声匿迹了。

瓦岗传奇

瓦岗起义曾经成就了一代英雄的梦想，瓦岗寨也因英雄聚首而名震历史千余年。至今，在滑县那块古老而神奇的土地上，仍留有瓦岗军起义的痕迹，瓦岗军的传奇故事更是代代相传。

八步三眼井

传说翟让在瓦岗起义后，各地农民纷纷投奔，外地义军接连归顺。一时，瓦岗寨里人员激增，当时流传着这样的顺口溜："你挎篮，我挑筐，家家户户粮满缸。不愁吃，不愁穿，送郎送子把军参。"由于寨中井少，一时吃水成了问题。翟让命军师贾雄筹划打井的事，贾雄向雷爷庙高僧请教井打何处出水多。高僧说："八步三眼井，色味各不同。青、白、黄相间，甜、咸、臭味腥。白蛇侍青龙，井水自然成。"贾雄不解高僧此番话的真正含义，想再细问，高僧却不肯再说。无奈只得请来打井经验丰富的蒋有水打井，可水井打了几丈深却不见水，人人悲观失望。一天夜里突然电闪雷鸣，大雨倾盆。第二天雨停，人们发现，原来的一眼井却变成了三眼井。三眼井水各不相同，东井水清味甜供人喝，中间色白味咸供饮马，西井水黄味臭用来浇花。

人喝东井水，身体强壮；马饮中井水，膘肥体壮；花浇西井水，枝繁叶茂，人称神井。

话　岗

顾名思义，话岗就是讲话、训话的台子。1300多年前，瓦岗军首领就是站在话岗上，面对千军万马训话的。那么，这个曾经训话的话岗现在何处呢？就在现滑县东南瓦岗寨西北角的三里处。古代，这里被大沙丘、沼泽和树林包围着，瓦岗恰恰是数千亩沙丘中的一处小平川，很适合作为练兵布阵的训练地。于是，瓦岗军就选择了一块比较开阔的地带，用来操练兵马，后来，这两个村子便被唤作东大操村和西大操村。现东、西大操村的北部约一里许，仍存有当年义军的训话台子，人称"话岗"。如今的话岗由于历经岁月沧桑，只剩下四尺多高、一间屋大小的一个圆台子了。

自大业七年（611）年春翟让在瓦岗寨举起义旗，到大业十二年（616）十月大军西征，翟让在瓦岗寨度过了5年多的巩固扩大根据地的艰苦岁月。其间，他不知多少次站在话岗上向广大士兵将领倾诉他的雄才大略，勾勒他美好的人生愿望。据传，翟让西征前，在大操场的誓师大会上深情地说：瓦岗寨是我的第二故乡，大操场是我神往的地方，等杨广倒台，国家太平了，我要在这个台子的北面，修一座漂亮的演武大厅，让众多青少年平时练武健身，战时为国效力。话毕，台下掌声雷动。

大操练兵场

距瓦岗寨北1.5公里处的大操村，传说是当年瓦岗军早操训练兵马的地方，大操村的村名就是由此而得来的。

大操练兵场是瓦岗寨起义军最大的一个操练兵马的场地，又称"练兵总场"。这片偌大的场地后来分成了两个大操场：东大操、西大操。瓦岗军在这里训练兵马时留下来的遗物遗址，至今仍分布在两个大操村里。有头领们向兵将授话的大讲台（当时称"话岗"），还有可供人马饮水的10眼井的遗址以及饮马槽等。

灵台与鬼桌鬼凳的故事

大业七年（611），翟让在瓦岗安营扎寨之后，由于坚持断皇纲、开官仓、救饥民，大得民心。方圆数百里的青年踊跃报名参军，通过比武打擂挑兵选将，就提上了议事日程。现瓦岗寨村东一公里处有一个丈把高的土岗，据说就是当年瓦岗军的点将台。

据传此台一经瓦岗军使用，便从此有了灵气。这片高台四四方方，足有三四亩大，尽管由黄沙构成，但狂风吹不坏它，暴雨冲不垮它。如果有人想投机取巧从这个土岗上取土，十有八九，或人或畜，就会马上遭到祸殃。曾有一个姓石的大户，不信邪，从土岗上拉了几车土，第二天四头骡马便一齐倒槽了。

唐宋之后，人们越来越觉得这个土岗就是个神台，为寻求幸福、禳除灾祸，经常向灵台烧香祈祷。一位杨姓孝子，趁着丰年，想给母亲办三周年白事。他借桌凳困难，于是，趁着黄昏就向灵台烧香祈祷。次日早晨，他发现灵台上果真摆放着十多套桌凳，心里高兴极了。他想借用一下，就高呼数声，见无人答应。心想，这是翟让爷显灵了吧？既然是神想帮助人，我用完后立即如数送还，神难道怪我不成？于是他大着胆子用了这些鬼桌鬼凳，事后数月，平安无事。消息传开，穷人大喜，以后遇有红白喜事，皆效此法。于是，鬼桌鬼凳就遂人心愿，夜消昼出，循环往复。出与不出，出的多少，皆取决于前一天晚上的祈祷。

瓦岗军的藏人洞

瓦岗军的藏人洞，在今长垣市，距瓦岗寨10余公里。

相传，1938年黄河水泛滥时，河水流至此地，突然，水头打着漩涡直往一个洞里钻。洞口越冲越大，一直流了好长时间。待到洪水退却，洞内的积水满满的。数日后洞内水干，一个偌大的窟窿引起了人们的好奇心，当时就有两个敢于冒险的人进洞一探究竟。谁知这洞长不可测，到处又有岔道口，两个人竟在洞内走迷了方向，未能出来。后来有消息传，这是瓦岗军为防御敌人突然袭击，便于与敌人周旋而挖的藏人洞。历经了1000多年，瓦岗军的藏人洞才被人发现，隐秘的程度可见一斑。

黄粮铺地三尺

据传，瓦岗寨义军起义的宗旨就是杀贪官、济穷人，因此，他们在劳苦大众中享有很高的威信。至今瓦岗寨一带还流传着"扶着爹，搀着娘，携着儿女上瓦岗，瓦岗寨上吃义粮。荷鱼叉，扛长枪，跟着翟让打杨广，杀死杨广免遭殃"的顺口溜。

起义军作战勇猛，杀死了大批的污吏和官兵。不但缴获了很多刀、枪、马匹和武器，更重要的是夺得了官仓，积存了大量的粮食和物资。每战胜一地，官仓一打开，饥民便潮水般地涌去。这些百姓来自四面八方，从几里到几十里地不等。这些被饿怕了的灾民，见到官仓里黄澄澄的粮食，犹如旱苗遇甘霖，尽自己最大努力想往家背。由于路途遥远，往往走走就背不动了，只得把满满的一袋粮食倒出来一些。由于背粮食的人络绎不绝，倒在路上的粮食有许多，就有了黄粮铺地三尺的说法，这也从侧面反映了当时瓦岗军的威力巨大。

明福寺塔坐落在河南滑县旧县城内西南隅,建于唐宝历二年(826)。现存为北宋早期建筑,距今已有1100多年的历史。塔高九层,八角亭子顶。后遭雷击,五层以上倒塌。1929年,当地人集资修复至七层,塔顶改为桃状。塔高40米,砖石结构,平面呈八边形,七级密檐式,塔耸立于高2.4米的石基上。塔底直径6米,其身中空,第二层以上,东南西北面各辟圆券门。每层出檐两级,檐下雕刻有斗拱、莲花瓣、飞檐等。塔身外壁共有50多类、1234块佛像砖雕,上有圆龛,内刻坐佛,人物造型栩栩如生,具有唐代遗风。塔身各层高度和平面直径自下而上逐层递减。塔身各隅砌有倚柱,略显弧形。柱上饰以仰、俯莲花。第五层的四个侧面饰有长方形直棂假窗,第七层的四个侧面饰有"卐"字形图案。顶端各角分上下挂有铜铃3个、八角24个。

2001年6月,明福寺塔作为宋代古建筑,被国务院公布为全国重点文物保护单位。

明福寺的传说

说起明福寺的始建，那已经是1000多年前的事情了。《滑县志》记载："明福寺建于隋仁寿四年（604），邑人杜明福施宅而建，曰明福寺。"而明福寺在岁月的更替中，早已消失殆尽，只剩下一座建于唐宝历二年（826）的塔，在如今的滑县老城西南隅孤零零地矗立着。现在的明福寺塔已经作为国家级重点文物被人们小心呵护起来了。尽管寺毁塔存，但有关明福寺的传说，却在历史的漂泊中，被一代代滑县人传诵着。

明福寺的来历

明福寺是当年滑县的一个富商杜明福修建的。相传富商杜明福长年经商在外，有一次出外归来，发现妻子随身佩戴的金银首饰不见了，就问妻子，妻子说送给一个化缘的和尚了。杜明福就怀疑妻子与和尚有染。为证明自己的清白，杜妻齐氏只能以死明鉴。

杜妻死后，在山西二次投胎，转世成男，名叫彦武。小彦武从小刻苦好学，终于考取了功名，被派到滑州做官。彦武因转世时忘记喝迷魂汤，对于前世之事记忆犹新，来滑州后与杜明福相认。这时的杜明福正为冤枉妻子后悔不已，他决定捐出自己的宅院建一座寺院，来赎自己的罪过。寺院建成后，人们就以他的名字命名为明福寺。

初建的明福寺规模并不大，到了唐宝历二年（826），义成军节度使李昕出任滑州府台，听说了明福寺的来历，钦佩杜妻的志气，也感叹杜明福舍家建寺的举动，就萌生了在寺内修建佛塔之意。他带头捐款，并广招能工巧匠，修建了一座九级浮屠塔。后因遭雷击，五层以上倒塌，1929年修复时改为七层。

明福寺塔原来只是一座普通的佛塔，并不出名，只因为一个巨蟒的入住，才使得佛塔声名远播，远近闻名。

巨蟒救众生

传说隋朝仁寿年间，有一穷困潦倒的书生借住在明福寺内。有一天深夜，正当书生秉烛夜读时，抬头忽然看见一美女。只见她身着绛衣紫裙，曼舞翠袖，轻移莲步，款款入室。书生不觉猛然一惊。没等书生缓过神儿来，伴随着一阵银铃般的笑声，美女自我介绍说："妾本是官宦之家的大小姐，只因家父遭人诬陷，被打入死牢，家破人亡，我也不幸流落风尘之中。我对公子的人品和才华仰慕已久，故今夜特来拜访，打算以身相许。"书生一听，大喜过望，遂将美女揽入怀里，共枕过夜。从此以后，每至深夜，美女便悄然而至。两人夜夜巫山云雨，好不销魂，时日一久，女子怀孕了。

这时，书生的一位老朋友到明福寺看他，见书生瘦弱苍白，禁不住大吃一惊，忙问原因，书生据实以告。

朋友听后，以为是妖孽作祟，遂带他找太乙道人消灾解难。太乙道人将可以照妖降魔的宝镜送与书生。

等女子再来时，书生拿出宝镜一照，立即闪出一道青光，美女瞬间化作一条巨蟒，在书生面前翻腾滚跃了几下，便逡巡而逃，不见了踪影。从此，美女销声匿迹，书生也因受惊吓而一命呜呼。

不久，有一对无儿无女的老年夫妇在韦城（今滑县万古妹村）郊外路边的野草丛里捡到了一个女弃婴。据说弃婴就是巨蟒与书生生下的女儿。女孩由老夫妇抚养成人，人称三娘子。

三娘子天生一副苗条的身段，皮肤光滑、洁白如玉，樱口柳眉，蛇目高鼻，非凡人相。唯一不幸的是，三娘子前后嫁了三个丈夫，每个丈夫都是结婚不到三年就死了。于是，人人都说三娘子是克夫的命，谁娶了她谁就得死。甚至传言，只要接触过她的男人都要倒霉。因此，当地的男人一见到她就赶忙避开，像躲避瘟神一样。从此以后，三娘子再也嫁不出去，一个人孤苦伶仃地过着颠沛流离的凄凉日子。

有一年冬天，天气特别寒冷，三娘子衣衫褴褛，一人步履艰难地走在讨饭回家的路上。正走着，忽然见地上有一条冻僵的小蛇。三娘子同病相怜的侧隐之心油然而生，她小心翼翼地将冻僵了的小蛇捧进自己的要饭篮里。带回家后，放进被窝里用自己的身子温暖着冰凉的小蛇。慢慢地，小蛇伸缩着身子滚动起来。看着小蛇苏醒，三娘子心里十分高兴。从此以后，三娘子与小蛇相依为命，共度春秋。她天天像照顾自己的亲生儿子一样照顾着小蛇，用要回来的百家饭将小蛇喂养长大。随着时间的推移，小蛇变大蛇，变得越来越粗壮，三娘子看在眼里喜在心头。没用几年的光景，大蛇就变成了大蟒。三娘子单凭自己要饭，再也供不上大蟒对食物的需求了。当时的明福寺，远近闻名，香火极旺。于是，三娘子将大蟒送进了明福寺，让它在那里享用寺中的香火供奉。因为有了足够的食物供养，大蟒长得更快，又粗又长，渐渐就有了神性的魔力。为了报答远近善男信女们的供奉，大蟒呼风唤雨，滑县方圆数百里，年年风调雨顺，五谷丰登，老百姓也过着富足殷实的日子。

盛夏，天气炎热，城里人都喜欢在城墙根下乘凉。一天，巨蟒预感到要发生地震，如何才能救出城墙根下乘凉的百姓呢？思来想去，巨蟒心生一计，上到明福寺塔的塔顶，摇头摆尾，狂蛇乱舞，以便吸引路过的人。果然，墙根下乘凉的百姓听说了，都跑来看"稀罕"。这时，狂风大作，山摇地动，只听一声巨响，城墙塌了。人们这才明白，是巨蟒救了大家的性命。为报答巨蟒的救命之恩，人们在明福寺里盖起了蟒爷庙，把蟒爷像神灵一样供奉起来，这就是明福寺供奉蟒爷的原因。

三娘子庙的传说

自从巨蟒救了众人以后，明福寺香火更旺了，但由于巨蟒的身体越长越大，吃得越来越多，香火供奉也难以维持它的成长。

有一天，天空忽然出现一片祥云，祥云中普贤菩萨手持拂尘，神态安详，前来感召巨蟒，一道白光过后，巨蟒紧随普贤菩萨西天而去。原来，普贤菩萨将巨蟒带到了峨眉山。峨眉山上道场更大，香火更盛，从此巨蟒就在峨眉山上安身立命了。

自从巨蟒去了峨眉山，三娘子日夜思念，茶饭不思。终于有一天，她忍不住思念之痛，决定去千里之外的峨眉山看望巨蟒。一路要饭，历尽千难万险，三娘子终于来到了峨眉山下。由于长时间的饥饿劳累，三娘子昏倒在路上。等她醒来，却是躺在一家豪华饭庄的软榻上，一桌丰盛的酒席就摆在她的眼前。饭庄的老板和仆人们围在她身边嘘寒问暖，好不亲热。三娘子被感动得热泪盈眶，酒足饭饱之后，美美地睡了一夜。

夜里，三娘子做了一个梦，梦中见到了她日思夜想的巨蟒。巨蟒对她说，如今我已今非昔比，身体巨大无比，怕三娘子看到被吓坏了。于是，巨蟒就变成一座豪华的饭庄，为三娘子接风洗尘。

第二天早上，三娘子从梦中醒来，却见自己就躺在自己的家中，只是身上多了一身华丽的衣服，身边还放着一包金银细软。

三娘子经常用巨蟒给她的金银财宝接济四邻八乡的穷人。她死后，人们为纪念她的乐善好施，为她修坟建庙，坟是三娘子坟，庙叫三娘子庙。

如今的三娘子坟，随着岁月的侵袭，早已不见踪影。但每逢清明祭扫日，人们还是会来到三娘子庙，专门点上一炷香，祭奠一下乐善好施的三娘子，千百年来香火不断。只是不知何故，也不知从何时起，三娘子庙改叫三教堂了。为纪念三娘子，后人还将三娘子救蟒的故事编成歌谣，在滑县一代代地流传着：

滑县万古乡，古坟葬三娘。
三娘夫早丧，孤身去逃荒。
路遇一小蛇，可怜已冻僵。
放进讨饭篮，救活家中养。
长大变成蟒，三餐断炊粮。
送入明福寺，寺里香火旺。
香火好奉养，蟒长十余丈。
蟒大成了神，寺塔住大蟒。
塔对城南门，距离十丈长。
炎热日正午，门下人乘凉。
城门欲坍塌，头伸城门上。
惊恐众人散，轰然墙塌方。
消息传得广，寺供更兴旺。
蟒神人人敬，身体日日长。
大塔难容身，香火供不上。
送去峨眉山，千年大道场。
三娘闻此事，思念睡不香。
不顾病缠体，千里去探望。
一路奔波苦，不觉梦黄粱。
蟒神有先知，感恩忧三娘。
身变人旅店，迎有一恨止。
三娘梦中醒，盛宴美衣裳。
不敢现原形，怕吓坏三娘。

临行送银两,一夜忽还乡。
寄言恳切语,就家明真相。
从此心无忧,富足度时光。
我劝天下人,博爱恩德广。
爱惜众生命,天回老不僵。
作恶终有报,行善必有偿。

印象安阳

仿佛是童年
——滑县民俗博物馆走访记

我的家乡在河南省长垣市，与滑县地头搭地头，是紧密相亲的邻居，因为相距太近，所以许多风俗习惯、民风民情都是一样的。因此，走进滑县民俗博物馆，看到豫北人生活、生产所用的一些用具，仿佛到了自己的家乡，仿佛又回到了自己的童年。

滑县民俗博物馆并不大，方方正正的院落，就坐落在滑县道口镇上。进门就见院子中间那眼手摇辘轳式水井。井只是个样子，辘轳却是真的。想当年，我们村也曾经有这样的辘轳井，那是伙伴们嬉戏玩耍的天堂。每天一放学，背着书包先去的就是辘轳井旁，书包一放，要么踢沙包，要么纳石子，玩得别提有多尽兴了，每次都是妈妈去挑水的时候，叫上自己才回家吃晚饭。院里除辘轳还有石碾、石磨，那些也是我们再熟悉不过的东西，小时候吃的面全是由它们加工出来的。

最有意思的是婚俗厅。因为是婚姻嫁娶的大事，最关键最重要的就是迎娶工具，先是两顶轿子，一个红顶一个蓝顶。这却不是我家乡常见的，从我记事起，只在电影电视中见过。人说"五里不同俗，十里改规矩"，莫非滑县人娶媳妇嫁闺女全用轿子？问身边的讲解员，才知道滑县人用轿子迎娶也是明清时候的事情。讲解员说红顶是专供新娘坐的,蓝顶的轿子自然是专门为新郎准备的。曾经在一个著名旅游景点坐过一次轿子,人坐在轿子里,一任抬轿的人左转右扭的,将轿子晃得颠来倒去的,晃得人头晕得如翻江倒海,一点儿也不舒服。

听讲解员讲滑县的婚俗是很有意思的事情:一般比较富裕的人家,迎亲这天要动用不少人,除贺喜的亲朋好友外,还有卫护男郎,礼尚对方的官客,接待对方女客的娶客,以及由炮手、旗手、伞扇、灯笼人员组成的仪仗队,还有轿夫、吹鼓手等。迎亲队伍浩浩荡荡,前有礼炮开路,紧接着是鼓乐队,成双成对的纱灯,队伍中还抬着食盒,食盒里放着四样下酒菜,迎娶回来时,食盒里换成了女方的食品,有一个大花糕和九十九个饺子。食盒上立一只红公鸡,意思是新娘到了婆家,天天要听着公鸡打鸣儿早起。

新娘进家以后,要拜天地、拜高堂,一般由司仪主持。这拜堂看似简单,其实里面有很深的学问。天地桌上面放着一堆东西:一个斗,斗里插着一杆秤,一个织布机上用的杼,两棵葱,两片曲(酵母),两个火炭,一个铜镜。插一杆秤意思是做人要诚实,放一个织布机上的杼意思是要像牛郎织女一样人勤手巧,放两棵葱是要新郎新娘一辈子清清白白,放两片曲是说两个人过日子要像酵母一样发达起来,放两个火炭是说两人过日子会红红火火的。

拜完天地和高堂自然是进洞房,进洞房也是极有讲究的,新房里的新被子四个角要缝四颗枣,还有四团带籽的棉花,意思是早生贵子。这些被子头一天晚上要由老公公或大伯哥为新娘铺床,俗话说:"老公公铺床,儿女满堂。""大伯哥铺床,富贵永长。"第一天晚上新郎新娘同床是不能关灯的,蜡烛要点一整夜,叫"长命灯"。

怪啊,听讲解员说滑县的婚俗习惯,竟与我家乡毫无二致,越听越觉得亲切,仿佛是自己曾经历过的。

走进纺织厅,看到那古老而又新奇的织布机和纺花车,似乎走进了自己昔日的家里。记得我还没有上学的时候，奶奶就开始手把手教我学纺棉线了。纺花车一架，纺花锭一装，一个个纺花际子，咪咪几下就在奶奶的手中变成细若游丝的棉线了。豫北农村的女孩子，可以不读书，没有学问，万万不能不会纺花织布，谁家的女孩要是不会纺花织布是要被人取笑的。

将棉花纺成线，这只是织布的开始，随后还有打线、浆线、络线、经线、灌杼、刷线等一系列的工序，等这些都完成了，就该上机织布了。

说起来，织布技术并不复杂，但讲究的是一个"快"字。俗话说，"织布盼闺儿，娶媳妇盼孙儿"。这里所说的"闺儿"，是一个量词，一闺就是做一条床单或被面所需要的布料。织布因熟练程度不同有快慢之分，新手织布，哐啷，半天响一下，再过半天，哐啷，又来一下，一闺下来，需要很长一段时间。而那些织布高手就不一样了，一上织布机，织布机哐啷哐啷响得像刮风，梭子来回穿梭像飞一样，不日一闺就织成了。织布不仅要快，还要不断线。新手织布，梭子穿不了几下就断线了，时间浪费在接线头上；老手上了织布机，手劲用得匀，线就不会断。

在农村，乡里乡亲住着，时间长了，日子久了，谁家的女人是织布好手，谁家的媳妇织布不行，大家心里都有个数。甚至不用进家门，从胡同里走过，就听织布机的哐啷响声，就能判断出是新手还是老手在织布。

布织好了还不算，还要放在捶布石上用棒槌反反复复捶上几遍，直到布变得光洁、柔软，才可以拿去做衣服或是被子。

在所有的展厅中，生活厅是我感到最亲近的地方。看到生活厅厨房里的竹筐、竹篮、蒲墩、木桶，还有用泥巴垛起来的炉灶和用手拉的风箱等，仿佛进了自家的厨房，禁不住回忆起自己的童年来。

童年由于生活紧张，经常吃不饱饭，贪玩的孩子最盼望最想念的地方就是厨房。最愉快的事情就是被母亲派到厨房帮忙拉风箱，闻着饭菜的香味，母亲用筷子挑一点点，让自己替全家人尝尝咸淡，那种待遇……

心里的美，绝不亚于今天的孩子吃肯德基。

在滑县民俗博物馆里，除了以上提到的，还有生产厅和各种民间工艺的展厅。滑县木版年画是近几年刚刚被发现的，也是国家级非物质文化遗产，很令人瞩目，专门辟了展厅进行展览。

不知不觉中，在滑县民俗博物馆已经停留两个多小时了，讲解员把该讲的全部讲完了，我也把该看的全部看完了，仍有意犹未尽之感。

很想到那个明清时期新娘坐过的花轿里坐上片刻，再体会一下被颠来晃去的感觉；也想到那个在我们日常生活中早已消失的灶台前，拉一拉风箱，往灶膛里添一把干柴，看着红红的火把食物的喷香慢慢烤出来；还想到纺织厅，盘腿坐在蒲墩上，再把奶奶教的纺花技术练习一遍，几十年过去了，不知我还能否纺出又细又匀的棉线来……

走进滑县民俗博物馆，仿佛又走进了我自己的童年。

"画舫斋"里的聆听

印象安阳

站在今日滑县欧阳中学的校园里，仿佛就站在欧阳修迎来送往的画舫斋里；品读欧阳修的《画舫斋记》，仿佛又回到了900多年前的滑州大地，在聆听一代文豪欧阳修的倾心相诉。

若按唐宋八大家对中国文学所做的贡献论，唐朝首推韩愈是确定无疑的，那么，宋代则是非欧阳修莫属。

自古文人多爱"炫"，只是与官人炫的内容不同而已。当官之人炫地位，炫品级，炫花翎顶戴，炫豪门阔宅；文人也炫，炫自己的诗词华章，炫自己的闲云野鹤，炫自己的雅舍蜗居。

按说，欧阳修是个且官且文之人，像这样的人，炫什么都不过分。不过，我以一个文人的情怀去揣度，像欧阳修这样的人，更愿意将自己归为书生、一介文人。别看他是为官之人，却是不屑与官为伍的。即使两次被贬滑州皆因做官而不是作为文人，即使滑州只是他临时的栖息地，他仍然愿意像大多数文人一样，炫自己的小院柴扉、雅舍蜗居。就这点论，欧阳修的画舫斋和他的《画舫斋记》均是他在滑州的得意之作，不是吗？

不知道大家信不信，我是笃信缘分这种看不见摸不着的东西的。人在这个世界上走一遭，或多或少都会受缘分的牵绊。该往东时，莫名其妙地就往西了；该上山时，不知不觉就下海了。不为其他，皆因缘。

缘这种东西，一旦扯上了，是挣脱不了干系的，遑论时间早晚，即使被历史碾压过成千上万回，仍然也是斩不断的。比如欧阳修与滑州，欧阳书院与滑县，欧阳修的画舫斋与《画舫斋记》……

就拿欧阳修来说吧，查他八代祖宗，似乎皆与滑州无关。欧阳修祖籍江西，生在绵阳，长在随州。他一生经历坎坷，多处做官，数次被贬。而两次被贬同一地方者，也只有滑州一地，你能说这不是缘分？

查滑县的历史可以发现，滑州在欧阳修那个时代，的确只是个无名小地，不知道来滑州之前，欧阳修听没听说过这么一个小地方？有道是君命如山倒，为官之人，无论是天涯，无论是海角，哪怕是荒蛮之地，他都得从。

还好滑州处于中原之中，距都城汴京也不算太远，且是一个物产丰富之地，欧阳修很感庆幸："以来是州，饱廪食而安署居。"

想昔日，欧阳修几多周折："矧予又尝以罪谪，走江湖间，自汴绝淮，浮于大江，至于巴峡，转而以入于汉沔，计其水行几万余里。其羁穷不幸，而卒遭风波之恐，往往叫号神明以脱须臾之命者，数矣。"

能来到此地，能有自己的"燕私之居"，作为一介文人，欧阳修已经很知足了，能亲自设计自己的寓所，欧阳修更感欣慰。"斋广一室，其深七室，以户相通。凡入予室者，如入乎舟中。其温室之奥，则穴其上以为明；其虚室之疏以达，则栏槛其两旁以为坐立之倚。""广一室，其深七室"在北方的传统民居中是不多见的，让所有"入予室者，如入乎舟中"成了欧阳修对雅舍的一种诉求，可见欧阳修对自己寓所的用心之至。将自己的得意之作命名为画舫斋，更是欧阳修费了一番思量之后的结果，其寓意也是很深刻的。

其一，建造如舫，使凡进"我"斋之人犹如到了船上，有窗有栏也如行走在水中，是主人的主要用意。"山石崷崒，佳花美木之植列于两檐之外，又似泛乎中流，而左山右林之相映，皆可爱者。"

其二，办公之所如舫，时刻提醒自己，仕途多舛，人生之路，如逆水行舟，不要忘记了"曩时山川所历，舟楫之危，蛟鼋之出没，波涛之汹欻，宜其寝惊而梦愕"的苦难经历，而每一次人生的动荡对于欧阳修来说，都是一种心理磨难。"当其恐时，顾视前后凡舟之人，非为商贾，则必仕宦。因窃自叹，以谓非冒利与不得已者，孰肯至是哉？赖天之惠，全活其生。"

其三，能来到这么一处好地方，能有这么一处"燕私之居"，对于文人性情的欧阳修来说，已经满足了。"然予闻古之人，有逃世远去江湖之上，终身而不肯反者，其必有所乐也。苟非冒利于险，有罪而不得已，使顺风恬波，傲然枕席之上，一日而千里，则舟之行岂不乐哉！"

有道是，自古文人多磨难。回想欧阳修的一生，更是如此。正是他坎坷的遭际，才使得欧阳修佳作不断，无论是《醉翁亭记》《秋声赋》还是《画舫斋记》，均是仕途不幸，遭遇被贬，才成就了这些绝世佳章。正如唐代大诗人刘禹锡所说："东边日出西边雨，道是无晴还有晴。"

作为 21 世纪的一个文人，站在今日滑县大地上，去聆听千年前古文人的心声，也许不一定能完全吻合。但我相信文人的气质是相像的，文人的血脉也是相通的，文人骨子里的一些东西也是不会轻易改变的。哪怕是再过一两千年，甚至三五千年以后，仍会有一些文人，仍然还是站在欧阳修曾经居住过的这块土地上，去聆听数千年前一个文豪的心声。会的，我相信一定会的！

独领风骚论年画

滑县的木版年画真正出名，缘于一人——我国著名作家、文学家、艺术家、民间艺术抢救工作者冯骥才先生。

20世纪90年代开始的城市大规模改造，特别是旧城改造，破坏掉了旧城自己以往的文化特色，也触动了作家冯骥才那敏感的神经。冯骥才觉得，工业文明正在逐渐代替农耕文明，在这个过程中，原有农耕文明建构下的非常庞大的民间文化即将散失。20世纪五六十年代，先进发达国家已经开始对自己的民间文化进行抢救，而我国一些民间文化始终处于自生自灭状态，没有人关心，更不去抢救，也许不久的将来，这些中华民族的文化瑰宝将消失殆尽。

出于一位作家的责任感，冯骥才先生放下了手中的笔，开始为抢救那些即将失去的中国民间文化遗产而奔波。冯先生下决心用10年的时间，做一个地毯式的考察，将我们整个中华民族遗存的所有的民间文化，大到古村落，小到荷包，包括民俗和民间文学，统统抢救出来。为此，他还专门成立了天津市冯骥才民间文化基金会。就是在这种地毯式的考察中，冯先生发现了滑县的木版年画。

滑县木版年画印制工艺创始于明朝初年，鼎盛期则在乾隆年间。滑县木版年画2006年被发现，2008年就被列入第二批国家级非物质文化遗产名录，成为世人瞩目的中华民族的文化瑰宝。

与我国知名的苏州桃花坞年画、山东杨家埠年画、天津杨柳青年画、开封朱仙镇年画、河北武强年画和四川绵竹年画等相比，滑县的木版年画在选材、制版、绘画等方面均有自己的特点，是特立独行的又一年画流派，它以突出的特点、鲜明的个性，独领风骚数百年。

从题材上看，年画多以门神为主，主要用于门画，每年的除夕夜，不管是南方还是北国都有贴春联的习俗，而春联的门画多是木版年画。而滑县的木版年画则以神像和族谱为主，门画为辅。神像包括佛、道、儒及民间诸神，族谱包括各种规格，"敬神镇宅降祥纳福、天地众神和谐共存"的主题非常突出。刻印的神像中，包括天地三界佛道儒各类神灵，如来佛祖、玉皇大帝、千手观音、泰山老奶、太上老君、土地神、雷神、送子观音（送生老奶）、田祖（神农氏）、武财神关圣帝君（关公）等七十二位全神皆有。

从体量上看，滑县木版年画画幅大小不一。大的以卷轴中堂为主，小的多为门画。像《七十二位全神图》和祖谱画《拾贰名义》都达到六尺长，还有像家家户户都供奉的《天爷》也达到五尺长，还配有对子，很适合挂在堂屋正面的墙壁上做装饰。

从绘画风格上看，滑县的木版年画一般先用线版印墨线，剩下的都是手绘。朱仙镇年画多为套版，一般为六套。比较起来，滑县的年画画味极强，朱仙镇的年画版味十足。

从构图上看，滑县的神像，多为长幅立式，上下清晰地分为几部分。中间为主神，依次由上而下排列，两旁是侍奉和护法，彼此不遮挡，层次非常分明，画面明朗而清新。朱仙镇的神像画不是这样，神仙之间一排一排站得很紧，浑然一体，画面显得饱满厚重。

从色彩上看，滑县木版年画几乎全部用水稀释过的半透明的颜色，不用白粉，并使用调和色。由于颜料用水稀释过，对比不强，但丰富而雅丽，自成特色。这在各地年画中也很少见，很像国画。

在人物造型上，滑县木版年画人物的头部与身体的比例是1：5，比较写实；朱仙镇年画的人物头大身小，头与身的比例是1：3或1：4，人物显得古朴敦厚。在人物面部细节上，滑县木版年画的人物面部，眼睛为长圆形，眼角没有折角，眉毛只一条简单的弧线，嘴缝含在上下唇中间；朱仙镇木版年画中人物眼睛在大眼角和小眼角部位，各有一个折角，眉峰位置也有一个折角，嘴缝是一长线，相貌独特。由此可见，两个产地，完全两种人物的审美，人物不一样，画就更不一样了。

从画上的文字看，滑县的木版年画不标人物姓名（《全神图》除外），也很少署店名，却在画面下角盖章，很像国画。他们还独出心裁地在画幅两边配上文字对联，上加横批，尤其是中堂画更是如此。对联文字使用楷书字体，有字有画，十分美观。对联也可以单印单卖，自由与画相配。这是朱仙镇年画和其他地方年画所没有的。

从制作工艺上看，滑县木版年画多为大幅中堂形式，纸张要厚一些，就有一道"打纸裱"的工序（先将两张纸裱在一起再印）。还有一种在土布上印制的神像与族谱。在印画之前，先要在布面上"打灰"。朱仙镇没有布面的版画，所用纸张也皆为单张，没有"打纸裱"和"打灰"的工序。

滑县木版年画中将其主要的族谱类的画，称为"名义"，朱仙镇的族谱年画却称为"家堂"。这样不同的称谓，还表现在年画的分类与制作的各个方面，滑县木版年画有一套长期形成的属于自己的行业用语（俗语）。

从应用民俗上看，滑县悬挂年画也有一套严格的民俗仪式。无论张贴和更换，都要上香设供，磕头礼拜。磕头有规定的日子（每月初一、三、六、九、十五），更换下的画儿要烧掉，青烟腾起，以示升天。在年前悬挂《祖谱》（名义）时，要举行一整套从坟地请祖先神灵的民俗仪式，过年之后，摘下《祖谱》时也同样有民俗仪式，把祖先的神灵送回去。

朱仙镇在张贴年画和更换年画时，却没有严格的民俗仪式。民俗文化不同，才是艺术的根本不同。

被冠以"珍贵的非物质文化遗存"的滑县木版年画，在题材、体裁、绘画风格、制作工艺和相关民俗上都有与其他木版年画不同的特点，被冯骥才先生称为"一种失落的文化，中州大地上一个被遗忘的历史辉煌"。他称滑县是"半个世纪以来新发现的中国古版年画之乡，是在艺术上完全独立的年画产地，是历史上一个重要的、今天已被遗忘的北方年画的中心，因此是珍贵的非物质文化遗存"，"这个古画乡的发现是豫北地区民间文化抢救的重要成果"。

滑县木版年画是开在豫北大地上的一朵民间艺术的奇葩，它默默地生长在滑县这块具有数千年历史的沃土中，开花结果，而今终于成为世人瞩目的一朵娇艳美丽的花朵。只是希望这朵奇葩在今后的岁月长河中越开越鲜亮越开越耀眼，在民族文化艺术的舞台上更加熠熠生辉，容光焕发。

细嚼慢咽品烧鸡

道口商业的繁华,随着卫河水运的落潮已成过往,但道口烧鸡的美味却香飘数百年,至今人们"咀嚼"起来仍是满口留香。

如果说道口是中州四大商业重镇,你不曾听说过,那么与北京烤鸭、高邮鸭蛋、金华火腿并称中国四大名吃的道口烧鸡你一定听说过。道口素有"烧鸡之乡"的美誉。"义兴张"道口烧鸡,在全国食品中独占鳌头,并且誉满神州,名扬海外。

道口烧鸡,创始于清顺治十八年(1661),被誉为"天下第一鸡"也已经有三百多年的历史了。

道口烧鸡具有五味俱佳、酥香软烂、咸淡适口、肥而不腻的特点。食用不需刀切,用手一抖,骨肉即自行分离,无论凉热,食之均余香满口。据《滑县志》记载,起始,由于技术条件差,道口"义兴张"烧鸡没有特色,生意并不兴隆。乾隆五十二年(1787)的一天,苦心经营着烧鸡店的张炳,因为生意不景气,闷闷不乐地在街上闲逛,却遇到多年不见的老朋友,寒暄中张炳将自己经营烧鸡铺不景气的苦恼告诉了朋友。这位在宫廷做御厨的朋友,把自己在宫廷制作烧鸡的秘诀"要想烧鸡香,八料加老汤"传给了张炳。张炳回家后,依法烹制,制出的烧鸡果然大有起色。后来,在长期的制作实践中,张炳又对佐料进行了调配,做出的烧鸡越发好吃了。

清嘉庆年间,嘉庆皇帝巡游路过道口,忽闻奇香而振奋,问左右:"何物发出此香?"左右答道:"烧鸡。"随从将"义兴张"的烧鸡献上,嘉庆尝后大喜说道:"色、香、味三绝。"从此,道口烧鸡成了宫廷贡品。

张炳的烧鸡其"色、香、味、形"被世人称为四绝。从此,他的烧鸡声誉大振,远近闻名,并定铺号名为"义兴张",取"义友济兴"之意。

一道美味名吃,自然制作工艺有其独到之处,道口烧鸡也不例外。从选鸡、宰杀、加工到造型、油炸、用汤下料甚至煮鸡的火候和包扎,样样都有讲究。

"义兴张"的道口烧鸡所用的鸡全部为正宗的本地柴鸡,即本地的黄鸡或麻鸡,一般鸡龄为12至15个月,体重为1.5至2公斤,不残不畸,体形丰腴。鸡太老太嫩都不适合做烧鸡,老鸡肉质较粗,韧性太强,口感不佳;嫩鸡水分太大,加工后体内多汁,肉过于软烂,不易保存。选用重量合适、鸡龄适中的鸡,肉质坚实而鲜嫩,且带有特殊的野味。

被"义兴张"选中做烧鸡的鸡,也不是拿来就杀的,而是先放养一段时间,消除鸡的紧张情绪。宰杀时采用颈部宰杀法,一定要快,争取一刀致命,这样有利于放净鸡血。道口烧鸡要求血液必须放净,鸡体还不能受到损伤。

鸡被宰杀剖膛后,要用高粱秆把鸡撑开,形成两头尖尖的半圆形。过油之后,鸡体外皮呈金黄色,看起来颇似一个金元宝。

油炸前,先在白条鸡身上抹上蜂蜜,这样可以增加炸鸡的颜色。炸鸡多用鸡油或花生油、芝麻油,炸鸡的关键是掌握油温和火候,油温不能太高也不能太低,太高炸出的鸡颜色过深,太低颜色又过浅。

道口烧鸡的秘诀在于用汤下料,即"八料加老汤",八料为陈皮、肉桂、豆蔻、白芷、丁香、草果、砂仁和良姜等,八种佐料一样都不能少,配比还得合理,才能彰显各自的功效。老汤是道口烧鸡味美的关键,每次煮鸡后,都把卤汤留下,以备下次再用,汤越老越有味道,俗称"百年老汤"。

鸡有了，汤也有了，煮鸡也很关键。料下锅后，把炸好的鸡一层层平放在锅内，用竹箅子压在鸡身上，再兑入循环使用的陈年老汤。一切齐备后，用盛水的大盆压在竹箅上，使汤浸到最上一层鸡。先用武火将汤烧开，5分钟后，再用文火徐徐浸煮，直到煮熟。煮鸡时间视鸡龄而定，雏鸡以两小时为宜，两年以上的要煮三到四个小时。在煮的过程中，不能翻锅，不能使煮汤落滚。

道口烧鸡的包装也极讲究，采用透气性较好的草纸，忌讳用薄膜塑料包装。

吃道口烧鸡也是有讲究的。道口烧鸡可以趁热鲜吃，也可以放凉冷吃，热吃味道特别鲜美，咸而不腻，但不可回锅再食。吃道口烧鸡最好用手撕，一般不用刀切，因道口烧鸡肉烂，用手抖，骨肉自行分离。

如今，张炳的世代子孙，继承和发展了祖先的精湛技艺，使"义兴张"烧鸡一直保持着独特的风味。目前，道口烧鸡已经成为滑县的一个支柱产业，有大小烧鸡企业200余家，从业人员几千人，年产值数千万元，其中以"义兴张""胡记""薛记""画记"等最为出名。

因为名扬天下的道口烧鸡和名垂千古的瓦岗起义同在滑县，人们免不了会将二者联系起来，于是就有了发明道口烧鸡的另一种传说：程咬金发明烧鸡。

一日傍晚，程咬金独自一人去芦苇荡边溜达，不仅摸了几条黄河鲤鱼，还随手捉了几只野鸡，回来的路上他想，身为寨主，平日有人伺候，炖鱼煮鸡，别人做啥自己吃啥，总觉得无味，今日何不自己动手换种吃法。于是他又回到芦苇荡边，对着手中的鱼说："老程今日没空吃你们，麻烦你们再多活几日吧。"说罢，他随即把鱼扔进水里，然后他提着野鸡离开芦苇荡，找了个山岗，拾了些柴火，连毛也不燎，竟烧起活鸡来，害得野鸡在火中"哭喊"着直扑棱。不一会儿，鸡毛烧尽，鸡皮由白变黄、变焦，流着油，透出阵阵香气，程咬金正要对鸡下嘴时，忽然发现有官兵偷偷越过芦苇荡，正向瓦岗寨方向扑来。程咬金大喊一声"不好，有情况"，拿着烧鸡，抬腿就往寨里跑，跑到家里，见程七奶奶正在用小火煮猪肉，随手把烧烤过的鸡往锅里一扔，带兵杀敌而去。

待杀退官兵，疲惫返回，饥饿难忍时，程咬金首先想到的是自己亲手烧烤的那几只野鸡。等程七奶奶把烧过的鸡捞出来，端上来，提着腿一抖，骨肉分离，连骨头都是烂的、软的，鲜香无比，很是好吃！自此，关于程咬金用火烧活鸡且味道鲜美的事就流传开了，最后，竟变成了美味可口的道口烧鸡。

有关道口烧鸡的来历，人们说法不一，确实存在争议，但道口烧鸡的美味，却是众口一词，没有任何争议。这就是道口烧鸡的魅力：道口烧鸡到口香！

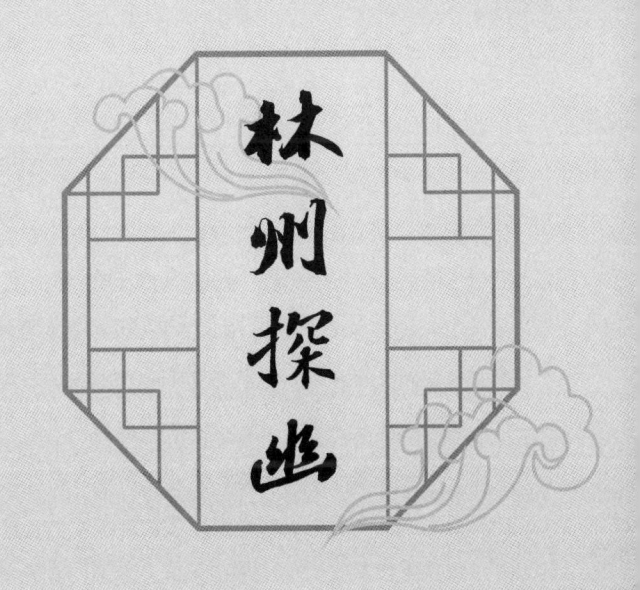

林州探幽

红旗渠位于河南省安阳市林州市，是20世纪60年代林县（今林州市）人民在极其艰难的条件下，从太行山腰修建的引漳入林的水利工程，被世人称为"人工天河"。

红旗渠工程于1960年2月动工，至1969年7月支渠配套工程全面完成，历时近10年。该工程共削平了1250座山头，架设152座渡槽，开凿211个隧洞，修建各种建筑物12408座，挖砌土石达1515.82万立方米。红旗渠总干渠全长70.6公里（山西省石城镇至河南省任村镇），干渠支渠分布全市乡镇，总长度达1500公里。

林县人民在修渠的过程中，孕育形成了"自力更生、艰苦创业、团结协作、无私奉献"的红旗渠精神。红旗渠成为国内外游客了解新中国成立后中国人民自力更生、奋发图强建设祖国的一个窗口。

红旗渠先后被授予全国爱国主义教育示范基地、全国廉政教育基地、全国研学旅游示范基地、全国中小学生研学实践教育基地、国家水情教育基地等多项国家级荣誉称号，是国家水利风景区、全国红色旅游经典景区、国家AAAAA级旅游景区、全国重点文物保护单位。2021年9月，红旗渠建设者（集体）荣获"最美奋斗者"荣誉称号。2021年9月，红旗渠精神入选第一批中国共产党人精神谱系。

红旗渠，一座永远的丰碑

修渠？为什么要修渠呢？

林县是个山区，山区多数时候是靠天吃饭，林县这个地方更是十年九旱。灾荒年饿死人，甚至到了人食人的地步，这在林县历史上一点儿都不奇怪。当然，这些是杨贵和林县县委班子决定克服重重困难，一定要修渠的主要原因。还有一个原因杨贵没有说出口，却一直很扎他的心。

那时杨贵刚调林县任县委书记不久，第一次下乡搞调研，大汗淋漓地来到一户农家，向老乡要碗水想洗把脸。这要在别处，是再正常不过的小事，却令当地老乡十分为难。这位老乡家里断水已经有些时日了，仅剩的一碗水，是用来维持一家人生命的啊。既然县委书记亲口提出来了，再不舍得，老乡还是把水端出来了。原本想着杨书记也会像家里人一样，洗完脸把水留下，没承想，杨书记洗完后把水给倒了！这真真是把老乡的心都疼坏了。他家里的这碗水不仅要洗脸，还要洗菜、喂牲口的，怎么能倒了呢？人都说覆水难收，老乡也只能眼睁睁地看着家里唯一的一碗水白白地被倒掉。后来，杨贵书记在林县待的时间长了，才知道一碗水对于林县人意味着什么。为倒掉的那碗水，杨贵书记同样也心疼了好长时间。

"荒岭秃山头，水缺贵如油。"这就是当时林县人民生活的真实写照。

一

修渠？谈何容易！

水源在哪里？如何个修法？资金在哪里？技术又怎么样？更别说1960年，当时我们国家正处在困难时期，中央三令五申，要求停止一切大的工程项目，减轻农民负担。这时候再动员林县人民开工修渠，岂不是顶风犯上吗？

杨贵书记曾经找人测算过，即使精打细算，修渠至少也需要7000万元资金。7000万元对于林县这个十年九旱、缺吃少穿的地方政府来说，简直是个天文数字。若只依靠一个林县，渠真的能修起来吗？若不依靠林县，又能依靠谁呢？依靠上级吗？上级能在三令五申大工程下马的环境下允许开工，就已经十分不错了，更何况在如此困难的情况下，上级能注资1000万元实属难得。

技术更是难题，全县连测量员算上，懂技术的也超不过30位，更何况若从山西把漳河水引进来，要削平1000多座山头，凿通200多条隧洞，长度有1000多公里，这么庞大的一个水利工程，仅靠这几十个人和两台水平测试仪、一台经纬仪，能行吗？如此浩大的工程，仅靠人的两只手去完成，可能吗？

即使以上所有的困难，靠着林县人民艰苦创业的精神和愚公移山的斗志都能解决，但水源该如何解决呢？

千困难万困难，都大不过老百姓没水吃的困难。思来想去，杨书记和县委班子还是决定：修渠！为任一方造福于民，这是个连封建社会的官员都懂得的道理，更何况是共产党的县委班子。

为寻水源，杨贵书记将县委班子分成四队人马，在林县及周边的地区进行了详细考察，最后决定引漳入林。

他们先将"林县决定引漳入林"的请示送给河南省委领导，省领导大力支持，还亲自给山西领导写了信。杨贵得到河南省委的批示，拿着省委书记写给山西领导的亲笔信，赶到太原时，已经是1960年的大年二十九，林县县委连年都不过了！

"同意林县兴建引漳入林工程，建议林县引漳入林工程从平顺侯壁断下引水，并按此设计。"别看只有短短的几句话，对于杨贵和林县县委来说，就是新年最丰盛的大餐。

二

"天旱把雨盼，雨大冲一片，卷走黄沙土，留下石头蛋"的历史，已经让林县人民吃了太多太多的苦头了，"宁愿苦战，也不愿苦熬；宁愿流血，也不愿流泪"。有好书记带领，还怕什么呢？干，干！与天斗与地斗，凭着林县人"一不怕苦，二不怕死"的精神，还能有战胜不了的困难？！

十万大军进太行，别说其他的，仅吃和住的问题该如何解决？

天寒地冻的正月里，民工只能住在悬崖边上，有的地方非常窄，连个平坦的地方都找不到，没办法，只能用石头一砌，绳子一揽，头朝里脚朝外睡觉，免得掉进漳河。

吃什么呢？早上一个菜窝头一碗野菜汤，中午一碗野菜汤一个菜窝头，晚上不用干活，只能吃"天池捞月亮"。修渠民工唯一特殊的是他们一天有1斤多的补助粮食。想想把十几斤重的大锤连抡600下的姑娘们吧，1斤多的补助又算得上什么呢？吃不饱饭可怎么干活呢？于是，吃饭时他们只喝稀的，把干的留到干活时再吃。"红军不怕远征难，我们不怕风雪寒，饥了想想过草地，冷了想想爬雪山，渴了想想上甘岭，千难万难只等闲，为了渠道早送水，争分夺秒抢时间。"

这，就是林县人！一群无畏艰苦的中华好儿女！总长1500公里，削平山头1250座，凿通隧洞211条，架设渡槽152个，修筑各种建筑物12408座，挖掘土石方1515.82万立方米，红旗渠就是他们修的！

红旗渠，它到底意味着什么呢？

意味着把挖出来的土方打成一道宽2米、高3米的土墙，它就能从广州经北京再把哈尔滨连起来！意味着林县把漳河移过来了！意味着林县人自己造了一条天河，从此再也不必为水发愁了！意味着林县人民是不可战胜的！

十年，整整十万人的风餐露宿啊，红旗渠终于通水了！

十年，整整十万人的血和汗啊，才换来了红旗渠汩汩而流的甘泉！

十年，整整十万人啊，硬把林县人世世代代的梦想变成了现实！

红旗渠啊，红旗渠！你流淌的哪里是水啊，分明是林县人民的血和汗！

红旗渠啊，红旗渠！你灌溉的哪里是万顷良田，滋养的分明是林县的子孙后代！

红旗渠啊，红旗渠！你哪里是条渠，分明是座碑，是座镌刻着林县人民"自力更生，艰苦奋斗"的丰碑！

红旗渠啊，红旗渠！在中国人民的心目中，你永远是面不倒的旗帜，激励着全国人民义无反顾地向前向前永向前！

三

完成这样巨大的工程，创造出世界奇迹的，到底是一群什么样的人？

他们只是一群普普通通的农民，一群永远都值得我们敬仰和崇拜的林县人。

吴祖太，严格意义上说，他不是林县人，仅是当时在林县工作的一名"大学生"。然而，正是这位年轻的学生担负起了整个红旗渠的设计重任。可以说没有这个外乡人吴祖太，就不可能有今天的红旗渠。因为红旗渠是个水利工程，它需要精密的勘测和设计，一丁点儿误差都可能造成红旗渠失之毫厘、谬以千里。

吴祖太真正感动林县人的不仅仅是他过硬的技术，还有他大无畏的牺牲精神。当他听说刚刚开凿的王家庄隧洞有几处裂纹时，连饭都没顾上吃，就赶了过去，他是怕把危险留给修渠的民工啊，却从没想过危险正在向他逼近。

死时才刚刚27岁的吴祖太，是为林县的红旗渠牺牲的，他的英魂永远地留在了红旗渠。

林县人该如何向吴祖太的父母交代呢？说起来，这对儿老人实在是太不幸了，吴祖太牺牲时，他前面已经有两位亲人相继去世，一位是他的姐夫，一位是他新婚的妻子，再加上他是家里的独子，吴祖太的父母还能承受得住老年丧子的打击吗？

刘合锁，一位有情有义的林县汉子，是他替林县人民担负起了照顾吴祖太父母的重任，尽心尽力，不是亲儿，胜似亲儿。

在《百家讲坛》主讲《红旗渠的故事》的李蕾说得多好啊！"红旗渠不仅仅是个水利工程，不仅仅是一条冰冷的渠，它有着鲜活的人情、深厚的亲情，在这条渠里面更有着真挚的奉献精神。"

在修建红旗渠的大军中，像李改云那样，在大难临头时，奋不顾身，牺牲自己保全别人的人有千千万，换了张改云、王改云、周改云，她们也会那样做。王师存、路银……可以说修渠的十万林县人个个都是好样的！

"太行山赋予了林县男人们一种豪气，同时它也赋予了林县姑娘们一种坚韧。"男人们能抡锤打钎，姑娘们也同样能，一把铁锤十四五斤重，姑娘照样可以连抡600下。双手握钎四个人同时打，这是怎样一种绝技啊！虎口震裂了，胳膊震肿了，肿得连袄袖都伸不进去。手烂了，输液的时候，针从手背扎进去，药水又从手心流出来。这，就是铁姑娘队！

任羊成，这个铮铮铁骨的林县男儿，整日游走在悬崖峭壁上。这位红旗渠除险队的队长，把自己的生命拴在裤腰带上，石头落下，正好砸中他的门牙，将四颗门牙连同鲜血从嘴里吐出后，照样向山上喊话，又连续作业了 6 个小时。除险中任羊成从山崖上摔下来，恰巧掉在圪针丛里才得以活命。人们把任羊成抬到工地附近的老乡家中，大娘用缝衣针为他挑圪针，每挑一下就钻心地疼一次。就这样，疼着疼着，任羊成竟睡着了，他的的确确太累了！

四

在林县的历史上，曾经有三次修渠的经历。第一次是元代的父母官李汉卿，历经 3 年修成天平渠；第二次是明代的好县令谢思聪，历经 4 年修成谢公渠。如今，你如果有机会去林州的洪谷山，仍然会看到谢公祠里香火不断，重情重义的林县人世世代代都不会忘记曾经给过林县一滴水的恩人，当然也包括第三次带领林县人民修渠的杨贵书记。杨贵是中国共产党党员、无神论者，林县人不能像对谢思聪那样，盖座寺庙将他供奉起来。但在林县老百姓心里，还是有座碑，那是专门为好书记杨贵设的"山碑"。

其实，在林县人民的心中，为修红旗渠树的碑，可不只有杨贵书记这一块。

据《红旗渠志》记载，在修建红旗渠的过程中，一共牺牲了 81 人，其中最大的 60 岁，最小的仅有 17 岁，他们永远都是林县人引以为骄傲和自豪的先人，是林县老百姓永远都供奉在心里的"神"。"实实在在为民造福的人升格为神，神的世界也就会变得通情达理、平适可亲。"余秋雨说得多好啊！

而今，不仅红旗渠水滋养着林州的大部分土地，林县人民在修建红旗渠中所创造的"自力更生、艰苦创业、团结协作、无私奉献"的红旗渠精神也滋养着一代又一代的中国人，成为亿万中国人心中永远的丰碑。

请让我来帮助你 飞翔
——记林虑山国际滑翔基地

我知道我要的那种幸福
就在那片更高的天空
我要飞得更高　飞得更高
狂风一样舞蹈　挣脱怀抱
我要飞得更高　飞得更高
翅膀卷起风暴　心生呼啸
飞得更高
一直在飞　一直在找
…………
我要的一种生命更灿烂
我要的一片天空更蔚蓝
我知道我要的那种幸福
就在那片更高的天空
我要飞得更高　飞得更高
…………

汪峰的一曲《飞得更高》，唱出的何止是他自己的心声，分明道出了人类的一个梦想——飞翔。

作为直立行走没有翅膀和飞翔功能的高级动物，人是极具冒险精神和挑战性的，飞翔一直是人类的一个梦想，没谁不想飞翔的，没谁不愿意体验一下飞翔的感觉。想想，蓝天在你头上，白云在你脚下，山川、河流，昔日让人敬畏的大自然，瞬间成为你可以藐视的一个点。皇天在上，万物在下，唯我独尊，爽！

在祖国大陆这块版图上，有山有水的地方的确很多，但适合飞翔的地方却不是到处都有，而在林虑山中，就有这么块地方——林虑山国际滑翔基地。

太行山绵延千里，像一条青色的巨龙，盘踞在河南、山西、河北三省辽阔的大地上。位于林州市西部的一段，被称为南太行林虑山。林虑山国际滑翔基地位于林虑山东侧，高山海拔1000—1700米，盆地内海拔280米。飞行区域东西长30公里，南北长150公里，南北由于林虑山与林州盆地截然分开，垂直高度达800米，气流迎崖而上，山顶坡度45度，面积15000平方米，可容纳数名运动员同时起飞。

林虑山属暖温带半湿润大陆性季风气候，它的最高山峰海拔1675米，形成独特山区气候特征。年平均降雨量670毫米。四季分明，光照充足，春暖少雨，秋凉气爽，平均气温12.7℃。基地除2月、3月风季外，其余时间均适合飞行，4—10月均有较强的热力上升气流，平均上升气流2米/秒至3米/秒，5月、6月可达5米/秒至6米/秒。基地属大陆性气候，上升气流达2000—3000米，3月、4月可达4000米以上，且多为积云上升气流，云量适中，便于寻找，是滑翔天然的好地方。经过10多年的打造，目前林虑山国际滑翔基地已经被国际航联誉为"亚洲第一，世界一流"的滑翔基地。

目前，林州已开发了3个具有国际水平的起飞场。其中，位于石板岩乡南教场的1号起飞场，海拔1210米，适于东风和西风；2号起飞场，海拔1100米，适于东风、南风和北风；3号起飞场，海拔710米，适于西风。海拔最高的石板岩起飞场，顶部是宽阔的绿草地，公路直进山顶。

基地地标明显，便于领航，降落场地开阔、平坦，有公路连接，便于回收。

1987年，安阳航空运动学校第一次发现林虑山适合滑翔。此后，全国伞翼滑翔协会主席吴英诚来这里考察，国际航协秘书长何塞·海勒在这里试飞，并称赞此处为亚洲第一、世界一流的滑翔基地。后日本、韩国、英国、法国、西班牙、德国、丹麦、挪威、匈牙利、捷克、澳大利亚、新西兰、南非、波兰、瑞士、比利时、瑞典、芬兰、意大利、立陶宛、冰岛、美国、加拿大、俄罗斯、巴西和中国台湾、黑龙江、吉林、辽宁、江苏、江西、山东、四川等地的运动员多次在这里滑翔飞行，他们一致认为林虑山国际滑翔基地具有地理条件好、着陆场地好、风景名胜好、交通通信条件好等多方面优势，是亚洲最理想、世界最好的滑翔场地之一。英国滑翔协会理事查尔斯·赫基曼曾这样赞美林虑山国际滑翔基地："作为滑翔基地，中国的林虑山可以与阿尔卑斯山媲美。"

因为飞翔是人类的一个梦想，而滑翔正是人们接近这一梦想的第一步，所以，许多人一飞就会爱上滑翔，林州人也是这样，滑翔在国内刚刚兴起时，大批林州青年就爱上滑翔了。林州滑翔协会的成员大部分是农民，这在一个县级市里是不多见的。曾经在1000米高空滑翔过的林州滑翔协会秘书长元林朝说："绵延的群山，曲折蜿蜒的道路，村庄、田地清晰可见……多少双眼睛都看不够。"靳宏亮是林州市石板岩乡马鞍垴村人。少年时代，他看到山外来的"飞人"乘滑翔伞在空中飞来飞去，很是羡慕。如今，抱着"飞"的梦想的他已成为林州滑翔队伍中的翘楚，同四川省成都市部分滑翔运动爱好者组建了航空俱乐部，致力于推广滑翔运动，让更多的人能在天空中"飞翔"。

人说，谋事在人，成事在天。要想干成一番大事，必须具备天时、地利、人和。安阳以林州为依托，打造航空运动之都，条件应该是具备的。滑翔是一项要求极高的运动，适宜的场地是滑翔成功的必要保障，林虑山具备了。迷人的风光，秀丽的景色，是滑翔挡不住的诱惑。当您"展翅"长空，俯首不仅可以领略举世闻名的人工天河红旗渠，而且可以看到八百里巍巍太行的雄伟和壮观。再加上安阳市和林州市政府的大力支持，作为滑翔的有力保障，建成世界一流、亚洲第一的滑翔基地，林州

印象安阳

势在必行。

有林虑山得天独厚的自然条件，有如此多的滑翔爱好者和林州人民的热爱，再加上党和政府的支持，安阳已经成为名副其实的航空运动之城。

林州去过无数次，林虑山风景看了无数回，到滑翔基地观看滑翔比赛却还是第一回。2010年6月2日，我起了个大早，特意从安阳赶到林州，观看第一届国际滑翔赛的开幕式。这是个晴空万里特别适合飞翔的好日子。随着第九届全国政协委员王元文一声"我宣布：第一届中国安阳林虑山国际滑翔伞公开赛·第二届中国安阳国际航空运动旅游节开幕"，欢庆的礼炮震山响起，写有"魅力安阳、山水安阳、文化安阳、历史安阳"的滑翔伞一会儿"一"字一会儿"人"字地在天空飘扬，观礼台上空腾起的五彩云，霎时把陡峭的林虑山笼罩得严严实实的，一时间不知是人在画中，还是画在人中，也就是那一刻，我突然有了个十分奇怪的想法：我也想飞翔！

不知为什么，极无冒险精神又天生有恐高症的我，自从观看了第一届国际滑翔赛的开幕式后，突然有了想飞翔的冲动，我真的很想飞。

狂风一样舞蹈　挣脱怀抱
我要飞得更高　飞得更高
翅膀卷起风暴　心生呼啸
飞得更高
飞得更高
飞得更高
飞得更高
飞得更高

王相岩，是太行大峡谷主要的风景区，位于河南省林州市石板岩镇南2公里处。这里山势陡峭，泉流飞瀑，栈道绕山，花木青翠，莺歌燕舞，风景如画，因其景色集"雄、奇、险、秀、幽、绝"于一体，被誉为"太行之魂"，是太行山风光最美的地方，也是历代名人雅士来此修身隐居的好地方。

据传，商王武丁和奴隶出身的宰相傅说都曾在此居住生活；东汉名士夏馥因"党锢之祸"，曾在这里隐居避难；明代河北道人赵得秀曾在这里修身养性，居山不舍；清代兵部督捕右侍郎许三礼曾在这里修筑别墅安度晚年。因此，王相岩也多次更名。上古称"宝泉岩"，殷商称"王相岩"，东汉称"隐居岩"，明代称"老道岩"，清代称"避暑岩"。

"太行之魂"王相岩

太行山绵延千里,像一条青色的巨龙,盘踞在河南、河北、山西三省辽阔的大地上。千里太行,风光旖旎,自然和人文资源十分丰富。整个太行山,有绿浪滔天的林海、刀削斧劈的悬崖、千姿百态的山石、如练似银的瀑布、碧波荡漾的深潭、雄奇庄严的庙宇、引人入胜的溶洞,还有令人神往的美丽传说。

太行山位于河南林州西部的一段南太行被称为林虑山,而王相岩就坐落在林虑山里,是林虑山的一颗明珠、一张名片,素有"太行之魂"的美誉。

王相岩历史悠久,历来是帝王将相、达官显贵、文人雅士、名流高僧驻足或居住的地方,这里留下了许多美丽而动人的传说。

商王武丁,立志繁荣国家,却苦于无贤臣良将。即位后三年不语,为的是说服朝臣,重用奴隶出身的傅说辅佐自己治理朝纲。傅说果然不负众望,就任宰相后,竭尽文韬武略之才能,利用三年时间,使商王朝达到了空前发展,实现了"殷道复兴"的梦想,历史上称之为"武丁中兴"。后人为了纪念他们,把王者、相者曾经居住过的地方叫王相岩,他们曾经生活过的村叫王相村,绝壁崖头上的千年石橡树,被称为王相树。

王相岩不仅是殷商奴隶出身的宰相傅说曾经居住

过的地方，而且也是东汉名士夏馥因"党锢之祸"隐居避难的场所，还是明代道士赵得秀修身养性、清代兵部督抚右侍郎许三礼安度晚年的地方。因此，王相岩曾多次更名。上古称"宝泉岩"，殷商称"王相岩"，东汉称"隐居岩"，明代称"老道岩"，清代称"避暑岩"。

王相岩不仅历史悠久，传说动人，它也集太行山的"雄、奇、险、峻、秀、幽、绝"于一身，占尽了太行山的无限风光。

站在王相岩的入口处东眺，是美丽峻秀的朱雀峰，正前上方那大红巨石恰似朱雀冠，在阳光的照射下闪烁着耀眼的红光，整个山体则恰如朱雀尾，向人们展示着它秀美的身姿。转过身再往后望去，左边山峰犹如一条青龙，翘首极目，腾空欲飞；右边好像猛虎，昂首怒吼，虎虎生威。"左青龙，右白虎，前朱雀，后玄武"的自然环境，使王相岩成为难得的风水宝地。

王相岩，山势陡峭，如刀削斧劈般险峻；山谷幽深，千回百转，藏秀于雄，蕴巧于朴；飞瀑高悬，落差千丈；森林覆盖，古木参天，阴翳蔽日；气势恢弘，环境幽雅，令人陶醉。

人行谷底，抬头四望，雄岩壁立，险不可攀；而峰回路转处，则是千米森林浴廊，灌木林立，绿色植被郁郁葱葱，鸟语花香，令人心清虑涤，分外舒畅。人在山中走，犹如画中行，吸一口清新湿润的空气，给自己的五脏六腑洗个澡，爽！

白云深处，半山腰间，忽现古朴农家石院、石地、石墙、石碾、石磨、石桌、石凳、石梯、石楼、石板房、石锅、石灶、石缸、石臼……就地取材的石与刀削斧劈的山体相映成趣，浑然一体。人，不知是在山中走还是在仙境中行，大有恍若隔世之感。

王相岩植被繁茂，奇珍满山。蛾耳栎、辽东栎、麻栎，遍布沟谷；黄花"肆无忌惮"，漫山遍野开；无边无际的绿色丛林中生长着连翘、何首乌、元胡、柴胡、灵芝等各种名贵中草药。生长在峡谷悬崖峭壁上的何首乌，每年只长玉米粒那么大，拳头大的一块要长200多年；生长在王相岩潮湿山地枯树根上的灵芝更长寿,有的已经生长了千年以上。

  春游王相岩,山花烂漫,播香散芳;夏去王相岩,丛林流绿,碧波荡漾;秋来王相岩,红叶满山,瓜果飘香;冬至王相岩,瀑布成冰,林海雪原。称王相岩为"太行之魂",一点儿都不为过。

夜宿石板岩

从冰冰背下来，已经接近下午 6 点，若加点赶回安阳，也未尝不可。只是突然想欣赏欣赏山里的夜景，于是，我和老公临时决定留下来——夜宿石板岩。

石板岩是林虑山风景区太行大峡谷里游人聚居的地点，从冰冰背赶到那里已经 6 点半，住在大峡谷宾馆，吃在太行大酒店。

大峡谷宾馆，只听名字，似乎够气派，其实是小门小户的小旅店。说是宾馆，也不过是二三十间客房，充其量算是个旅店。小院不大，住宿的客人也很有限。条件谈不上豪华，但该有的设备也算齐全，卫生间、电视、热水器一应俱全，在山里就算不错了。

太行大酒店藏在石板岩一个不显眼的旮旯儿里，说是酒店，也就三五个房间，一个小院，称农家应该更贴切些。桌子是普通家用的折叠桌，椅子是普通的塑料椅，院外的一小片空地里，种着自家的菜。想吃农家饭随便点，只要不是山珍海味，老板都能做出来。

干炸小鱼、手撕兔肉是这里的特色菜。鱼个头极小，却是生在深山，听着山歌、闻着山气长起来的，别看个头不大，年龄绝不比一斤多的大鲤鱼小，透着山里的精致和灵气。做法一点儿也不费事，略为裹点面，一炸，再一回火，又焦又酥，入口即化，满口喷香，透着个鲜。野兔，说是山里打的，已经撕成丝状，细如发丝，一缕一条的，一点儿也看不出肉的形状，更吃不出一点儿肉的味道，放入口中软绵绵的。这个饭店不像别的饭店，故意在兔肉上放三两个铁沙子，以此来证明"野"得地道。野兔家兔，真假有点儿难辨。当地朋友可能看出了我的狐疑，赶忙解释说，这家店名声在外，货真价实，只管放心。

凉拌香椿和山野菜算是时令菜，绿是青绿，鲜是真鲜，夹一筷放入口中，又辣又酸还透着个菜鲜，只一个字：爽！

那盘炸红薯片更有特点，原本不登大雅之堂的红薯，经巧手厨师一蒸一炸，酥中带软，再撒上白糖，软中更甜。

最可口的是主食，饭是用地锅熬的玉米粥，香喷喷、热腾腾，一人一大碗。北方人爱喝粥，怕不够，再端一盆过来。跑一天山路累了，汤汤水水一定管够。再摊上又薄又软的煎饼，一人至少一张，不是一气儿十张八张全煎出来，而是煎一张上一张，像儿女们齐围着自家的灶台，等着母亲一个个地摊，透着家的温暖。

最后那张煎饼是老板亲自端来的，快人快语的女老板五十开外，边进门边谦虚着，小店农家饭菜不知合不合城里人的胃口？放下盘子就掂酒壶，说是给客人敬个酒，周与不周，全在酒里了，透着北方山里人的豪爽与实在。

倒完酒也不急着走，自己拉个凳子就坐下来，东拉西扯的。知道我是个大学老师，觉着我有点儿学问，就想让我签名。说着说着，老板出去又进来，用提酒瓶的纸袋提来一兜签名簿，上至大城市北京，下至林州小县，凡来她这里就餐的头头脑脑、文人骚客，全把墨宝留下了。见我仍是犹豫，就把清华大学、郑州大学的学者以及书画名家的签名一一拿给我看，言外之意是，名人大家都不嫌弃我这小店，你就签吧。好个"狡诈"的老板，赚了我们饭钱还不算，还要赚墨宝。

原本只是觉得老板也不过随口一说，哪知道精明的老板无论如何都不肯放过我，把笔帽拧下来，把本打开，双手送到我面前，我还好意不签？我是个普通人，字也不值钱，自然没啥顾忌的，那些字画全是论平方卖的大家都留下来了，我有何亏吃呢？只得胡诌这么两句："太行美景留脑际，农家饭菜润喉香。"

酒足饭饱出了太行大酒店，来到石板岩供销社前的广场上。广场上可真是热闹啊，一群"走遍河南"的驴友正在举行派对。火红的篝火在这边噼噼啪啪地烧着，势头极旺，也没几个人理会，因为那边的驴友正唱得起劲，有人唱就有人舞，还有人挥着写有"走遍河南、新密登协、如意乐走"的会旗狂摇。

不同地方的驴友，能走到一起，靠的是网络，联结他们的是网络里的群，群里的那些事，外人是不好整明白的。只见主持人高声大嗓地找安阳驴友，说是曾经帮助过他们。先开始安阳驴友无人出面，喊得时间长了，就站出来一位，说不是群里的，只是被这群驴友的热情打动，站出来替安阳驴友应个场。他说着说着就有些哽咽，原来这位也和我一样，只是个夜宿石板岩的游客。

已经夜里10点多了，离开晚会现场，往大峡谷宾馆走，路过许多土特产门店，都还亮着灯等余兴未尽的游客，也进了两三个门店，核桃、山楂等山货很是齐全。

原本打算再多逛两家，却听到远处炮声震天，出门一看，远处烟花正浓，哪里还顾得上土特产，又匆忙奔烟花去了。

回到宾馆已快午夜12点了，爬一天山，累了也困了，倒头就睡，梦中还在喊："好个石板岩！"

印象安阳

三九严寒桃花开

看到这个题目，如果熟悉太行大峡谷，你一定能猜到，我说的是太行大峡谷中的桃花谷。据传，三九严寒百花凋零之时，这里却桃花盛开。

桃花谷是我的钟爱。去过无数次，看了上百回，次次都看不厌。并不是因为这里有三九严寒盛开的桃花。实事求是地说，无论是冬来还是夏至，我一次也没有看见过桃花盛开。曾经就此问题请教过长期住在桃花谷附近的山民，山民说，三九严寒桃花开是个盛景，只是偶尔一遇。所以，不是常年住在这里的人，难得一见。曾问询过好几个 60 岁以上的山民，他们都只是听说，也并没有亲眼见过。

传说毕竟只是传说，而桃花谷的名字却流传下来了。即使不是传说，相信许多游客也不一定就是奔着那个隆冬季节的桃花来的。因为，桃花谷可看可观的美景实在太多了，吸引游客的绝不止三九严寒桃花开一景。

作为半个"地主"，我带朋友游林州，有两处景必看，一是闻名中外的世界八大奇迹之一的红旗渠，另一个则是桃花谷。如果说红旗渠是人为景观的代表和奇迹（事实上红旗渠并不是作为人为景观建造的，它是林州人民的救命渠），那么，最美、最能代表林虑山自然景观的则非桃花谷莫属了。

记得 2009 年秋天，网友胡杨大哥偕夫人从内蒙古专程来河南旅游，点名要去焦作的云台山。我说，先带你们去林虑山的桃花谷看看，如果不满意，再去云台山。没想到，桃花谷游下来，他就哪儿也不去了，大有乐不思蜀之感。我也曾经带我的老师、博士生导师徐正英游览桃花谷，把徐老师激动得不行，原来太行山里还有如此美景，大声赞叹深山藏俊女。

其实，人这一生，多多少少总要游历一些地方。有些地方，去了看了也就行了，从没想再去一次；有些地方，去了还想去。而那些去了还想再去的地方，我以为就该算是旅游中的精华和极品。林州的许多自然和人为景观，能让我百去不厌的也只有桃花谷这一处。

桃花谷到底美在哪儿呢？我以为，美在它的灵山秀水和不张不扬的性格。桃花谷景区并不算大，但不大的景区内却有山有水，山水相连，山清水秀。山不高，水不湍，却很有底蕴。桃花谷的水来自山顶的瀑布，飞瀑从高处跌入山涧，粉身碎骨化作涓涓细流，不湍也不缓，却清得可以见底。水深处如一潭碧玉，有着深不可测的浓和绿，浓得化也化不开，绿得扯也扯不断。行走在人工搭起的栈道上，抬头望天，蓝天飘着白云；环顾四周，山体碧绿清秀；而低头看水，却是一汪深不见底的绿潭。侧耳细听，潺潺的水声不断，再加上习习而来的山风，若同游的是三五知己或吟诗作赋的性情中人，在空旷的山谷中，吼上两声，歌上一句，那就更美了。这时，脑子里除了想起唐代大诗人李白的"桃花潭水深千尺，不及汪伦送我情"，剩余的就全是空白。

桃花谷的美不仅在于它五步一画，十步一景，还在于整个峡谷处处是景，个个多情。那块被压在大山底下，仅探出半个脑袋的神龟，似乎在向游人求助："快救救我吧！我要自由。"看着可怜兮兮的神龟，游人有心想帮忙，又能怎样呢？迫于大自然的压力，也只能就那么无可奈何地看着，纵使有千力万力也搬不走一座大山啊。纵使它是千年神龟，又怎样呢？一旦被大山压住，也只能徒唤奈何，这正是大自然的无情啊。好在它身旁还有一块夹在两山之间的石头陪着，我想神龟也不会过分寂寞吧？那块石头呢，就更有意思了，分明是被两座大山夹住，人们偏不这么说，而是给这个有龟有龙的地方起了个很好听的名字叫"含珠"。谁去"含"呢？自然是龙，因为龙是中国人的图腾。我猜想，一个"含"字是不是也说明龙和人一样爱惜大自然呢？

距"含珠"不远处还有一块无名巨石，不知是何年何月从周围的哪座山上滚下来的，像顽皮的孩子做了坏事，被气急的母亲赶出家门，他就守在家门口，孤零零地蹲着，不肯离去，等着心疼的母亲把他唤回去。原本是块圆石，就四脚不着地在那儿悬着，看着让人揪心。而它却又我自岿然不动地立在那儿，该长树长树该生草生草，自自然然就在那里安家落户，根本不去管是挡了水路还是阻了山道，大自然真是鬼斧神工啊。

九连瀑也应该是桃花谷里一个很极致的景点。中国古老的文字十分有讲究，三以上就代表多，九自然是更多。有人为它起名九连瀑，应该是形容瀑布的多吧。若严格从瀑布的定义去考究，把九连瀑称为瀑布还有点儿不够格。庐山也好，黄果树也罢，那里的瀑布都既雄伟又壮观，气势很恢弘。与那些个瀑布相比，这个九连瀑就有点儿娇小了，水是细流，高度也有点儿差。难得的是，它一年四季就那么流着，涓涓的。正像有人喜欢小家碧玉，有人喜欢妖娆妩媚一样，我对九连瀑是情有独钟的，我喜欢它的不张不扬和锲而不舍。

有人曾这样描写桃花谷："位于太行山半腰，海拔1700余米。桃花谷四面诸峰如笋。谷上悬崖百丈，荆棘丛生。谷的西南山顶有一飞瀑高悬，深渊浅潭，清澈可鉴，水美之处竟与九寨沟中'海子'相似。此处春时山花怒放，夏时绿草如茵，秋时满山红叶。最神奇的是桃花洞周围山桃花凌寒怒放，桃花谷因此而得名。"

我们姑且不去评论"三九严寒盛开桃花"的虚与实，桃花谷山美水秀却是真的。俗话说，一俊遮百丑，桃花谷的美景就已经足够吸引游客，有没有三九严寒盛开的桃花，大家也就不太在乎了。想想，也是这么个理儿。

神奇冰冰背

说实话，林州自然风景美的地方有许多，只要走进太行大峡谷，可以说到处山清水秀，任你随便走、随便看。若论自然景观之美，应该数不上冰冰背；若说人文景观，冰冰背应该也不算。但冰冰背吸引游人的是它的神奇，所以，我称之为神奇冰冰背。

冰冰背位于林州市石板岩镇西北部韩家凹。此处，严冬水温气暖，盛夏水寒结冰，整个结冰面积约6000平方米。每年冬去春来，阳春三月，百草复生之际，此处开始结冰，结冰时间长达5个月之久。到农历八月中秋以后，似有凉意之时，这里的冰冻开始融化。冰期最盛之时，恰是盛夏季节。挥汗如雨的三伏天，一踏进这块神奇之地，立时寒气袭人，冷风刺骨。然而到了隆冬时节，别处已是银装素裹，这里却有涓涓细流从石缝中缓缓流出，热气蒸腾。沿溪水草木繁盛，叶绿枝茂，致使附近的桃树以为春天来临，提前萌芽、开花，出现了"三九严寒桃花开"的奇观，被人们称之为"冬时夏令颠倒颠"。由于结冰面在山的阴坡上，当地人习惯把山阴称为"背"，冰冰背也由此而得名。

要说冰冰背神奇就神奇在这种现象出现的地方不是整座山、整个坡，而仅有6000平方米。出了这个范围，哪怕是同一纬度，夏是夏冬是冬，一切照常。

安阳是个文化名城，历史悠久，文化底蕴丰厚，可观可圈可点的人文景观和自然景观有许多。而像冰冰背这种号称是中国十大奇特景观之一的地方，却并不多见。林虑山里也仅有两处，一处是冰冰背，一处是太极冰山。

关于冰冰背形成的原因，专家是如此揭秘的：

> 该地区位于华北地台、山西台隆、太行台拱的中心部位，东侧有石板岩背斜，冰冰背位于背斜的西翼，由于受太平洋板块的俯冲挤压，形成了太行山隆起带，新构造运动是太行山的主体。该地区位于背斜轴的西侧，由于地壳隆起，底层以张性断裂为主，近地表为远古界较厚的脆性石英岩，在地貌上形成张性断裂谷。此外，这里形成夏天结冰、冬天融冰的奇特自然景观，还有一些气候因素，像气体压缩条件、导气条件、储气条件和导气方向等，都对它们有影响。

我是个外行，对于以上有些深奥的地理知识懂得很少，即使经专家揭秘，也没完全弄明白。其实，作为一名普通游客，我只是对奇特现象感到神秘和好奇而已。

在科学还不十分发达的古代，对于冰冰背的神奇就已经有种种猜测了。

一说，古时候，这里是一泓深潭。潭水供人们浇田、饮用。某年夏天，一条恶龙飞来，霎时飞沙走石，火光冲天，草木枯萎，潭水蒸干，百姓始遭祸害。人们无奈，修庙祷告，请求恶龙免降灾难。恶龙哪里肯应，仍然兴风作浪，祸害百姓。传说八仙中的铁拐李正好路过此地，看到恶龙作祟祸害百姓，于心不忍，就一拐捅到海底，命龙王放水，又从自己的宝葫芦内取出一块冰，将深潭严严实实盖住，把恶龙压到了潭底，从此就出现了这种奇观。

二说，这个山就是当年镇压孙悟空的玉峰山。孙悟空由于不守法道不甘被压在山下就拼命折腾，把玉峰山的两个手指头都折腾掉了，所以现在这座山只剩下一个拇指，叫拇指峰。

三说，此地是北魏时宰相高欢为娘娘开辟的盛夏御寒宫。天长日久，由于山体滑坡，宫门被封，但宫还存在，就形成了冬暖夏凉的迷宫。

四说，当地老百姓把冰冰背的冰奉为神圣之物，只能看，不能动，更不能随便将洞内的冰拿到洞外扔掉。只要把冰冰背的冰拿出来随手一扔，立马就电闪雷鸣，飞沙走石，老百姓辛苦一年的收成就全泡汤了。无论科学发达到何种程度，无论冰冰背结冰的原因如何，都挡不住当地老百姓对"扔冰"一说的坚信不疑。直到现在，当地老百姓不论大人小孩，谁也不敢轻易去碰冰冰背的冰，不管灵验不灵验，老百姓还是希望风调雨顺，年年都有好收成的。

我们去冰冰背是个初夏的午后，游人并不多，三三两两的，顺着山门而上，走过一阶阶规整的台阶，大约到了半山腰出现了"冰冰背"几个大字，说明已经进入神奇结冰区了。

据谙熟当地的朋友说，以往去冰冰背是不需要爬这么多台阶的，半山腰有条路，直接从那里走，几步就到冰区了，而今为了增加游人的好奇感和冰冰背的神秘度，把入口转移到山脚下。试想，炎炎夏日，游人从山脚往上攀，到达山腰结冰区时，肯定已经大汗淋漓，这时再进入冰洞，立马就有冰火两重天的感受，能充分体验一山有两季的神奇。

据景区介绍，冰冰背全部景区分六个小景区、三个自然结冰区，最大的结冰洞有128米深，冰冻如铁，有冰锥、冰柱、冰飞机、冰公鸡等冰雕景观。

不知是有的景点我们没走到，还是它们仅用于宣传，我们见到的奇特景观只有两处，远没有宣传的壮观。一区为自然冰区，二区为人造冰区，因为是人造景观，就更加生动有趣，所以，二区在先。洞里有许多人造的冰雕、冰花、冰柱、冰凌、冰球等应有尽有。入洞前我们就已经穿上了御寒的棉大衣，初入只觉得凉气袭人，很是惬意。越往里走，气温越低，走上三五分钟后，手脚冰凉不算，连耳朵和鼻子也像数九寒天露在外面似的被冻得很疼，渐渐地还失去了知觉！好在冰洞不算长，也就100多米，感受一下，体验一回，觉得十分有趣。一区是原始冰洞，因为没有人工打造的痕迹也就缺少了许多情趣，一个空空的洞，不算深，洞里堆了一堆永远也化不完的冰。

如果你也是个好奇之人，如果你真的对冰火两重天的自然景观感兴趣，不妨有时间有心情的时候，你也到林虑山里的冰冰背或太极冰山走一走、看一看，体验一下别样的人生感受，如何？

冰火两重游太极冰山

印象安阳

　　游太极冰山是临时动意。王相岩、桃花谷和太极冰山三处景点在一张门票上，游完王相岩和桃花谷还不到下午4点，觉得还有时间，就决定游一游太极冰山。太极冰山和冰冰背一样，是有"冬时夏令颠倒颠"奇特景观的地方。王相岩与桃花谷距离不算远，既然在一张票上，太极冰山也应该就在眼前。果然，从桃花谷的九连瀑上行，左转，爬个坡再转个弯，太极冰山就在眼前了。

　　亿万年前，在混沌中孕育成人的盘古，历经了摧肝裂胆的毁灭与新生，挣脱混沌，开天辟地，来到了世间，死后身体化为日月星辰、山川河流、六畜草木、花鸟虫鱼……

　　"混沌初分盘古先，太极两仪四象悬"，太极冰山正是传说中的盘古开天处。

　　上苍似乎对太极冰山更加青睐，不仅把盘古开天辟地的壮举、峰峻山险的壮美留给了它，还用神奇和深奥笼罩了这座古老的大山。

　　冬时，整个大地寒风刺骨、冰雪满山时，太极冰山上却温暖如春，桃花盛开，枝繁叶茂，一派春暖花开的景象；夏时，烈日炎炎，骄阳似火，整个大地和万物都被骄阳炙烤着时，太极冰山上却寒气袭人，冰冷刺骨。"冬时夏令颠倒颠"的奥秘成了千载不解的难题，给人们留下了遐想的空间。

6月的午后，正是骄阳似火之时，要爬太极冰山上壁立陡峭的近3000个台阶才能到达第一冰窟区，这对于上午已经攀爬过王相岩又游览了桃花谷的我们来说，却非易事。但受好奇心的驱使，我们还是想一探究竟。

一入山，就是几近七八十度的陡坡在等着我们。好在台阶修得很平展，中间还有助人一臂之力的铁锁链，左手右手互换着拉着铁锁链，像登天一样，一步一步艰难地往上攀。好在有朋友相随、亲人相伴，有说有笑、相互鼓励，走走停停、停停走走，拍照、休息，谈谈山，说说水，不知不觉中第一个陡坡爬完了。

已经累得精疲力竭，回过头来数一数，也才上了200多个台阶。3000多个台阶啊，不知何时能爬完。无限风光在险峰，要想看到美景，还得继续攀。

终于，攀完了3000多个台阶，到达了第一冰窟区。说是窟，已经看不见洞穴了，一堆乱石中，神奇的凉风扑面而来，通身湿透的我们，站在乱石中，一任冷风拂面，好不惬意。环顾四周，树木花草，郁郁葱葱，含珠带露地正向我们微笑呢。石缝中，冬日的落雪还没融化完，娇羞地露出笑脸，不好意思地欢迎着我们的到来。更有意思的是那些想化未化而结下的冰，躲着藏着，忸怩作态，似乎它们也觉出了自己的不合时宜，生怕被我们发现。到底还是被我们发现了，大家一阵惊呼后，开始争着抢着与它们合影留念，盛夏酷暑有冰和雪相伴，真是难得的景观。

怪啊，山道上来就是冰区，冰区与山道原本就是血脉相连的整体，却是冰火两重天。近前一步跨入冰区，寒风刺骨，冷飕飕的；退后一步，则是热气袭人，酷热难耐。

到底是为何呢？数千年了，猜测有千千万万，却没谁能准确地回答出来，算是大自然留给人类的一道难题吧。

既然此处为第一冰区，想必还有第二、三冰区。问看山的老农，果然，前方3000米处有一冰洞，为第二冰区。

据说，整个太极冰山上冰窟多如星辰，均藏在深山险峻处，能近前看的也只有两处。不仅如此，太极山上，山岭起伏，沟壑纵横，山峰林立，千姿百态，古树名木，遍布山野，山中洞窟，犹如迷宫，林深幽静，群鸟栖息，野兔山獾出没山林，好一幅生机盎然的原始森林图！

原本我们是下了决心要游遍整个太极冰山的，从导游图上可以看出，太极冰山的盛景还有多处——白桦林、指日高升、月老峰、无底洞、藏金洞、卧虎岭……不仅如此，像盘古开天、共工怒触不周山等一些美丽而动人的传说也发生在这里。

无奈，天色近晚，不敢多留，只得打道回府。将遗憾留在太极冰山，将希望装在心间，以备下次再来。

我和天平山有个约定

我们去天平山那天是个星期日，第二天恰好是植树节。在安阳交通台的倡议下，我们随8900车友会的车友们一起开赴天平山义务植树。

似乎天公在考验车友们义务植树的决心和勇气，一大早，天就阴沉着个脸，风呼呼地吹着，尽管已经入春，但迎面而来的风仍透着一股股的寒意，似乎在劝说我们：太冷，回吧！

早7点半，车友们集中在安阳博物馆和图书馆广场前，大人小孩在广场上站了一大片。仔细观察，还真有不少的孩子，最小的只有两岁半，还在蹒跚学步中，大的也不过十二三岁。问家长大冷的天为何要带孩子植树，他们几乎异口同声地说，培养孩子热爱自然，让孩子亲身感受绿色，感受劳动的快乐。也许孩子们未必能明白家长的良苦用心，但亲近大自然是孩子的天性，也切合了"我们爱绿色，我们爱自然"的活动主题。

约8点，浩浩荡荡的车队开始按序向林州天平山进发。当贴着统一车标、排着统一车号的义务植树车辆缓缓穿过文峰大道时，那也是安阳大街上一道很亮丽的风景线。

约10点，在一路欢歌笑语中，车队到达天平山。

天平山，位于林虑山的中段，以雄、奇、险称雄北方。天平山有六大峰、五小峰，诸峰回环连接成巨嶂，高昂险峻，直刺苍穹。四方垴海拔1632米，为林虑山最高峰。

关于天平山，北宋的韩琦曾赞叹道："林虑天平山者，天下绝胜之境也。……'是实雄伟秀拔,不可图画,虽东南诸山素有名者,皆所不及。'"

因为是早春，古人笔下的许多美景并没有完全展现在车友们面前，但这并不影响车友们种树的热情。

简短的仪式之后，人们开始迫不及待地挥舞手中的镢头和铁锹。山上种树不同于平地，因石头过多，刨起来难度极大，一个坑没20分钟是挖不好的，又是铁锹又是镢头，总算把坑挖好了。怕坑太浅埋不住树根，又怕坑太深影响树的生长，请教了当地老农，得到首肯，才小心翼翼地把树种下，然后提来山泉水浇在树坑内，才算把树种好。因我们这一车连同朋友全是大人，总还算顺利。苦就苦了那些个拖儿带女的车友，有的孩子还小，种起树来尤其吃力，费了九牛二虎之力，坑也没挖好。等到所有的家庭都把树种上的时候，已经11点半了。

树种上了，最大的心愿就是希望自己种下的树能茁壮成长，有一天变成参天大树，为天平山带来一片清凉。

上午种树，下午爬山，真正体会天平山的旖旎、挺拔和险峻。

来天平山前，曾经查过有关天平山的资料。

天平山神秘莫测，是历代仙释之徒和文人雅士游赏栖息、帝王叛臣屯兵留察之地。唐吕洞宾曾隐居于此，修炼成仙，墨灶寺、黑龙潭、吕谷等遗迹犹存。

高僧稠禅师在此修建天平寺，六峰环抱，被称为莲花佛国。历代名公巨卿如柳开、韩琦、张商英、许有壬、潘耒等慕胜而游，都曾留下许多脍炙人口的诗篇。因他们命名的慧泉、环翠亭、昆间溪、柳公溪、长老岩、羽衣轩、玩川台、窦公庵等景点，更赋予天平山深厚的文化内涵。

历史上通往山西的主要通道——晋豫雄关十八盘也在天平山，地势险要，为历代兵家必争的战略要冲。驿道是古时中原通向晋地的交通要道，担负着重要的运输任务。天平山古驿道（又名雹珠路）曾为河南彰德府（安阳）通往山西潞安府（长治）的官道，所以历来为兵家必争之地。晋将赵胜击溃齐兵于此，其后石勒、高欢、高洋、赵匡胤等都曾在这里屯兵，并留下许多美丽神奇的传说。

下午1点开始上山，刚上山时，道路还算平缓，加上好友相伴，爱人相随，走得也其乐融融。慢慢地山势越来越陡峭，有些地方山崖壁立，只能从依山壁而凿的悬梯上去，两手相扶，两腿颤巍巍而过。先经磊瀑沟、五连瀑、水梯、天平飞瀑，再攀凿岩栈道，历经体力、毅力、耐力和胆量的重重考验，最终到达天平寺。

据记载，天平寺始建于东魏兴和年间，由高僧稠禅师创建，至今已有约1500年的历史，是林州最古老的寺庙之一。天平寺正名叫明教禅院，又名十方院，由于地处林州的天平山上，又叫天平寺。天平寺现存大佛殿3间，房顶为石拱券式，外表如正常房子，殿内却无梁无椽，俗称无梁殿。山门面阔3间，大门顶为圆拱券式，灰瓦覆顶。

遥想当年，天平寺香客云集，烟雾缭绕，如今只剩下几间庙宇，三五香客，不知和尚云游何方，唯有菩萨还在坚守着。

从天平寺出来，正好经过已经从林州版图上消失的慧泉村，如今只剩下三五间无顶房基，残垣断壁在向人们证明着昔日的辉煌。慧泉，古之甘露泉也。想当年，因慧泉饮之如甘饴，招来无数文人墨客，白天为慧泉吟诗赋词，夜宿慧泉人家，好不惬意。松涛流泉、古寺梵钟，引无数游人驻足。如今，慧泉的清水已经变浊，慧泉人家也不知去向。原本想尝口慧泉水，捧在手里，终也没勇气咽下，只得作罢。

有一处别样景观，却是可遇不可求的，那就是天平飞瀑。只见一道飞瀑挂在山间，它从百米高的悬崖上坠落。那瀑布好似巨龙飞腾，气势磅礴，从山崖上飞泻而下，发出震耳的轰鸣声，令人惊心动魄。被岩石撞碎的水好似万串珍珠，又好似一支支银色的箭头争先恐后地向谷底飞去。瀑布从上面冲下来，已被扯成大小不等的几缕，不再是一幅整齐而平滑的瀑布。它冲进潭中，溅起朵朵水花。阵阵山风吹来，把瀑布吹散开去，形成了薄薄的水雾，好似仙女的纱巾在随风舞动。眼前的一切看起来朦朦胧胧的，那雨丝般的水雾不时地飞溅到脸上、身上，让人感觉凉凉的、柔柔的，十分舒服，真是沁人心脾。初春时节的天平飞瀑，少了夏季的张扬，却仍有冬的内敛。瀑布旁的大石头上镌有红色的大字"天平飞瀑"，据说天平飞瀑是天平山主要的景点之一，真是名不虚传，大有"飞流直下三千尺，疑是银河落九天"的气势。

因为是初春时节，冰雪正处于将融未融之时，所以这里不仅有飞瀑，还有冰瀑，那是大自然赐予人们的又一大奇观。飞流而下的水花被寒冷瞬间凝结在空中，一点一点，形成了如花翻滚似的一卷一卷永恒的雕塑，似雪又像冰。日子久了，积得多了，自然就成了山，在四周黛墨色山体的环抱中，显得更加玲珑剔透。

一个好的去处，一处好的风景，绝不只是一种景致，一山有四景，季季各不同。天平山也是这样，四季各有特点。有人曾这样描写天平山：清溪蜿蜒，水声潺潺，三步一瀑，五步一潭，青山、密林、繁花交相辉映，妙趣天成。我猜想，那一定是夏秋时节的天平山。而初春时节的天平山，尽管还不够青翠吐绿，山阴处还有未融化的冰雪，山石也有些青灰单调，但有白雪的陪衬，有山泉的叮咚相伴，再加上呜咽的山风，未尝不是别样的景观。

站在天平山脚下，仰望天平山，面对巍峨挺拔的山峦，峻秀突起的山峰，大有"太行郁嵯峨，落势壮京阙。天平岌其麓，佳气共盘结。峻发天地灵，形势及彰邺"的感慨。不知怎的，宋代李琮的诗不时在脑子里闪现。

只见整个天平山，山连着山，峰牵着峰，突然想起柳开《游天平山记》里所写的六大峰五小峰来。六大峰——依屏峰、碧霄峰、烟云峰、连云峰、朝阳峰和罗汉峰到底在哪儿呢？五小峰——海德峰、仙居峰、屏墙峰、碧霄峰和天柱峰又在哪儿呢？一心想弄个明白，却被老公劝阻了。"今天就到这里吧！"老公说，"看山观景凭的是想象，人不同，心不同，眼里的景致也不尽相同，何必去追随别人呢？"

由于体力有限，兼顾时间，偌大的天平山，美景如此之多，又岂止两三个小时能游完的，不如为下次再来天平山留下更多想象的空间。

离开天平山时，特意绕到我们栽种的树苗前，又为它培了几锹土，并对它说："你要借助天平山的阳光和雨露快快长啊！待到山花烂漫时我们会再来。"

遥远的金灯寺

金灯寺位于河南省林州市洪谷山风景区内，是洪谷山最著名的风景之一。它位于悬崖绝壁之上，北倚陡崖，南临深谷，以奇和险而著称。更为奇特的是，要想从东面攀越金灯寺，还要过一个同样是开凿在悬崖陡壁山缝之间、约150米长的千级险道"猴梯"，好比泰山十八盘。

未去洪谷山前就听人说，"猴梯"多么多么险，去金灯寺多么多么难；还听说到洪谷山如果不去金灯寺，犹如去北京没登长城、没吃烤鸭一样遗憾。

去洪谷山那次是我们一家三口，外加从北京远道而来的表姐两口。为保险起见，头天下午我们就在洪谷山脚下的肖街村安营扎寨。

我们五人中，有三个属小弱病残。当时，儿子还未成年，表姐和我都有疾病。表姐身患间歇性心脏病、高血压、颈椎病，而我最主要的是腰椎间盘突出。

到了肖街村，在老乡家里一安顿下来，就急忙忙地询问关于洪谷山、金灯寺的情况。房东老大爷已七十开外。70多年中，老大爷无数次上洪谷山去金灯寺，他说去金灯寺一点儿都不难，半天就打个来回。房东大娘今年73岁，像她这个年龄的老太太，每月的初一和十五都要到金灯寺去进香。大娘说，如果赶得紧些，不误回家做午饭。房东家除了老大爷和老大娘,还有一个小姑娘,是个长得弱不禁风的乖乖女。悄悄地问她上金灯寺难不难,不善言辞的她,把头摇得像拨浪鼓,意思很明显:不难!

听了房东家人的一席话,真是信心倍增。

第二天是个难得的晴天,天公作美,更增加了我们上山的决心和勇气。走在山脚下,用望远镜望去,金灯寺就在不远处。

沿着明代好县令谢思聪修建的谢公渠,先经静谷寺、甘露潭再到观瀑亭,一路山清水秀,风景很是迷人,再加上亲人相伴,好友相陪,亲情友情山情,其乐融融。不知不觉中,我们从太阳初上时的山脚爬到了日升中天的山顶,而山路在我们脚下变得越来越崎岖。我们由刚开始的爬山坡变成了攀山峰,石级是越来越陡,人站在平地处向前方的山路望去,简直就是陡峭的一条直上直下的线。这时阳光也变得越来越强了,5月的天也开始燥热起来,再加上一上午的攀爬,人早已精疲力尽了。

金灯寺到底在哪儿?还有多远?本来一路上能时时望见的金灯寺就因为拐了个弯,在阳光中化为乌有了。问前方返回的旅行者:"金灯寺还远吗?""远,太远了!恐怕再爬两三个钟头都不一定能上去,而且前面的路是越来越险了。""怎么个险法?说说看。"只见来者摇摇头,一脸茫然地走开。原来他们没有爬上去呀!一边笑返回者意志不坚,一边互相鼓励着再继续向远处登攀。山路越走越艰难,这时,我才真正体会到,攀不上金灯寺并不只是意志的问题,还有体力。再爬过一道岭,再翻过一道山,怎么金灯寺还是看不见?路上遇到了山民,已负笈从金灯寺下来,问及金灯寺的一切,说就在前面,大概还有半小时的路程。心想,半小时不就是30分钟吗?咬咬牙,再坚持一下,也就过来了。于是,我、儿子、表姐我们这一行中的弱小群体互相鼓励着,继续登攀。1分钟、2分钟……都已40多分钟了,怎么金灯寺仍还是那么遥远?再问返回者:"金灯寺到底还有多远?""远着呢,而且前面的路更险,山更陡!""你们是怎么上去的?"只见返回者一脸愧色,不用说,还是"潜逃者",其中也不乏身强体壮的青年小伙儿。

想想身强体壮的青年小伙儿还有无功而返者,我们中的小弱病残也只能选择了弃权。好在我们中的男子汉(我老公和表姐夫)意志坚定地爬上了金灯寺。

传说金灯寺是一个叫弥善师的和尚创建的,是一座佛道双修的宗教圣地。寺初名宝崖寺,后因萤光夜飞入寺,改称金灯寺。金灯寺倚悬崖峭壁而建,在崖壁上还凿有大大小小17个洞窟,建筑面积516平方米。其中最大的石窟"水陆殿"面积约120平方米,顶上置天花,下面沼泽晶莹,泉水从西北石隙中涌出,清澈见底,池上凿有"田"字形石堤桥,游人可沿桥观赏。窟中间有高出水面约50厘米的长方形佛台,正面坐着三个大佛,背面立着三个大士。窟顶和四壁浅浮雕水陆画、佛像、菩萨、罗汉等,神态各异,活灵活现。据见过许多种石窟的老公说,水中石窟他还是第一次见,可以说是石窟中的又一奇观。据史料记载,金灯寺还有夜放圣灯的奇观。如果从善积德,三生有幸,夜宿金灯寺,没准儿晚上还能看到传说中的圣灯呢。

未看到圣灯并不遗憾,因为那只是传说中的一个景观,但没有亲临金灯寺,欣赏金灯寺独特的风光,我们心中有千千万万个遗憾。

有时想一想,岂止登山,日常生活中有许多事不也是这样吗?人生最关键处只有几步,而许多人正是在这最关键处没能坚持下来,结果功亏一篑,留下了终生遗憾。

好在我和儿子还有我的表姐都明白了这个道理,我想只要我们能够意识到,并永久牢记,相信生活中肯定会避免许多诸如攀登金灯寺之类的遗憾。

金灯寺啊!你成了我永远的遗憾!

看了络丝潭，何须到江南？

■ 林州探幽

在林虑山的自然风景区内，想要欣赏美景易，而想要找到一脚跨三省的去处难，也只有络丝潭。络丝潭风景区位于林州市任村镇卢家拐村，距红旗渠青年洞景区很近。该景区横跨漳河两岸的河南、河北两省，西毗邻山西，是典型的一脚跨三省的地方。

若论林州的自然景观，络丝潭当属袖珍景观，面积不大，慢悠悠地游也仅需三四十分钟。游红旗渠的青年洞累了，在此处喘口气，打个停，既小憩片刻，也欣赏了美景，是个不错的选择哟。但千万别小觑了这个袖珍景观，它素有"小壶口""小三峡"等美誉。景观虽小，却聚集了许多可观可看可圈可点的文化内涵。

先说"络丝潭"这个极富诗意的名字吧。未去林州前，我曾经认真查阅过关于林州景观的介绍，这些景观名字五花八门，含义各不相同。如曾经居住过王和相的地方叫"王相岩"，三九严寒桃花开的峡谷叫"桃花谷"，"冬令夏时颠倒颠"的地方叫"冰冰背"，等等。多数是因景设名，望名而知景，唯有"络丝潭"这个名字，既雅致又有诗意，就是不明白因何而来。

络丝潭原来是因为这里的潭水深而得名的。潭水到底有多深呢？一络蚕丝深，而一络蚕丝到底是多少

315

呢？原以为络应该是个计量单位，后来翻阅字典才明白，这里的"络"（lào）应该指绕线绕纱的器具，我理解如同北方的纺花锭。若这样算，一络蚕丝的长度应该是非常长的，有个十丈八丈都不止，我真佩服给这个潭起名字的人的无限想象力啊！

潭水深算得了什么呢，关键是这里的传说也美。据传，七仙女和董永分手后，日夜思夫，她又无法逾越王母娘娘给他们划定的天河去与心上人相会，只能终日以泪洗面。七仙女的泪如断线珍珠，掉到这素有"小三峡"之称的峡谷里，天长日久，便滴成了一个深潭。所以，络丝潭还有一个伤心的名字，叫"泪思潭"。而所有产生爱情的地方，都是多情而浪漫的。难怪每每到了农历七月七，无数的"牛郎"和"织女"都会赶到这里相会，他们是希望自己的爱情像这里的峡谷一样深，像一络蚕丝那样长。

再说"天桥断""小壶口""小三峡"。漳河源于山西，流经河南、河北至山东入卫河，是河南与河北的天然分界线。林州境内的漳河，以河为界，河南是河南安阳的林州，而河北则是河北邯郸的涉县，在络丝潭树有界碑。

源于山西的漳河，在太行山麓奔腾流淌，大部分经过的是石灰岩和石英岩，泥沙较少，水较清，被称为"清漳"。而走出太行山的漳河却穿行于山西黄土地中间，泥沙俱下，水色浑浊，被人们戏称为"浊漳"。浊漳河素有"九峡十八断"之称，而络丝潭恰是著名胜迹"九峡十八断"中最为壮观的一断——天桥断。因而，络丝潭又名"天桥断"。而叫"天桥"，也是有来历的。峡谷阻碍了两省的交往，为便于交往，人们就在峡谷之上架起了铁索桥。因桥就在峡谷之上，故名"天桥"。又因漳河"九峡十八断"的这一断恰在天桥处，因而又名"天桥断"，这一断断出了高5.8米的瀑布来。枯水期瀑宽6.2米，流量为每秒15—18立方米；洪水期瀑宽30余米，流量为每秒50—60立方米。

试想，夏季多雨时节，滚滚漳河水从上游稍宽的河面奔腾雀跃而来，不经意间，跌入了峡谷中的深潭，顷刻间，魂飞魄散的河水，惊若雷鸣，涛声响彻漳河两岸。飞流旋即幻化为雾气，在峡谷中弥漫升腾，气壮如山，恰似黄河壶口瀑布，故络丝潭又被称为林州"小壶口"。

这时，登上天桥，宛如行走在天上仙界，有腾云驾雾之感。放眼望，远处青山环绕，近处飞流直下，气势磅礴；侧观，瀑布狂奔，巨浪滔天；俯瞰，深涧幽潭，波浪起伏，情趣无限；若乘舟驾船游于峡谷中间，两岸山体陡峭壁立、层岩叠嶂、美景不断。不是三峡，胜似三峡，故络丝潭又有"小三峡"之赞。峡谷南侧，激流淘出深达百米的天然石洞，鬼斧神工，人称"神龟洞"，洞中藏着千年神龟解救落水生灵的美丽传说。

络丝潭钟灵毓秀，人在其中游山观景，仿佛到了水乡江南。有人总结说："看了络丝潭，何须到江南？"可见络丝潭的绚丽风光是何等吸引人。不妨，请你也到此一看，如何？

印象安阳

大山深处漏子头

漏子头村是林州大山深处的一个山村，山区的村和平原的村严格意义上说是不太一样的。平原地区的村既是自然村又是行政村，三五十户人家集中住在一起，一家挨着一家，一户挨着一户，两三条街十几个胡同就是一个行政村落。若再隔个十里八里的，又是另外的一个村。而山区的村远不是那么简单的，三五户人家，依山傍水一住只能算是一个自然村，翻过一座山越过一个坡，走上十里八里，又有三五户人家，又算是一个自然村。就这样，满山满坡的自然村加在一起，才算是一个行政村落，才值得起个名，像林州的漏子头村就是这样得来的。

这几年老天算是与人较上劲了，该热的时候不热，该冷的时候不冷，该下雨的地方不下雨，不该下雨的地方却天天在下雨。老天爷要这样，人又能奈何？也只能是到处躲。

去漏子头是个周六的下午，刚入7月，老天就开始出奇地热，连着七八天，每天都是三十七八度，有空调没空调都是个热。这还不算，除了热还闷，浑身燥得不行，躲到哪儿都是个不舒服，索性还是去山里吧！

山风与平原的风的确有许多不同：平原的风在炎炎烈日烘烤下，变得燥热似火，即使坐在车里，把空调调到三挡四挡仍感觉不到凉意。而山里的风就大不相同,过林州县城,入太行大峡谷,一进隧洞,空气立马就变凉了,关掉空调打开车窗,山风伴着青绿,满身满心满眼的爽,惬意!

林州山多,空气新鲜,夏季凉爽,是个不错的避暑胜地。每到夏季,趁周六周日去林虑山避暑的人就多了起来,人一多,山区的宁静肯定就被打破了。先到石板岩,见人头攒动,像城市一样让人燥,就突发奇想,继续往大山深处走。

出石板岩北行,翻过一座山,越过一道岭,汽车在崎岖的山路上又行驶了一个多小时,终于见到标有"漏子头村"的路标了。村已经到了,距住宿地还会远吗?习惯了平原式思维的我们,哪里会料到,驾车又走了半个多小时才见到村庄。

在大山深处的一个犄角旮旯里,有座二层小楼突兀地立着,与周围古旧的石板房一点儿也不搭调。楼前挂着一条横幅,横幅上赫然写着"太行屋脊××山庄",名字起得够气派,实际不过就是个农家。

在我的印象中,农家就该是三五个人,一张饭桌,主人客人一起围着,吃自家房前屋后种的蔬菜。无论认识不认识,来了都是客,无论钱多钱少,都以诚相待,透着山里人的实在和宾至如归的亲切。

我们住宿的这个村叫南寺,属漏子头村的一个自然村。全村共住有14户人家,家家屋里剩下的全是老人,最年轻的一户是路边摆摊卖冷饮的,也已经50多岁了。问年轻人哪里去了,说全带着他们的老婆孩子下山去住了。剩下的是他们的爹娘,舍不得自己曾经开垦的那一山半坡的土地,就留下了。仍种着无化肥无农药无污染的三无蔬菜,人老了自己能吃多少呢,主要是供着住在山下的儿孙们享用。放暑假,自己的孙子和城里娃一样,到山里看爷爷奶奶就等于避暑了,还白吃白住的,多好啊!

我们去漏子头的时候城市里的中小学已经开始放暑假了,因此,山村里孩子也多起来了,再加上我们这些游客,小村还是很热闹的。

尽管吃住简陋，但空气却很新鲜，城里三十七八度的高温，到林州就已经降到三十四五度了，而到了深山中的漏子头，仅剩下二十四五度。待在这样的大自然中，比待在有空调的房间里舒服多了。尤其是晚上，别说是鸟鸣虫叫，连山风也听不到，整座山万籁俱寂。

玩了一天的孩子们早已困了，睡了。游人爬了一天的山也累了，网上不去，电视也就三五个台，没什么好看的，早早洗了，安安静静睡吧。

原本山里就静，夜就越发静，除此起彼伏的呼噜声，连狗都懒得叫。几颗稀稀疏疏的星星不甘寂寞地在空中挂着，算是静呢还是动呢？

山风没有任何动静地吹着，见不到树梢动，身上却能感到凉意，不用空调也不用蒲扇，无蝇也无蚊的，裹着多日不盖的被子，美美地睡上一觉，舒服啊。

一觉醒来，天已经大亮，伸个懒腰，吸几口凉气，喝着房东为游客准备的小米稀饭，再吃几口山里人自己腌的酸豆角，新的一天就这么着算是正式开始了。

"野人沟"

大热的天，只想着躲到深山里乘清凉，就去了漏子头，不想却遇到了"野人沟"。

我们下榻的南寺村，就在太行山的一个山坡坡上，有山就有坡，有坡就有沟，这里的沟开发商对外宣传时叫"野人沟"，也算是林州的一处风景名胜，只有买了门票才能下到沟底。

莫非这里曾经有野人出没？否则为何叫"野人沟"呢？问当地的百姓，他们却一脸的不高兴。原来，"野人沟"是不知情的山外人叫的，山里人自己是不这样称自己的沟的。

山里人觉得，我祖祖辈辈在这里住着，从来没见过野人，怎么能称"野人沟"呢？山里人实诚、认真，也爱较个真儿，有就是有，无就是无，不能为了赚钱就糊弄人。既然沟里没野人，若还要叫"野人沟"，那就是明摆着对我们山里人不尊重。我们住在深山老林不假，我们远离闹市也是真的，但我们不野，更不能用侮辱性的"野人"称我们。所以当不知就里的外地游客向当地人打听"野人沟"时，好听点的回个"不知道"，若遇上脾气暴躁的，翻脸也是常有的。

突然想起余秋雨先生写的《狼山脚下》来，余先生算是位有个性的文化名人，所以，即使旅游他也与常人有所不同。南通境内有个山叫狼山，山不高也不美，余秋雨之所以去那里，就是冲着它那带有野性的名字去的。

"突然看到千里沃野间愣头愣脑冒出一座狼山，不禁精神一振。这个名字，野拙而狞厉，像故意要与江淮文明开一个玩笑。"

"各处风景大多顶着一个文绉绉的名称。历代文士为起名字真是绞尽了脑汁，这几乎成了中国文化中的一门独特的学问。"

"再贫陋的所在，只要想一个秀雅的名称出来，也会顿生风光。名号便是一切，实质可以忽略不计。"

"翻开任何一部县志，总能找到该县的八景或十景，实在没有景致了，也可想出'远村明月''萧寺清钟''古池好水'之类的名目，于是，一个荒村，一所破庙，一口老井，也都成了名胜。这个县，立即变得古风蕴藉、文气沛然，不必再有长进。"（余秋雨《狼山脚下》）

连文化名人都会被山名吸引，更别说我们普通游客了。由此可见，无论是山名、地名还是人名，对于一山一地一人来说，名字都显得特别重要。我猜想，起"野人沟"这样的名字，大概也是为了讨游客的好吧。许多游客没准儿就是冲着"野人沟"这样"野拙而狞厉"的名字去的。那个专门打造"野人沟"的商人（据说"野人沟"是个人投资开发的景区），怎能不起个有噱头的名字呢？

商人只想着如何吸引山外的人，哪里还顾得上住在山里的人的感受呢？而倔强的山里人呢，无论你山外人叫得如何神乎其神，作为山里人，他们自己的山、自己的谷，还能全由着商人？外人爱怎么叫那是外人的事，我山里人就叫它"太行屋脊"，不仅这样叫，还张扬地把大广告牌竖立在山谷旁，不由得你不认！细想想叫"屋脊"是没有多少道理的，漏子头在林州的深山里不假，但不是在最高处，再加上原本就是一个山谷，如何能用"屋脊"命名呢？不过，作为游客，我们就不要再与倔强的山里人较真儿了。

不管名字如何叫，山还是那座山，沟也还是那条沟。原本就是一个山谷，普普通通的一条沟。别说外人，山里人自己也不轻易下到沟底，沟又深又陡，又不好种庄稼，下沟底做甚，吃饱撑的！

经商人一打造，这沟就今非昔比了。据说是商人看中了这条沟的峻和险，出了巨资，从山上修了下到谷底的路，那也是极不易的，陡峭的山，深深的沟，铺路架桥谈何容易？收门票是自然的，一张门票61元，的确有点贵。虽然价格挡住了一部分外地人，但仍有好奇者是一定要下到沟底看看的，来都来了，还在乎这个小钱儿？

问从沟底上来的人沟底怎样，都说下底上坡很是锻炼身体。只可惜，大热的天原本是来避暑的，因为好奇却又遭了罪，这大概就叫旅游吧，我猜。

那山那水那人家
——小驻石板沟

喜欢外出旅游,是因为想寻一僻静地。也去过一些地方,却都不太满意,多因游客太多、太闹而放弃。总想找一处既清静又能修身养性的好去处,固定下来,生活疲了,工作累了,心情倦了,作为心灵的后花园,供自己休憩。于是,我们来到石板沟。

石板沟仍在林虑山里,说是沟,自然是坐落在大山的中间。它位于林州市西南,被柏尖山和洪谷山环抱着。

城市的喧闹吵得脑仁疼,所有的城市人都开始喜欢清静了。于是,大家都争着抢着往山里跑,美其名曰:躲清静。弄得原本清清静静的大山也跟城里似的热闹起来,喧嚣得不成样子。但凡有点名气的名山大川,全让城里人给占去了。

梦想中那个只有三五户人家,一群鸡、几头猪、一只狗,平日里"鸡犬之声相闻,民至老死不相往来"的山村哪儿去了?

非常向往这样的山里生活:山村无论大小,三五家行,三五十户也可。但村民家里一定要安静,也不是不接待像我们这样的山外游客,而是根据自己能力,不勉为其难,能接待多少算多少,顺其自然,也不全为赚钱,只为城里人提供些方便。客人是从城里来不假,以往不相识也是真的，但客人不是纯粹来避暑度假的，客人是来串亲戚、结亲情的。是客也不是客，吃住和主人一样，主人吃什么客人就吃什么，万不可为客人分门另做。主家呢，接的是客也不是客，就当自家远房的亲戚吧。亲戚自然得讲究礼节，来串亲戚的自然也懂得子丑寅卯，该什么还是什么，城里条件毕竟优于山里，城里人如何能亏了山里人呢？只是，这些全是心照不宣的，不用拿到桌面上，按着计算器，你五块我十块地斤斤计较，把山里人和城里人的那一点点亲情全算没了。天黑的时候，主人和客人一样清闲。闲了就拉家常，你家儿女的婚事，我家孩子的学习，农村地里的收成，城里一天一个样的房价，甚至包括卧在我们脚旁的狗，已经进窝的鸡，都可以成为谈话的主题，想到什么就说什么，一点儿也不必拘束，透着一家人的亲切。

我们就是奔着这样的山情才来石板沟的，要说山里的空气无论是哪儿都一样鲜，山民都一样纯朴，但总觉得石板沟还是缺了点亲情。

石板沟的农家和别处的农家一样，虽然叫家，但已经不像家了，家的味道已经没有了。石板沟的农家给自己起了个很大气的名字，叫"太行度假村"。一个"村"里，住着几十口从城里来"偷"凉的人。人一多，主家就有点顾不过来，哪里还讲究什么情？只剩下像车马店似的照顾旅客的吃喝。主家大锅炒菜、大笼蒸馍，仍是忙不过来，就再雇佣三五个妇女，专门烧水做饭侍候房客。饭菜做好，主家一声招呼，游客自己找碗找筷，自己盛到碗里自己吃，倒也不必客气，想吃多少有多少，饭菜好不好另说，肯定管饱。房客呢，来就是度假休闲的，除了吃睡就剩下玩。石板沟有一点儿好，这里的山水不像别处，因为多加了几个阶梯和护栏，就向游客收钱。石板沟很大度，这里的山山水水全是免费的，分文不收。我们住的太行度假村的后山有个双口洞，也叫"双窑洞"，前山有个雪光寺，都是不错的去处。如果你在农家待厌了、烦了，想出去走走，花两三个小时就能到达这些地方。

石板沟除了家的味道稍淡些，其余还是不错的，山清水秀空气鲜，按石板沟人自己的说法："白日里，看太行群山环抱，郁郁葱葱，形态万千，美不胜收；到晚间，青山流水，卧榻听泉，令你气爽神飞，不思归日。"只是与我梦想中的世外桃源式的农家还有点差距罢了。话又说回来，世上美景千千万，桃花源也仅一处。既然是梦想，就留作日后继续寻找的目标和盼头吧。

假如在都市的喧嚣中，你疲了，累了，厌了，倦了，不妨也像我一样，到石板沟小驻两天，换个心情，也是个不错的选择哟。

大山深处的『枪声』

"叭，叭，叭""嗒，嗒，嗒"，在寂静的夜晚，突然听到惊心动魄的枪声，你会想到什么呢？接着你又看到房倒屋塌、狼烟四起、火光冲天，你又会想到什么呢？抢劫？火并？……

而这恰恰又是发生在深山老林、万籁俱寂的深夜之中，你又会怎样呢？

夜宿石板沟时，我真就遇上了这一幕，只是它是电影《平原枪声》里的一幕。

那天，当我和所有的游客正端碗吃饭时，山区放映队的面包车从山下开上来，就在我们居住的太行度假村里安营扎寨——党把温暖和关怀直接送到山沟里来了。

山里不如平原，平原人口集中，山里人住得比较分散，三五十里地也许只住三五家人，且大多是老人。老人都爱清静，不像年轻人爱赶时髦、好凑热闹，天一黑，各自都紧门闭户地休息了。跑了一天的狗也觉得累了，既然山里无人，主人已闭灯就寝，狗也就随着主人早早地歇了，随他们一起睡下的还有他们家养的猪、鸡和猫们。

而唯一不愿寂寞的是那些自城里跑到山里找清凉的年轻人，久居城市的日子使他们早就适应了挑灯夜战、起五更睡半夜的生活。晚上，三五朋友一起吃饭、喝酒、上网聊天、蹦迪、唱卡拉OK，怎样好打发时光就怎样来。只有闹到午夜，实在困得不行了，才倒头睡去，这是城里年轻人的做派！

待在深山老林里，什么都好，就是夜晚的时光有些难熬。仅这一点就憋坏了爱热闹的年轻人，所以，爱热闹的年轻人是不爱往山里跑的，他们不是不喜欢清凉，他们是忍受不了夜生活的单调和寂寞。

如果这时山村放映队来了，爱清静的山里老人不一定欢迎，避暑而来的城里人是极欢迎的。平时再挑剔，这时也不去管内容是什么，只要有点动静有点热闹，让城里人把这段空白时间打发掉就行。

农村播放露天电影是很讲究顺序的，先放宣传片或纪录片，这已经是个老传统了，从新中国成立到如今都是这个样子。像三四十年前，在传媒还不发达的时候，普通老百姓要了解国家大事、时事新闻，比如周总理出访哪国，毛主席又会见谁，全是通过纪录片知道的。如今传媒发达了，即使深山老林也挡不住信息的脚步，山里人和山外人知道的一样多。但具体的富民政策该如何宣传呢？像家电下乡等如何深入农村？山区放映队就挑人比较集中的"山村度假村"开始宣传。《咱家也该买了》是一部纯粹的家电下乡宣传片，却由蔡明担纲主演，由著名导演韩三平执导，要的就是名人效应。

接下来是战争片《平原枪声》，内容与三四十年前的电影差不多。演员知名不知名、内容怎么样都无所谓，有个影有个声，让人打发无聊的时光比什么都强。我们这些从城里来的游客，无论是高雅如大学教授，还是平常如市井百姓，凡是图凉快住在山里不走的，全出来了，仔仔细细认认真真地看，不放过任何一个细节，哪怕是为了挑毛病也看得津津有味的。

空旷的原野上，一人一个小凳，围着个银幕，专心致志地用心去看一部电影，应该还是20世纪七八十年代的事情，总有一种别样的情感在心头。

电影还没有开始，孩子已经闹上了，孩子闹，大人就吵。有两个调皮的小子，不时把头、手伸到放映机前，一会儿屏幕上是手，一会儿屏幕上是头。看电影时，大人吵也是不管用的，谁能挡得住孩子的好奇和恶作剧呢？大人越吵，他们就越好奇，越好奇小手就晃得越厉害。

最有意思的是房东家的那只黄狗。白天家里人多，南来北往人流不断，怕山狗伤人，主人把它拴起来。到了晚上，要让它看家护院，主人就把它放开了。终于获得了自由，它就在看电影的人堆中撒了欢儿地跑，蹭蹭这个、嗅嗅那个地表示友好。最可笑的是，电影里一有狗叫，它也跟着"汪汪"，弄得跟真有敌人进村似的。于是，屏幕里叫，屏幕外也叫，而游客呢，又觉得这只狗傻傻的十分可爱，它一叫大伙儿就笑。于是，叫声、笑声再加上枪声，就真的闹成了一片，山区的寂静一下子就踪影全无了。

看到这一切，我对老公说："仿佛、好像、真的是又回到童年了！"

印象安阳

石板沟的庙

常听人说山里庙多，像林州石板沟有如此多的庙，我还是第一次见。

应该说石板沟是林州市河涧镇的一个行政村，坐落在太行山的深处。像林虑山里的其他山村一样，石板沟也是由好几个自然村组成的。

到达石板沟太行度假村的时候，已经接近中午，简单吃完饭休息后，我和老公开始熟悉周围的环境。原本是因为天气太热避暑而来的，所以，也就没打算爬山涉水弄得满身臭汗，只想四周走走看看，领略一下山里的自然风光。

石板沟所属的自然村，与别处相比，有个特点，那就是距离不算太远。出了我们所居住的农家院，顺着山坡就有居住的人家，不知道村名，却在一个残垣断壁的房墙上，看到了"石板沟第三小队1957年下半年至1958年上半年的工分记录表"，叫"第三小队"那已经是半个多世纪以前的事了，不知如今叫什么。

一上山坡就看见有座石头凿的小庙。庙不大，也就一米见方，从颜色还没有完全褪尽的对联来看，应该是香火不断的。"圣在深山上，保佑四方人。"将头探进去细看，知道供奉的是关老爷。

在山里见到庙原本不足为奇，因此我并没有十分留意，只是拍了张照片，便继续沿路前行。出了这个村，走了大约10分钟的路，在崎岖的山路旁又见一庙。这庙也不大，同样是用石头砌起来的，建在一块巨大的山石上，从"同胞弟兄羞，二心臣子愧"的对联可以判断供奉的仍是关帝爷，与上一座小庙也就隔了几十米远。百米之内已经有两座庙宇，这引起了我的好奇，走近细看，却见落款是"光绪二年岁次丙子造"的字样，说明这个庙在此已经有上百年的历史了。再顺着山路走，又走了十几米，不只是一座，而是两座庙同在一起，一座坐北朝南，一座坐西朝东，坐北朝南那座供奉的是关帝，坐西朝东那座供奉的是土地神，皆建于清朝年间。

按我的理解，我们去的应该是西山，而南山也同样有许多类似的庙宇，供奉的有土地神、龙王、山神，还有齐天大圣等，五花八门。

石板沟这个大山深处的山村，不仅有庙，还有一座寺，叫雪光寺。按中国人的传统习俗，一般都是寺村分离，而这个雪光寺不仅建在村里，而且这个村就叫雪光村。据说原来这里只有寺没有村，明清时期，开封府和彰德府的官员不断有人上山朝拜，一户姓郭的人家在此看护寺院，一辈一辈地繁衍下来，就有了雪光村。

不巧的是，我们去的那天，看寺的人不在，寺门紧锁，没有机会一睹寺内的真容。从寺门的装饰可以看出，此寺与其他雕梁画栋的庙宇大殿相比略显逊色。寺门很小，窄窄的，与普通农家别无二致。门头仅有蓝底"雪光寺"三个白字，字体既不通灵，也不秀气，不像是出自名人之手，应该是建寺工匠所为。据说此寺建于明初，这也仅是人们揣测，具体年代无人考证。门口立有一块石碑，原本以为是对于雪光寺的详细介绍，走近看却是安阳市作协原主席唐兴顺的一篇散文游记《太行雪光》。旁边还有一碑，证明此寺是林州市级保护文物。

"殿前无灯凭月照，山门不锁待云封。"雪光寺门楣上这副楹联很有禅意，表面说的是一种状态，而内里体会的却是一种心情。

其实，在老百姓心目中，寺庙是与文物的级别没有任何关系的神圣之地。庙宇无论大小，都是他们的希望之神，是保佑他们平安健康的福祉。心诚则灵，即使没有庙宇，神圣也藏在心中，更何况还有寺有庙在。据说，因为此寺烧香灵验，总能有求必应，所以来磕头上香的人很多，是当地老百姓祈求遇难成祥、逢凶化吉的神圣殿堂。

突然，我似乎一下子明白了大山深处的石板沟为什么会有那么多寺庙。中国百姓的心是相通的，理也是相近的。他们居于深山，出行多有不便，心中的结，身上的病，找谁治呢？在神前点炷香，磕个头，将心中的委屈诉一诉，有个头疼脑热的，没准儿还真好了。这正是，求人不如求神。

石板沟的这些寺庙已经历经了上百年的风风雨雨，建于何时、为何而建已经不重要了，重要的是它们而今还在，也许将来还会在。寺庙在有寺庙在的好处，有寺庙在就会有一些关于寺庙的故事，这倒是我最感兴趣的。想了解故事其实并不难，像石板沟这种风景怡人的地方，我肯定还会再来，我一点点地挖掘，总能把所有的故事全挖出来。

路过慈源寺

慈源寺是一座具有1000多年历史的古寺,不仅如此,它还是全国为数不多的儒、佛、道三教合一的寺院。据载,该寺院始建于唐贞观年间。别看是座老寺,在2004年以前,却少人问津,仅是林州的一个县级文物保护单位。

2004年,安林高速公路开始修建。按规划,高速公路正好从寺院的正中穿过。为保护寺院,看护寺院的老人们开始四处奔走。正是在守寺老人们的呼吁声中,人们对慈源寺才有了进一步了解,为了保护这座千年古寺不受破坏,才有了将古寺整体移位的做法。整体移位即使在科技如此发达的今天,也应该算是个壮举。于是,新闻媒体纷至沓来,中央电视台还做了现场直播。就这样,不仅安阳和河南的观众知道了慈源寺,全国各地的人们也都知道了慈源寺。一夜间,慈源寺挤进了全国知名寺院的行列。

从安阳去林州,无论走不走高速,都要经过慈源寺。车过慈源寺时,有专门的路牌提示。

因为慈源寺曾经被历史遗忘在褶皱里,现代人关注和记录慈源寺的资料并不多。从百度搜索到的关于慈源寺的5000多条信息中,大部分是在说慈源寺整体迁移的经过,时间多在2006年前后。其实,在将儒道佛奉为神明的封建社会里，慈源寺是曾经走过它的辉煌与尊崇的。

1300多年前，唐朝皇帝李世民以为"偃武修文，中国既安，四夷自服"，在全国大片的疆土上大兴佛教，一时全国各地寺院林立，梵乐声声。此时，有僧济凭一瓶一钵来到太行山下彰德府治下的林县马店，但见北方山峰挺拔峻秀，南方地势平坦舒缓，酷似一把太师椅，中有慈悲之气，可聚祥瑞之风，实为风水宝地。遂立宏愿，在此建一寺，保一方百姓平安吉祥，取名"慈源寺"。

唐时的慈源寺大致呈方形，坐北向南，由中院主建筑群和环绕外围的院落组成。中院布局为唐宋时期较常见的廊院形式。在中轴线上依次排列有山门、天王殿、大雄宝殿及三教堂等建筑，东西侧各配有厢房。在中院前部，大雄宝殿的东南及西南位置，各有一座两层楼阁式建筑，为钟鼓二楼。中院与外院由连廊分隔，外院由最南端的山门和四周围墙组成，内部还有厢房。在院外，有一条溪流由北向南顺东墙流经慈源寺。院西北处，有小型塔院与主院相呼应。慈源寺在唐代应该算是规格极高的寺院，常年香火缭绕，香客云集，梵声不断。

1000多年前，建都开封的大宋政权，继承唐朝惯例，对该寺院进行修缮，其香火仍然很旺。

700多年前，元朝同样重视该寺院，不断派人修葺。直到后来的明清，这一惯例始终未变，只是从明弘治己酉年（1489）所刻的有关慈源寺碑刻图上看，面积没有唐宋时规模宏大了。

新中国成立后，慈源寺曾经做过小学校，当过陶瓷厂，堆过杂物。

1999年，经历朝代更迭、沐浴血雨腥风、见证时代变迁的慈源寺，被确定为县级文物保护单位。

2006年，千年古寺整体迁移成功，至原基址西南400多米处。

沧海桑田，岁月轮回，历经兴衰，几经坎坷。穿越时空隧道，穿越历史烟云，慈源寺在同伴们一个个故去后，依然鹤发童颜，道骨仙风，银须飘飘。

搬迁后的慈源寺依然巍然耸立，目睹世事荣辱兴衰，感受人间苦辣酸甜，一颗痴心不改，静静守护着此方百姓的平安。

我第一次走进这座千年古刹是 2010 年的夏天，寺里香客并不多，整体迁移后的凌乱还依稀可见。如果不经人指点，只凭观察，是看不出历经千年岁月洗礼的大雄宝殿、文昌阁、三教堂搬迁前后的区别的。与守寺老人攀谈，原本是想了解一些慈源寺的过去和整体迁移的壮举，没想到，老人说得最多的却是整体迁移后无人理会，仅凭他们这些老者守护寺院的艰难。

从慈源寺出来，感慨颇多：慈源寺作为一个文物古迹之所以闻名于世，是因为它历经 5 个月、耗费上千万元的搬迁。而对千年古寺的保护却不是一时的事情，它要经历生生世世。迁移不是为迁移而迁移，而是为保护才迁移。迁移成功了，古寺得来更显不易，更需要我们加倍小心地呵护。真心希望慈源寺和它以往已经走过的历史一样，不仅已经活过一千年，而且还要继续再活一千年、一万年。我们不仅要让慈源寺活成一千年的标本，还要让它活出一千年的生命来。一千年、两千年或者两万年后，我们自然没了，但慈源寺还在，血脉相通、呼吸匀停，这是一种何等壮阔的生命！

印象安阳

香喷喷的小米饭

在五谷杂粮中，要论普通，再没有比小米普通的了。无论是在南方还是在北方，甚至在一些边远地区，都能见到小米，可以说小米是一种最普通的杂粮。若从营养价值论，它更是了不起，开胃助消化，营养价值极高。

林州地处山区，十年九旱，多数情况下靠天吃饭，而耐旱的谷子就成了林州人的当家农作物了。谷子种得多，林州人吃得最多的就是小米饭。林州人爱吃小米饭是出了名的，而林州小米好吃也是远近闻名的。林州人不仅爱吃小米，还能把小米做出许多花样来。

小米稀饭、小米稠饭、小米干饭和小米炒饭，有关小米的文章真是让林州人做足了。

林州距安阳市区很近，也就百十里的路程，是安阳的主要旅游景区之一。外地同学、异地朋友来了，只要游安阳，十有八九会去林州。在林州，凡是招待外地客人，无论是大饭店还是小餐馆，包括农家院在内，别的山珍海味可能没有，但小米饭一定会有。

爬一天山，走一天山路，免不了又饥又渴，吃点什么呢？你就要小米绿豆粥。不管什么时候，饭店里总有一锅小米绿豆粥在那里给你备着，好客的林州人给你端上来一碗，准是不凉不热、不稀不稠的。见到小米粥，你也不必拘礼，只管端了碗，呼呼噜噜地喝，若觉得一碗不过瘾，就再来一碗，热情好客的林州人是不会在乎的，三碗两碗以你自己的胃定夺，一准让你喝个痛快喝个肚儿圆。

渴止住了，如果还饿，那就吃小米稠饭吧。既然叫稠饭，顾名思义，就不能稀了。林州人的稠饭是有标准的，要筷子插下不倒。一碗稠饭端上来，任你把筷子插到碗中间，八九分钟内，筷子是不能倒的，倒了就不能叫稠饭。小米稠饭不仅要稠，还得香。我一直弄不明白小米稠饭的香是从何而来的，最近去林州才弄明白，原来小米稠饭是用鸡汤熬制出来的，再加上白菜、萝卜等很普通的蔬菜和黄豆、花生等，然后配以小米，慢慢熬，直熬得豆熟了，菜烂了，小米黏稠了，才算到了火候。熬小米稠饭最难掌握的是米和水的比例，水少了太稠，要粘锅，饭就煳了；水多了，小米少了，就熬稀了，不能叫稠饭了。要把米和水放得正好，熬得浓稠适度，应该算是个技术活儿。将这种佩服说给林州的"大厨们"，他们很不以为然。在他们心中，作为林州人，若是连小米稠饭都不会做，还能叫林州人吗？在林州，别说是饭店的厨师，随便叫一个林州人，他们都会做这种林州人的家常便饭。

在小米饭的制作中，有难度的算是小米稠饭，比较复杂的是小米干饭。做小米干饭时，要先把小米用水煮几分钟，等小米八成熟时捞出，再上锅蒸上十几分钟。讲究的吃法是，把蒸好的小米配上时令蔬菜炒一下，在小米即将炒好的时候，再打上个鸡蛋，然后出锅，这样喷香的小米干饭就做好了。在捞出小米后的米汤里放入数种蔬菜，如茄子、白菜、萝卜、豆角等，煮熟加调味料，即成菜汤。或下白面条，或下杂面条，即成面条汤。食时，先将干饭盛入碗里，上蒙菜汤，边吃边喝。

用小勺盛一勺小米干饭放到嘴里，先是小米的香和青菜的鲜入喉，紧接着鸡蛋的香味也出来了，再接着小米的润和滑的口感也上了舌尖，几种味道几种口感杂糅在一起，再一点点品，慢慢地咽，那真是一种享受啊！到林州，山是必看的，小米饭也是必吃的。带朋友一次次地去，一次次地换着小米饭吃，却从未吃厌过，真是吃了这次想下次，越吃越喜欢吃，越吃越想吃。

跋

王剑冰

周艳丽女士是一位在安阳这块厚土上成长起来的散文作家。其实，早在20世纪80年代末，她就已经开始散文创作了。在这30多年中，周艳丽女士一直笔耕不辍，写了很多的散文作品，而今写得已经很成熟了。

应该说周艳丽女士是一个具备写作潜质的人。一个作家有没有潜质，能不能成为一个好作家，与后天努力的程度有关，但先天的潜质也是很关键很重要的。一个爱好文学的人，爱好仅仅是表面的，关键是爱好能够达到什么程度。如果爱好到能够写作，而且能够写出很有质感的作品，这样的爱好者，就已经具备成为一个作家的潜质。不是谁想成为作家就能成为作家的。有人说，从今天开始，我写散文，我写诗，我就是作家了。也许文字你能写出来，但离成为一个好作家还是有一定距离的。一个优秀的作家，看见一些汉字，很快就能把它们组织成一句让人看了觉得很不一般的文字，就像穿起来的珍珠一样，拿出来就熠熠生辉，这需要天生的才能。有了这种才能，还要看你对文字的敏感程度如何。如果你对文字不敏感，那你写出来的东西可能就没有弹性。作家写出的东西应该是有弹性、有热度、有温度的，可以是柔软的，也可以是坚硬的。无论是哪一种，都是能触动读者的心灵，与读者心心相印、心灵相通的。周艳丽女士的许多文字是具备这些特点的。

印象安阳

应该说，周艳丽女士是一位很踏实的作家，也是一位很接地气的作家，她将自己创作的根扎在自己生活的土壤中，从生活中吸取养分。无论是她2009年的散文集《牵着手走》，还是如今再版的《印象安阳》，都是从她自己熟悉的生活着手，将自己的所观、所感、所悟全部用散文的形式表现出来，奉献给大家。

《印象安阳》这部书耗费了周艳丽女士3年时光。艳丽说，3年间，她的思路、情怀和灵感全被安阳的这片沃土所浸染，她把对文字的所有感觉都放在了《印象安阳》上，其中多少甘苦，只有她自己知道。写作是个人的事情，也是私密的事情，某个时候有没有灵感的闪灭、文辞的枯竭？所遇的寒冷和炎热，理解或不理解，都要承受，而更多要承受的还是孤独，是那种解不开的思想上的羁绊。不能重复别人也不能重复自己，还要把每一篇文章写好，尽可能地渲染出文学的色彩，表达出作家的表达，展现出独特的视角，这些都是非常难的。

这本书的几十篇文章，表明着几十次行动，春夏秋冬不停地走，笔耕不辍。3年的时间为一本书，确确实实不容易，但确确实实值了。我曾经用2年时光写了一本《绝版的周庄》，后来又用2年时光为一个地方写了《吉安读水》，用3年时光创作了《塬上》，我知道个中的艰辛。当周艳丽女士要成书的时候，她不可能不想到，安阳有一大批做着文字工作的人，其中许多人都单篇或成组地写过安阳，而且写得很出彩，自己再弄这么一本书，能不能成功？能不能基本被认可或让人叫好？这是周艳丽女士在写作当中时常会感到痛苦的地方，而现在我觉得周艳丽女士应该是快乐欣慰的，因为，她得到了大家的认可。

深入地读下去，首先从每篇文章的题目上就能看出她的用心，像《飘香诱人扁粉菜》《那酸酸的粉浆饭哟》《无梁殿的孤单》《裴村塔的忧思》等，仅从文章的标题就可以看出作者的情感或态度来，同时也表明了作者的良苦用心。

《印象安阳》这本书是值得我们放在书架上的。我曾经写过一篇小文章，说有些我们喜欢的东西是要放在洗手间里或带在旅途中的。我们进洗手间的时候或出门旅行的时候，绝对不是随意地抽取一本书，而是选择我们最喜欢看的书，只有自己最喜欢，读的时候才最有感觉，我认为这本书也会享有如此待遇的。

《印象安阳》从2012年第一次出版到中间加印，再到这次再版，已经过去整整12年。记得在2012年周艳丽散文集《印象安阳》作品研讨会上，我曾经说过："多少年过去后会是个什么样子呢？它可能会被当成了一个史料，被人重新解读、改写；它可能被人遗忘在某个书架的角落里；它也可能被人从中选出几篇而牢记不忘，成为名篇。这些我现在不知道，艳丽也不知道，但是历史会知道，时间会知道，我们希望是后者。"事实证明也的确是后者。

抛开未来不说，仅就这本书来看，周艳丽女士用自己的文字来描述她的热爱，描述安阳这片大地的可爱，描述安阳很多不为人知的东西。我觉得周艳丽女士的这本书，是突然的闪亮，是我们搞文学的一个惊喜，也是文学的一个收获。对于安阳来说，这本书还是一个文字地图。打开这个文字地图，我们可以行走所有值得我们行走的地方，感喟所有值得我们感喟的地方。

一个作家，是要不断地写作的。两部散文集之后，周艳丽女士又写出了长篇报告文学《中国棉》，我相信她今后仍然不会停止，作家没有退休年龄。我想，周艳丽女士会始终坚守着自己的那份挚爱，会一步一个脚印地踏实前行的。

2024年4月